MONUMENTAL
RANGER DANS PARIS.

図説 呪われたパリの歴史
ベン・ハバード 伊藤はるみ 訳
Ben Hubbard　Harumi Ito

Bloody History
of PARIS

原書房

図説
呪われたパリの歴史

◆

目次

はじめに ……………………………………………………………………………… 2

第1章　古代のパリ ………………………………………………………… 8

ルテティアの戦い　12　　ローマの属州ガリアにおけるパリ　17

ローマ支配下のルテティア　18　　ローマの衰退　22

フランク族の侵入　24　　メロヴィング朝　25

クローヴィスの軍事行動　28　　盟友から敵に　30

◆パリシイ族　11　　◆パリシイ族の都　19

◆フランキスカ　26　　◆フランク王国の罪と罰　33

第2章　中世 …………………………………………………………………… 34

885年のパリ包囲戦　39　　中世のはじまり　44

フィリップ端麗王　47　　テンプル騎士団の呪い　56

「パリらしさ」のきざし　59

◆おしよせる暴力の波　40　　◆王家の嫌悪感　45

◆司法代官の職務　50　　◆モンフォコンのさらし絞首台　53

◆ペストの描写　59

第3章　宗教戦争 ……………………………………………………………… 64

戦争のはじまり　70　　聖バルテルミの虐殺　74

「ミニョン」たち　79　　パリ包囲戦　81

新しいパリ　86

◆不良のチェッリーニ　67　　◆カトリックによる恐怖の報復　72

◆コリニー提督の殺害　78　　◆アンリ3世の暗殺　82

◆アンリ4世の暗殺　87

第4章　革命とアンシャン・レジーム・・・・・・・・・・・・・・・・・・・・・・・・ 90

フロンドの乱　93　　オテル・ド・ヴィルの虐殺　95

新しい町　98　　パリからヴェルサイユへ　100

宮廷での服装　102　　フランス革命　107

戦いの火ぶたが切られる　109　　ヴェルサイユ行進　112

運命の逆転　117　　王の最期　122

恐怖政治　126

◆奇跡小路　98　　◆毒殺事件　99

◆フランス人権宣言　111　　◆ルイ16世、パリに入る。　113

◆九月虐殺　121　　◆マラーの死　131

第5章　帝政と反乱・・・・・・・・・・・・・・・・・・・・・・・・・・・・・・・・・・・・・・・ 134

王政復古　139　　七月革命　143

1848年革命　150　　第二帝政　154

パリ包囲戦　156　　パリ・コミューン　161

◆ナポレオンの戴冠　137　　◆カタコンベ　138

◆貧困の描写　142　　◆コレラ感染　143

◆バルザック　152　　◆包囲下のメニュー、1870年　158

◆処刑法　162　　◆新聞記事　163

第6章　光と陰の都市・・・・・・・・・・・・・・・・・・・・・・・・・・・・・・・・・・・・・ 166

ベル・エポックの政治　169　　アナーキストの攻撃　173

分裂した首都　181　　大戦　183

マルヌの奇跡　190　　日常生活　192

パリ砲　194

◆混乱した印象　169　　◆わたしは告発する！　172

◆ラ・ラヴァショル　179　　◆アパッシュの記事　180

◆撤退の布告　187　　◆マタ・ハリ　193

第7章　戦争と平和 ……………………………………………… 196

右派の反乱　199　　第2次世界大戦　201

新しい町　204　　迫害がはじまる　207

ヴェル・ディヴ大量検挙事件　215　　抵抗　218

パリ解放戦　220　　報復の嵐　225

パリのもっとも深い闇　227

◆アメリカの侵略　199　　◆『虫けらどもをひねりつぶせ』　201

◆ユダヤ人に死を　208　　◆連帯の星　213

◆ダンネッカーの失敗　216　　◆占領下における助言　219

第8章　現代のパリ ……………………………………………… 228

パリにおける新たな蜂起　232　　移民の流入　235

1968年5月　238　　新たなテロ　242

戦争状態にあるパリ　246　　11月13日金曜日　247

未来へ向かって　249　　歴史は続く　254

◆君主の憲法　232　　◆ド・ゴール暗殺計画　236

◆革命的な落書き　237　　◆さよなら、60年代　242

◆ダイアナ妃の死　245　　◆バタクラン劇場の内部　248

参考文献　256

索引　258

図版出典　262

はじめに

　2015年、「光の都」パリでまたしてもテロ事件が起きた。1月には週刊新聞「シャルリ・エブド」の本社がイスラム過激派に襲撃され、スタッフが殺害されている。その10か月後、テロリストは飲食を楽しむ人々をカラシニコフで同時多発的に無差別攻撃し、ライブハウスでロックコンサートを楽しんでいた市民を襲撃したテロリストの何人かはその場で自爆した。

　パリの街角で流血事件が起きるのははじめてのことではない。歴史をふりかえれば、この町では暴動や反乱によってこれまでにいく度となく血が流されてきた。昔と違うのはこの町を脅かすものの正体だ。テロリストのなかには、イスラムの名のもとに殺人を行ない、植民地時代の復讐をしようと考えるにいたったフランス生まれの過激派もふくまれていた。これはフランス社会の核心をなす自由・平等・博愛の理念を根本からゆるがす脅威である。
　この3つの理念は啓蒙主義とともに生まれたが、フランス市民が立ちあがって王制をくつがえした革命後の恐怖政治はそれを裏切るものだった。パリの庶民は長いあいだ、王の一族のぜいたくで退廃的な生活を支えるための税金を払わされていた。そのきわめつけがルイ14世の建造した豪壮な黄金の鳥かご、すなわちヴェルサイユ宮殿のいくつもの控えの間である。そこで繰りひろげられる性の戯れや途方もないぜいたくは、王が貴族階級を支配する手段のひとつだった。ルイ14世の治世は72年間におよんだが、その後継者たちの時代は1789年のフランス革命で終焉を迎えることになる。そしてこの革命からギロチン（別名「国家のカミソリ」）が誕生するのだ。反革命勢力に対する血の粛清は、革命時に投獄されていた貴族や聖職者の手足を切断し、その遺体を市街地で引きまわした「9月虐殺」事件からはじまった。
　ルイ16世は国家反逆罪で死刑を宣告され、ある寒い霧の朝、

左ページ：バスティーユ襲撃に成功した後、オテル・ド・ヴィル（市庁舎）の建物に入る疲れきった人々。1789年のバスティーユ襲撃はパリの住民による史上最大の反乱、フランス革命の幕開けだった。

右：1348年、腺ペストが流行して多くの死者が出たときに「ペスト医」とよばれる医師が着用した防護用衣類一式を示す挿絵。

Habit des Medecins, et autres personnes qui visitent les Pestiferés, Il est de marroquin de levant, le masque a les yeux de cristal, et un long nez rempli de parfums

固唾を飲んで見まもるパリの群衆の目の前で処刑された。太鼓の音が鳴りひびくなか、ギロチンの刃が落ちてくる。居あわせた多くの者は恐怖のあまり顔をそむけた。だがハンカチを王の血に浸そうと前へ押しよせる者もいた。その血をなめる者さえいた。2600人もの人間がこうして処刑されたのである。ギロチンの下の地面に大量の血がしみこんだため、飲料水の汚染を心配する役

人がいたほどだった。

　公開処刑はパリの古くからの伝統だった。中世のシテ島では盗賊や娼婦や野生の豚のさばっていたので、罪人を公共の場で処刑するのは一種の抑止効果を期待してのことだったが、多くは見世物として扱われた。娼婦は上半身の衣服をはぎとられ、鞭で打たれた。泥棒はのどをかき切られ、ちょっとした罪を犯した者は顔に熱した鉄で焼印を押された。殺人と強姦には絞首刑、宗教上の異端と男色には火刑が宣告された。自殺者は「神に対する罪」を犯した者として形式的に絞首刑に処せられた。

　中世のパリ社会では、宗教上の恐怖政治があらゆる面におよんでいた。宗教裁判官が別の聖職者や十字軍にくわわったテンプル騎士団の騎士を、男色、異端、妖術などの罪状で裁判にかけることさえあった。嫌疑をかけられた者の多くは、両足を火にあぶられる苦痛に耐えかねて罪を認める。しかしテンプル騎士団の総長ジャック・ド・モレーは火刑に処されながらみずからの告白を撤回し、クレメンス教皇とフィリップ端麗王を呪った。その後1年もたたないうちに呪われたふたりは死亡し、パリはおそろしい災厄、すなわち黒死病（ペスト）の大流行にみまわれることになる。

　当時この病気の治療法はなく、流行の最盛期には1日に700人以上の死者が出た。医者は鳥のくちばしのようなものがついた不気味なマスクをかぶり、患者の黒いできものを切開し、えせ薬師が調合した怪しげな煎じ薬を飲ませた。一方この伝染病を神のくだした罰と信じる者たちはパリ中の猫とハンセン病患者とユダヤ人——三者とも地獄の使者とみなされていた——を焼き殺した。

　16世紀に起きたカトリックとプロテスタントの宗教戦争では、新しい形の殺戮が繰りひろげられた。1572年のサン・バルテルミの虐殺のさいには、カトリック教徒が虐殺した何百人ものプロテスタントの死体を穴に投げこんだら枯れかかっていたサンザシの木が生気をとりもどした、という噂が広まった。宗教的な理由であれ政治的な理由であれ、あるいはその両方であれ、虐殺事件がもたらす結果に変わりはない。死体の山だ。恐怖時代には腐りかけた死体や切り離された首が墓地におさまりきらなくなり、近隣の低い場所にあふれ出した。墓地といえば、パリのペール・ラシェーズ墓地は1871年のパリ・コミューンの蜂起で最後に残ったコミューン兵士たちが虐殺された場所で、弾痕の残る「コミューン兵士の壁」がいまも残っている。

　その1年前、プロイセン軍に包囲され飢餓にあえいでいたパリの住人は墓地の骨を掘り出し、すりつぶして小麦粉の代用にした。もう少し裕福な住人は動物園の動物の肉を手に入れて、象の

コンソメ、熊肉のチョップ、アンテロープのテリーヌといった美食を楽しんだ。やがて貧しい庶民の怒りが富裕層に向かい、1870年のパリ・コミューン蜂起につながることになる。1789年の革命以後の成果が失われることをおそれたコミューン側はパリの各地に火を放った。

　パリにとって包囲戦や焦土作戦はおなじみのものである。1590年、宗教戦争のさなかにパリ周辺の農地を焼きはらってしまったアンリ4世が、パリ包囲戦中に糧食がつきて苦労したのは有名な話だ。結局アンリ4世はカトリックに改宗し、有名な「パリはミサに値する」という宣言をして、王としてパリに迎えられる。第1次世界大戦中にパリから逃げ出すさい、パリがプロイセンの手に落ちることを嫌ったフランス政府はジョゼフ・シモン・ガリエニ将軍にパリに火を放つよう命じた。ヒトラーも第2次大戦中にパリ市民が占領軍に対して蜂起すると、パリを焼きはらえと命令した。幸い将軍たちは命令に従わなかったので、パリはこのときも破壊をまぬがれたのである。

　ナチ・ドイツに対する1944年のパリ市民の蜂起は、暗い占領時代における輝かしい出来事だった。しかしそれまでに何千というパリ市民がナチに協力して市内のユダヤ人を集め、アウシュヴィッツに送っていたのだ。パリは解放され、バリケードは撤去された。しかしパリの人々は反ユダヤ主義と外国人嫌いの長い歴史についてよく考えてみる必要があるだろう。アルジェリア独立戦争時に頻発した路上襲撃事件のような新たな形の暴力が生まれた背景には、こうした昔からの偏見もあるのではないか。

> フランスの植民地政策のなごりは、いまもパリに広く深く浸透している。

　フランスの植民地政策のなごりは、いまもパリに広く深く浸透している。郊外に住む見すてられ、怒りをたぎらせた移民の子弟がテロに走るのは簡単なことだった。イスラムの名のもとに行なわれる暴力はパリで起こる無差別殺人のもっとも新しい形だが、暴動はパリではおなじみのものだ。パリの長く血ぬられた歴史をふりかえれば、大勢の人間が国家に、教会に、君主に反乱を起こしてきた。パリの物語は最初から最後まで暴力がかかわる物語なのだ。まずはローマ人の侵略に抵抗し、この町の名前の由来となった人々、パリシイ族の物語からはじめよう。

はじめに 7

上：2016年8月、警察による暴力事件を糾弾し、十分な収容施設を求める難民たちが行なったデモのようす。これまでパリで数多くあげられてきた抗議の声に、またひとつ声がくわわった。

第1章

古代のパリ

「光の都」のはじまりは泥だらけの血なまぐさい村だった。人の住む小さな島がいくつか点々と浮かぶ汚らしいセーヌ川の岸の軟弱な地盤に作られた村である。島のひとつをシテ島といい、ケルト系民族の一部族パリシイ族が住んでいた。パリという地名はこのパリシイ族に由来する。

パリシイ族がシテ島に住むようになったのは、セーヌ川には魔力があって幸運をもたらしてくれると信じたからだった。彼らは紀元前250年頃ここに定住し、川の神に祈り、人間をいけにえとして川に捧げていた。いけにえの死体がよどんだ川の水面に浮かぶのは神の呪いのしるしだと信じていた。

セーヌの流れは水を介して伝染する病気やその他の疫病をパリシイ族の村に定期的にもたらした。しかし活気に満ちた交易路の役割も果たしており、彼らが作る陶器や手作りの品を舟で川沿いの近隣の村まで運ぶことができた。したがってセーヌ川と舟によるその往来はパリシイ族の生活に不可欠のものだった。そういうわけで、この地を侵略したローマ人の最初の仕事がシテ島にわたる橋を何本かかける工事だったことにはなんの不思議もない。そしてまた、のちに大革命を経験するパリの最初の大きな紛争が侵略者ローマ人に対する血で血を洗う反乱だったというのもうなずける話だ。

ガリアと名づけたこの地にローマ人が最初に進出してきたのは、紀元前121年頃のことだった。ローマの軍団は彼らの国境を脅かしては略奪をくりかえすケルト族を追ってしだいにガリアの奥深くまで侵攻した。やがて、ローマ軍の方針に侵略と占領がくわえられた。紀元前54年、ガリア総督に任ぜられた野心家のローマ将軍ユリウス・カエサルは、この地で奪えるものはすべて奪い、邪魔する相手はすべて倒そうと固く決意してガリアに軍を進

左ページ：シテ島のぬかるんだ土手に作られたパリシイ族の集落にはいくつかの木造小屋と家畜のおりがあるだけだった。

パリシイ族

　パリシイ族は、ローマ人が「長髪のガリア」とよんだ地域に居住する約60のケルト系民族のひとつだった。ローマ人は、髪を長くのばして口ひげを生やし、上半身は裸でいることの多いガリア人のことを無骨者とみなしていた。

　パリシイ族は多くの神々を信仰し、迷信——たとえばいつか頭の上に空が落ちてくるというような——を深く信じ、おそれていた。古代ギリシアの地理学者ストラボン（前64頃-後24頃）はガリア人について「なによりいくさを好み、威勢がよくてけんかばやい」がそれだけではなく、大義のためには、あるいは共通の敵に対しては団結すると記している。これは歴代のパリの住人に一貫してみられる特質である。ストラボンはさらに、「彼らの強さは、大柄な体格とその数の多さによるものである。そして質朴で率直な性格ゆえに、彼らは簡単に力を結集する。なぜなら彼らは、仲間が不当な扱いを受けたと知ればそれを自分のことのように考えるからだ」（ストラボン『地理学』）と述べている。

右：ギリシア人ストラボンは、パリシイ族は「なによりいくさを好み威勢がよくけんかばやいが、それ以外の点では質朴であり、粗野ではない」と記している。

めていた。ローマでの政治的地位を高めるために多くの借金を作っていたからだ。若い貴族だったカエサルは気前よく金品をばらまき剣闘士の試合にかける費用もおしまなかったので、民衆の人気は高く、つねに喝采を浴びていた。しかし実をいえば、出世払いの名目で多額の負債を背負っていたのだ。大金がほしかったという事情だけではなく、このガリア侵攻に大成功をおさめて、彼が最高権力の座につくのを邪魔する政敵にそのくわだてを断念させる必要もあった。結局カエサルは目標をすくなくとも一時的には達成する。ガリア遠征は一連の輝かしい軍事的勝利をもたらしたが、多くの非戦闘員の犠牲をともなっていた。8年間の遠征で100万人ものガリア人が殺されたということだ。

　パリの集落について最初の記録を残したのもカエサルだった。彼の8巻からなる『ガリア戦記』にその記述がある。ローマ人はその集落を「ルテティア」とよんだが、これは「泥」を意味するラテン語の「ルトゥム」に由来する呼称だろう。カエサルはその集落についてたんに「セーヌ川の島のひとつにあるパリシイ族の

左ページ：クローヴィス1世とローマ人最後のガリア総督シアグリウスとのあいだで486年に行なわれた「ソワソンの戦い」は、フランスにおけるフランク族の運命を決するひとつの重大な転機だった。

町」とだけ書いている。紀元前54年にカエサルがガリアにはじめて侵攻した時点では、パリシイ族はとるに足らない弱小部族で脅威とみなされてはいなかった。カエサルはパリシイ族を軽くあしらい、抵抗を続けるほかの部族の制圧に向かったのである。

パリシイ族は武力の点ではまったく問題外だった。戦いには鉄器時代の武器を用いたが、それでローマ軍と戦えるはずもなかった。カエサルの密偵は、パリシイ族は事実上無害な存在で協力者として使えそうだと考えた。カエサルも同意した。侵攻した先に友好的な同盟者がいれば、服従をこばんでいるより有力なアルウェルニ族、カルヌテス族、セノネス族などとの戦いに戦力を集中できる。

そればかりか、カエサルがある策略を進めるうえで、ルテティアは重要な役割を果たせそうに思われた。小さな小屋と家畜小屋があるだけの小規模な集落ではあったがパリシイ族は客を迎えることに同意し、カエサルはそこへガリア全部族の族長会議を招集したのだ。これがローマ側のわなであることは明白だったので、ローマに敵対する族長はだれもその話にのってこなかった。一方パリシイ族は、そのあいだずっと時節を待っていた。そして1年後、彼らはついに真意を明らかにして武器をとりカエサルへの攻撃をはじめたのだ。ローマを裏切ったこの部族を制圧するため、カエサルはラビエヌス将軍が率いる優秀な4個軍団を投入した。こうして、のちに「ルテティアの戦い」の名で語られる戦闘がはじまったのである。

ルテティアの戦い

ローマ軍進攻の報に、ローマに反旗をひるがえしたパリシイ族と近隣の諸部族は急ぎ集結した。この反乱軍を指揮したカムロゲヌスはパリにおける最初の偉大な革命家とみなされることも多く、『ガリア戦記』には次のような記載がある。

「最高の指揮権は、アウレルキ族のカムロゲヌスにゆだねられる。彼は老齢から体力もおとろえていたが、特別豊かな軍事上の知識をかわれ、隠居生活よりよび出され、この名誉ある地位についていた。彼は果しなくつづく沼沢地帯に目をつけ──それはセクアナ川に流れこみ、あたり一帯を非常に接近しがたい

上：シテ島のローマ時代の遺跡から発掘されソリドゥス金貨。皇帝ユリアヌスが彫られている。1ソリドゥスは銀貨14デナリウスに相当し、ローマ帝国末期のルテティアの基本通貨だった。

右ページ：パリの最初の住人パリシイ族は、漁業とセーヌ川によるほかのケルト系民族との交易で生計を立てていた。

古代のパリ　13

場所にしていた——ここに陣営を築き、わが軍の渡河を阻止しようとした」［カエサル『ガリア戦記』、國原吉之助訳、講談社学術文庫、1994年］

カエサルが言及している沼沢地帯はセーヌ川右岸にあり、カムロゲヌスのねらいどおり、ラビエヌス率いる軍団の障壁とするにはうってつけだった。ラビエヌスはまず沼沢に石や土を投げ入れるよう兵に命じた。その上に道を作ろうとしたのだ。これが失敗に終わると、ラビエヌスはパリシイ族の陣を迂回して軍を南に進め、メティオセドゥムの集落からぶじに右岸にわたった。

> こうして、のちに「ルテティアの戦い」の名で語られる戦闘がはじまった。

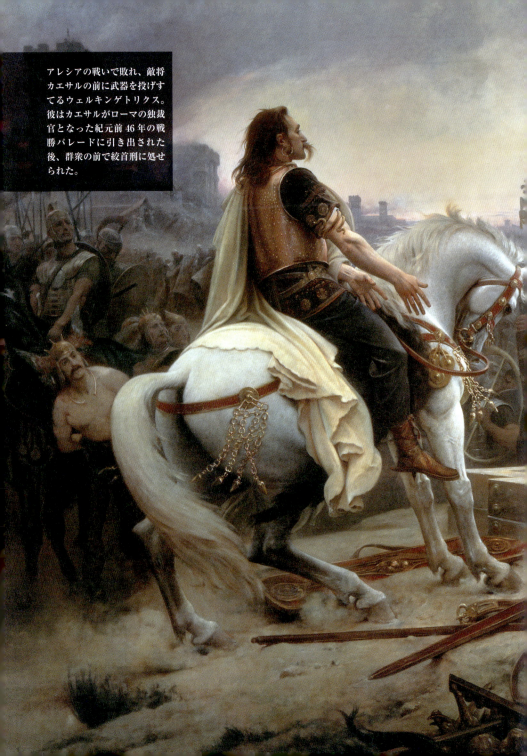

アレシアの戦いで敗れ、敵将カエサルの前に武器を投げすてるウェルキンゲトリクス。彼はカエサルがローマの独裁官となった紀元前46年の戦勝パレードに引き出された後、群衆の前で絞首刑に処せられた。

上：カエサルの記述によれば、ガリアの戦士は剣、投げ槍、弓矢で武装し、ローマの騎兵隊の突撃に対しては密集隊形をとって対抗した。紀元前1世紀からはプロの軍人がガリア軍の中核となり、一般の兵士とともに戦った。

メティオセドゥムはローマに敵対するセノネス族が支配する小島だったが、セノネス族の戦士のほとんどはガリア南部ゲルゴヴィアでカエサル軍と交戦中で留守だった。ラビエヌスはつなぎあわせた50艘の小さに釣り舟を橋がわりに使って自軍の兵を無防備なメティオセドゥムに入らせた。ラビエヌスはそこから川をわたった兵を、南側から全速力でルテティアに進めた。しかしそれに気づいたカムロゲヌスは、ルテティアに続く橋と町そのものの大部分を焼きはらってしまう。またしてもシテ島への上陸を阻止されたラビエヌスは、いったん撤退して夜を待つ。

いまやラビエヌスは、たんにルテティアでカムロゲヌスの軍をうち破るだけでは足りなかった。カエサルがゲルゴヴィアの合戦に敗れ、撤退を余儀なくされたとの知らせがとどいたのだ。カエサルの敗戦はベッロウァキ族の戦士をふるいたたせ、彼らは全速力でラビエヌスの陣に向けて進軍している。

ラビエヌスにとって、正面からカムロゲヌス軍を破るだけではもはや十分ではなく、ローマ軍がパリシイ族とベッロウァキ族とにはさみ撃ちにされる前にルテティアを陥落させ、手中におさめなければならないのだ。

ラビエヌスの苦境をカエサルはこう記している。

「ラビエヌスは、突然、このような重大な障害に直面し、これから救われる道は、ただ断固たる決意だけだと考えた。そこで夕方、彼は戦術会議を招集し、自分の命じたことを忠実に精力的に履行するように頼み、メトロセドゥム［メティオセドゥムの別名］から曳いてきていた船を一隻ずつ、ローマ騎士一人一人に配り、彼らに第二夜警時のすぎたころ、川に沿って静かに下り、六キロほど川下の地点で自分を待っているように命じる。合戦には非常に弱いと思われた五個大隊を、陣営の守備に残しておく。同じ軍団の残りの五個大隊には、真夜中すぎ、ぎょうさんな物音をたて、全輜重とともに上流へ出発するように命じる。ラビエヌスはさらに、小舟を集めてくる。櫂の音を騒々しくたて、これらの小舟を

動かし、同じく上流に向かわせる。彼はこの少しあとで、こっそりと三個軍団といっしょに出発し、船を停泊させておいた地点まで進んで行く」[前出、カエサル『ガリア戦記』]

　夜は嵐になったため、カムロゲヌスの斥候はローマ軍の動きを察知できなかった。夜が明ける直前、すくなくとも２か所でローマ軍が舟で川をわたったとの報告がカムロゲヌスのもとにとどく。それを聞いたカムロゲヌスは彼の軍を３つに分けた。そして第１分隊はそのまま待機、第２分隊は下流に向かってローマ軍の拠点を攻撃、第３分隊はラビエヌスの陽動部隊が騒音をたてている上流に向かえと命じたのだ。

　軍を３つに分けなければ、カムロゲヌスはルテティアの西で対決したラビエヌスの軍団に勝っていたかもしれない。カムロゲヌスは運がなかった。ローマ軍と正面から向きあっていたカムロゲヌス軍の右側面からラビエヌスの第７軍団が襲いかかり、あっというまに防衛線を破って多くの兵を敗走させた。続いて、正面の第12軍団との戦いに集中していたカムロゲヌス軍の背後に巧みにまわり、そこから攻撃をくわえた。

　陣形を破られてもガリアの戦士たちは降伏をこばみ、最後まで戦った。ローマ軍も特段の寛容さは示さず、カムロゲヌスもふくめすべてのガリア兵が命を落としたのである。

　こうして勝利したラビエヌスは、ルテティアの事実上の支配者となった。この戦闘に参加しなかったカムロゲヌスの兵士たちはガリア人の偉大なリーダー、ウェルキンゲトリクスのもとでアレシアの戦いにくわわった。そしてこの戦いの敗北により、ガリア人の反乱は完全に収束する。その日ローマ軍と戦ったガリア兵のなかには、8000人のパリシイ族がいたとカエサルは書いている。生き残ったパリシイ族はローマ帝国の一員となり、彼らの集落の上にはおなじみのローマ風の都市が築かれた。

ローマの属州ガリアにおけるパリ

　ローマ支配下のルテティアは本国の壮麗さに匹敵するほどの大都市にはならなかった。とはいえ、ローマ帝国の一員だった300年ほどのあいだこの町は交易の中心地として繁栄し、「パクス・ローマーナ」すなわちローマの平和とよばれる穏やかな暮らしと政治の安定を享受していた。ローマに征服された地域の住人は、円形闘技場や奴隷市場へ送られた者を除けばみなしだいに帝国に同化していき、パリシイ族もその例にもれなかった。西暦100年にガリアで起きた反ローマ暴動にさいし、パリシイ族は鎮圧する側にまわったほどである。生来の反抗心はどこかへ行ってしまっ

たようだった。反乱は自分たちのいちばん大切なもの、つまり金箱に甚大な被害をあたえるだけで、革命なんて商売の邪魔だというわけだ。

全般にこの時代は、パリはもとよりガリア全体がローマ帝国の一員となってそれなりの義務を果たしていた。ガリアの住人は税金を納め、行政官や政務官をつとめる貴族を自分たちの手で選び、求められれば軍隊を提供する。要するになにかと協力していた。その見返りにガリアは独自の伝統を維持することを許されており、服装も自由、ローマの神々の神殿にきちんと香を焚いてさえいれば、独自の神をまつることもできた。

ローマ支配下のルテティア

ルテティア――4世紀には「パリシイ族の町」に由来する「パリ」の名で知られていた――におけるローマの神々の信仰の中心は、シテ島の中央にある聖堂（バシリカ）だった。1本の道が島を北から南へとつらぬき、左岸にあるより大きい町とシテ島とを2本の橋が結んでいた。右岸には注目すべき建物はほと

下：カエサルとストラボンの描写にもとづいて18世紀の地図製作者であるアンヴィルのジャン＝バティスト・ブルギニョンが描いたルテティアの地図。いまもシテ島はパリの中心だ。

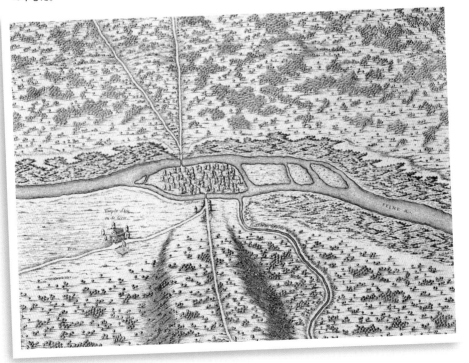

んどなく、3つの公共浴場、ひとつの劇場、導水路、円形闘技場など、ローマの都市を象徴する大型の建造物はすべて左岸にあった。シテ島の聖堂はある時期ローマ皇帝ユリアヌス（331–363）の住居となっていた。快適な気候にくわえイチジクやブドウが豊富に実ることですっかりこの町が気に入ったユリアヌスは、358年、たいして魅力的とも思えない中東地域に軍団を進めて征服するよりも、事実上パリに居を定めるほうを選んだのだった。ユリアヌスは自分の戴冠式さえシテ島で行なっている。ちなみにナポレオン・ボナパルトは1804年、ユリアヌスをまねてシテ島で戴冠式を行なった。ローマ人と比べればあきらかに野蛮で粗野なパリシイ族だったが、ユリアヌスは彼らと親しくつきあっていた。この関係をさして「野生の動物に混じり親しくする猟師のようだ」といわれたこともあった。

パリシイ族の都

ローマ皇帝ユリアヌスは、362年に書いた風刺的エッセー『ミソポゴン（ひげ嫌い）』のなかでパリを愛する気もちを明言している。これはパリについて書かれた最初の文章としても知られている。以下にその抜粋をあげておく。

「わたしはある冬たまたま愛するルテティアにいた。ケルト人はパリシイ族の都をそうよんでいる。それは川の真ん中にある小さな島である。周囲はすべて壁に囲まれ、川の両岸から木の橋がかかっている。川の水量はほとんど増減せず、だいたい夏も冬も同じ深さだ…冬も気候は比較的温暖で、それはおそらく900スタディオン（約170キロ）ほど離れたところにある海が暖かく、そこから吹くそよ風がここまでとどくからだろう。海の水は真水より暖かいようだ。それが理由なのか、それともわたしの知らないほかの理由があるのか、いずれにしてもそこに住む者はここより暖かい冬をすごす。そのあたりでは質のよいブドウが育ち、冬場には麦わらなどのおおいをかぶせて冷たい風による害を防いでイチジクを育てる者さえある」（皇帝ユリアヌス『ミソポゴン』）

左：キリスト教にかんして議論する皇帝ユリアヌス。彼はキリスト教を嫌っていたので、キリスト教世界では「背教者ユリアヌス」とよばれた。

上：ノートルダム大聖堂にある聖ドニの像は、首を切られて殉教した聖人の体が首を運ぶ像としてはもっとも有名なもののひとつだ。聖ドニは現在、パリの守護聖人としてうやまわれている。

言動はあきらかに粗野だったにもかかわらずユリアヌスがパリシイ族に親しみをおぼえた原因のひとつは、彼らの異教信仰だった。パリシイ族の宗教は多神教であり、ローマ古来の宗教と似たところがあったのだ。ユリアヌスは反キリスト教の立場を明確にしており、コンスタンティヌス帝が313年にキリスト教を公認しその信仰を奨励する勅令を出したにもかかわらず、古来の宗教の復権をめざしていた。もっとも、コンスタンティヌス帝のさまざまな取り組みにもかかわらず、キリスト教徒の迫害はガリアをふくむ帝国内で5世紀になるまで続いた。パリにある円形闘技場アレーヌ・ド・リュテスは1万5000人の観客を収容でき、出し物には動物狩り、剣闘士の試合などとともにキリスト教徒の公開処刑もあった。皇帝ネロの時代、ローマでのそうした公開処刑はサディズムのきわみにまで達している。ネロはいちどに何百人ものキリスト教徒をコロセウムで殺害したばかりか、次々に目新しい殺害方法を考案した。彼のそうした発明のひとつが「トゥニカ・モレスタ」〔苦しみの下着〕である。燃えやすいピッチ（瀝青）に浸したシャツをキリスト教徒に着せて十字架にかけ、火をつけるのだ。ネロが自分の屋敷の敷地をこの「人間たいまつ」で照らしたという逸話まで残っている。

　おそらくガリアでいちばん有名な殉教者は、リヨンでキリスト教徒の主人とともに捕えられた奴隷の少女ブランディーナであろう。彼女があまりにも長いあいだ拷問に耐えつづけたため、拷問者は疲れ果ててしまった。拷問のあいだ中、何をきかれても彼女が「わたしはキリスト教徒です。わたしたちは何も悪いことはしていません」と答えたというのは有名な話だ。動物の餌食にする刑を言いわたされた彼女はリヨンの円形闘技場で杭にしばりつけられた。しかし伝説によれば、けしかけられた動物たちは彼女が神の子だと直感し、決してふれようとしなかったという。ついにはむちで打たれ、真っ赤に焼けた鉄格子の上に寝かされ、網にくるまれて暴れ牛の前に投げだされ、その牛に角で何度もほうり上げられた。それでもブランディーナは死ななかった。最後に短剣

ガリアの娘ブランディーナの拷問と殉教の物語は『エウセビオスの教会史』にある。そこには「拷問した異教徒たち自身も、これほどひどい苦しみにこれほど長く耐えた女性は見たことがないと認めた」と報告されている。

右ページ：パリの守護者、聖ジュヌヴィエーヴがフン族のアッティラがパリに攻め入るのを防いでいる場面。結局アッティラはパリには近よらず、南フランスで運をためすことにした。

で刺されてやっと彼女の殉教は終わったのである。

パリにも人々が大切に語りついできた殉教者がいる。町の守護聖人になっている聖ドニだ。若干の相違はあるものの、おおかたの伝説によれば聖ドニは3世紀なかばにイタリアからパリへやってきた90歳の宣教師だった。彼はパリで異教徒を改宗させたり異教の神の像を打ちこわしたりしているうちに、とうとうふたりの聖職者とともに捕えられてしまう。シテ島の監獄に入れられた3人は斬首刑を言いわたされた。処刑の日、3人はセーヌの右岸をモンマルトルに向かって歩かされ、ひとりの刑史によって首を切られた。しかしドニの体は切り離された自分の首をひろいあげ、道々説教をしながら南東に10キロも歩いたという。そしてついに彼の体がくずれた場所にベネディクト派のサンドニ修道院が建造されるのだ。彼は死後に聖人に列せられた。ドニの死後も彼の影響は残り、異教徒の町だったルテティアはキリスト教徒のパリへと、あいかわらず暴力と手をたずさえながら変貌を続けることになる。

ローマの衰退

ルテティアのみならずヨーロッパのほとんどをまきこんだ暗黒の時代をとおして、キリスト教はパリシイ族にとってある種のなぐさめの役割を果たした。その頃にはパリはシテ島からセーヌ左岸に向かって広がる活気に満ちた大都市となっており、いくつもの教会、庭園、公共建築物がずらりと立ちならんでいた。しかし市壁の外にある近くの沼沢地帯や森には、強盗や放浪の異邦人たちがうようよしていた。4世紀末には、ゴートやフランクなどのゲルマン族が侵入したという報告が驚くほどひんぱんにとどくようになった。その巨大な帝国内のすべてを守る偉大な守護者ローマに崩壊のときが迫っていた。

5世紀初頭、パリとガリアはローマのあとを追って衰退のときを迎えていた。ローマ帝国が東方のコンスタンティノープルに首都を移したことで、ガリアは見放された無防備な状態で残されていた。ガリア内部の行政上の首都であるパリは反乱や飢饉に見まわれ、しだいに統治機能を失いつつあった。406年には西ゴート族が大挙して国境を越えてガリアに侵入し、土地を占拠しはじめた。

> アッティラ率いるフン族の大軍がヨーロッパ大陸をじりじりと進んでくるという。

かろうじて残っていたローマ統治時代のガリア軍がゲルマニアからなだれこんでくる異民族の大群を

古代のパリ 23

下：トゥルネル橋に立って東を見ている聖ジュヌヴィエーヴの像。長いローブのひだで子どもを守っている。子どもが腕にかかえる船はパリの象徴だ。

必死でくいとめようとしたが、もはや侵入を止めるのは不可能と思われた。そこへさらに悪い知らせがとどく。アッティラ率いるフン族の大軍がヨーロッパ大陸をじりじりと進んでくるというのだ。アッティラの残酷さはまるで悪夢だった。ヨーロッパ遠征においては、行きあった女は犯し、痛めつけ、野生の馬を使って八つ裂きにし、ばらばらになった手足は野犬に食わせろ、というのが彼の命令だった。そしてついにアッティラは無力で無防備なガリアに目をつける。451年、彼はライン川を越え、途中の村を荒らしては村人を皆殺しにしつつパリをめざす。アッティラ軍の手をのがれた難民たちがパリの市壁に向かって押しよせるのを見て、パリの住人はだれもがおそれおののき逃げだそうとした。パリの町は完全に無力となり見すてられようとしていた。かつてこのときほどパリが英雄を必要としたことはなかった。

　まさにそのとき、立ちあがってパリの人々を奮いたたせたのは、まったく思いがけない人物だった。伝説によればそれは、さまざまな困難にもめげず15歳で修道女になったジュヌヴィエーヴ（419頃-502/512）という熱情的な若い女性だった。彼女はパリが救われる幻視を見たと語り、パリにとどまるよう人々に嘆願し、フン族はパリには攻めてこないと断言し、ひざまずいて神に祈るよう訴えた。自分の言葉を証明するため、ほかのだれも行こうとしなかった市壁の外に出ていき、穀物を収穫してもどってきた。

　神意によるものなのか、たんにアッティラがパリを迂回してガリア南部に戦力を集中する道を選んだのかは定かでないが、いずれにせよパリは襲撃をのがれた。今日、聖ドニとともにパリの守護聖女とされているジュヌヴィエーヴの彫像は、かつての市壁のきわにあるトゥルネル橋のたもとに立ち、はるか遠くを見すえて将来の侵略者にそなえている。

フランク族の侵入

　その後もジュヌヴィエーヴはパリの守護者として働き、アッティラに続いてガリアに侵入してきたフランク族との交渉でも中心的な役割を果たした。フランク族はゲルマニアから移動してきた異民族で荒々しい戦士として知られ、同盟軍としてローマの軍団とともに戦ってきた者も多かった。そのフランク族がいまや崩壊寸前のローマの属州「長髪のガリア」への侵略者と行動をともにしているのだ。フランク族には冷酷、野蛮、日和見主義などの評判がたっていたが、当時ヨーロッパ中を荒らしまわっていたほかのゲルマン諸部族よりは理性的だという評価もあった。

　とくにメロヴィング朝のフランク族はおおかたのゲルマン族よ

上：ガリアに移住してくるフランク族。300年頃にはじまるヨーロッパの異民族の侵入の一端である。

り洗練されていると考えられており、ビザンティン帝国のギリシア人歴史家アガティアスは「異民族のなかでは比較的教養がある」として次のように書いている。

「彼らの町には行政官がいて、聖職者はわたしたちと同じように祭礼を行なう。異民族にしては驚くほど上品で教養があり、実際のところ、無骨な衣類をまとい奇妙な言葉を話すことをのぞけばわたしたちと違わない」(アガティアス『歴史』)

メロヴィング朝フランク族は、ローマ風の伝統の一部を守っている点で当時の評論家たちから評価されていた。しかし、彼らがキリスト教に改宗したことでその評価がいっそう確実なものになったのは否めない。フランク族の王国からキリスト教国フランスが誕生したのである。かつてシャルル・ド・ゴールは「わたしにとって、フランスはクローヴィスからはじまる」と語っている。とはいえ「キリスト教徒」のフランク族は、あいかわらず力と略奪と殺戮へのあくなき欲望を見せていた。

メロヴィング朝

ジュヌヴィエーヴは、フランク族のパリ奪取に中心的な役割を果たした。当初はフランク族の侵入に対抗してパリをまとめるために働いていたが、やがて彼らが町を併合するのを助け、さらにはキリスト教への改宗も助けた。一連のプロセスは496年、異教を信仰していたメロヴィング朝の王クローヴィスにジュヌヴィエーヴが洗礼をほどこしたことからはじまった。部下である数千人の戦士が王に続いた。聖ドニとジュヌヴィエーヴはフランスの精

上:クローヴィスの息子の
ひとり、キルデベルト1世。
511年から558年まで王とし
てパリを治めた。

神面の基礎を築いたと考えられているが、クローヴィス王はフランス初期の政治を確立したと信じられている。簡単にいえば、首都パリを本拠とするフランク族の政府は封建制の初期形態に似た軍事階級制を基本としていた。つまり王と軍人が上位の階層を形成し、労働者——農夫、鍛冶屋、職人など——が下位の階層をなす。

メロヴィング朝の社会が軍事的な性格をもっていたからこそ、当時まだローマの要塞都市としての防壁が残っていたパリが、フランク族には拠点として魅力的に見えたのだ。市壁の外側の平原ではメロヴィング朝の人々が毎年恒例の集会を開くことができた。力自慢と威勢のいい言葉がとびかうその集会では、次はどこを征服しに行くかなどの話題で人々がおおいに盛りあがるのだった。さまざまな武器を使った余興には、ローマ軍の兵器を模した攻城兵器も登場した。クローヴィスは彼

フランキスカ

フランク族というよび名は、彼らが使ったおそろしい投げ斧「フランキスカ」に由来すると考えられている。柄の長さ約40センチ、湾曲した刃の長さ約15センチの斧は、投げるエネルギーのすべてが鋭い刃に集中される効率的で残酷な武器で、命中すれば人間の頭に10センチほどもくいこむ威力があった。パレスティナ出身の6世紀の歴史家プロコピウスはフランク族とその武器についてこう記している。

「彼らの軍では指揮官の周囲を少数の騎兵が固めている。彼らだけが槍を手にしている。ほかはすべて歩兵で弓も槍ももたないが、剣と盾と斧をもっている。鉄の斧についた刃は両刃で厚みがあり、非常に鋭い。木製の柄はとても短い。彼らはいつも最初の突撃の合図でその斧を投げ、敵兵の盾を破壊し、殺してしまう」(プロコピウス『戦史』)

右:メロヴィング朝の軍隊は鎖かたびら、かぶと、槍、剣、斧、盾で武装していた。

が模範とするローマという国の古来の伝統と新しいキリスト教の神とのバランスを巧みにとっていた。ローマの制度にならって徴税しつつ、キリスト教の聖職者にかんすることはキリスト教の定めるところを採用し、絶対的な君主として統治したのだ。これはひとつの模範として、その後も長くフランスの指導者たちに採用されることになる。

左：クローヴィスの時代は多くの血が流された。だが彼の時代は西ローマ帝国に代わってゲルマン族の王国が誕生し、ゲルマン族のキリスト教への改宗が広まるという、フランスの文化と精神の一大転換期でもあった。

右ページ：ソワソンの戦いでクローヴィスがローマ総督シアグリウスに勝利をおさめたことは、イタリア以外の地における西ローマ帝国の支配の終焉を告げる出来事だったと広く考えられている。シアグリウスは戦場から逃亡したが、のちに刺殺された。

下：ソワソンの壺を割った兵士を殺したのはクローヴィスの執念深さの現れでもあったが、同時にキリスト教への好意を示すものでもあった。この事件は彼の部下にとって、その両面を身にしみて知らされる貴重な教訓だった。

クローヴィスの軍事行動

　クローヴィスの冷酷さについて、フランスの司教トゥールのグレゴリウスが著書に記している。フランク族が襲撃を行なった初期のころに、ソワソンのガリア人の国の教会から略奪された壺の話である。その教会のある司教が、教会の大切な壺を返してほしいとクローヴィスに訴えた。ところがクローヴィスの兵のひとりが、略奪品はだれかひとりのものではなく、すべて公平に分配する決まりだと叫び、壺を割ってしまった。クローヴィスには、彼がその兵に厳しい態度で応じるとその場の全員が思っていることがわかっていた。だが彼は、その兵の行動を容認しているかのようにやさしい笑顔で応じた。クローヴィスが本性を見せたのはずっとあとになってからだ。

「1年の終わり、クローヴィスは完全武装で『3月の観兵式』に集合し、武器の点検を受けるよう全軍の兵士に命令を出した。壺を割った兵士を除く全員の武器を見てまわった後、クローヴィスはその兵士に近づいた。そして『ここに結集した全兵士のなかに、おまえほど手入れの悪い槍、剣、戦斧をたずさえてきた者はいない』と言い、その兵士の斧をもぎとって地面に投げつけた。兵士はそれをひろおうとかがみこむ。その瞬間、クローヴィスは

両手で自分の斧をつかみ『おまえはソワソンの壺にこうしたな！』と言いながら兵士の頭蓋骨にそれを打ちこんだ」（トゥールのグレゴリウス『フランク史』）

フランクのいくつかの部族を支配下におさめて勢力の基盤が強まるにつれ、クローヴィスの凶暴さと誇大妄想はいっそう激しくなった。気にいらない者はすべて罰せられたり殺されたりした。フランクの王カラリックもそのひとりだ。彼は最後のローマ人ガリア総督シアグリウスとの戦いでクローヴィスに協力を求められたが断わり、どちらが勝つか離れたところから傍観していた。戦いに勝ったのはクローヴィスで、彼はカラリックとその息子を投獄して痛めつけたあげく、父子そろって剃髪し、聖職者になって悔いあらためることを条件にふたりを許した。ところが、カラリックの息子が髪はそのうち生えてくると言ったと聞き、ふたりの首をはねて財産と領地を没収してしまった。

盟友から敵に

こんな逸話もある。あるとき、クローヴィスは古くからの盟友ケルンのジキベルト王が病気になったと知らされる。彼はジキベルトの息子クロデリックに使者を送り、万一父上が亡くなっても貴国との盟友関係を変えるつもりはないと伝えさせた。このメッセージを誤解したのかどうかは定かでないが、クロデリックは伝言を受けとると父親のテントに入り、眠っている父王を殺してしまう。そしてすぐに好意のしるしとして、父王の宝物が入った箱をクローヴィスに差しだすと申しでた。クローヴィスはそれを辞退したが、よく見せてほしいと言ってふたりの使者を送りこむ。使者は宝物がどれほどあるかわかるよう箱に手を入れてみてほしいとクロデリックにたのみ、かがんで箱に手を入れたところで彼の首をはねてしまった。

自分はその件にはいっさい関係ない、とクローヴィスは主張した。みずからパリを出てケルンまで行き「わたしが盟友たる王のひとりの血を流すわけがない。そんなことをすればわたしは犯罪者だ…」といって容疑を否定したのである。さらにもうひとり、クローヴィスはある小国のラグナカールという王も殺害している。この王はクローヴィスとともにシアグリウスと戦った親戚だった。伝えられる物語はこうだ。ラグナカールは有名なけちで、軍の指揮官に分けあたえるはずの戦利品をひそかにたくわえていた。それを知った指揮官たちはラグナカールに嫌悪をつのらせていた。そこでクローヴィスは「黄金の」護符とベルトを指揮官たちにあたえて自分の味方になるよう説得した。よく見れば贈り物

はブロンズ製だったが、それでも指揮官たちを味方につけるには十分で、クローヴィスはラグナカールに宣戦布告し、勝利をおさめた。

敗れたラグナカールと弟のリカールは戦場から逃げようとしたところを捕えられ、両手をしばられた姿でクローヴィスの前に引きだされた。クローヴィスはラグナカールに「なぜ兵にしばられた姿で現れてわが一族をはずかしめるのか。それぐらいなら死んだほうがましだろうに」と言って斧で彼の頭をたたき割り、リカールを見た。そして「おまえが兄を助けていれば兄はしばられずにすんだろうに」と言い、同じように命を奪ったのだった。

彼はさらにもうひとり一族の者を殺した後、あとを継ぐ者がいなくなってしまったと嘆いたという。しかし511年に彼が死んだ後は4人の息子が王国を分割して引きついだ。息子たちも父親と同じように二枚舌と暴力を用いて国を治めた。この伝統はメロヴィング朝がカロリング朝にとって代わられるまで、さらに200年近く続くことになる。

クローヴィスの遺産にはもっと好ましいものもある。そのひとつがパリの宗教建築物だ。聖ヴァンサンの遺骨が埋葬されていた霊廟はセーヌ左岸、現在のサン・ジェルマン・デ・プレにあり、そこには多くのフランク国の王が埋葬されている。右岸のサン・マルタン・デ・シャン教会は、ハンセン病患者に奇跡が行なわれた場所に建てられた。サン・テチエンヌ大聖堂がシテ島に造営され、8世紀にはそのほかに6つの教会も建てられている。しかしカロリング朝のカール・マルテルが王位についた頃には、パリの威光はおとろえはじめていた。

メロヴィング朝のクローヴィスと異なり、カロリング朝の王たちはかならずしも首都をパリに置くとはかぎらなかった。ほとんどたえまなく戦争を行なう政策をとっていたので、そのときそのときの戦闘にどこが有利かという視点から首都の場所を変えていたのだ。しかしガリアの南の国境を脅かしていたサラセン人の大軍はパリに大いなる興味をもっていた。カール・マルテルはパリの教会を略奪することでサラセン軍のパリへの接近を止めるだけの兵力を形成し、パリの住人はとりあえずサラセン軍という新たな侵略者の手をのがれることができた。

カロリング朝でもっとも有名な人物は、神聖ローマ皇帝として800年に教皇レオ3世から戴冠されたシャルルマーニュだ。シャルルマーニュは現代のノートルダム寺院の外に立

> **実際には、パリの町と皇帝とのつながりはほとんどなかった。**

上：フランク王国の王シャルルマーニュが神聖ローマ皇帝として戴冠される場面。シャルルマーニュは300年以上前に西ローマ帝国が衰退して以来、西ヨーロッパではじめて公式に皇帝と認められたことになる。

つ彼の影像とはあまり似ておらず、背が低く太っていた。また実際には、パリの町と皇帝とのつながりはほとんどなかった。彼はエクス・ラ・シャペルから帝国を統治しており、パリはほとんど眼中になかったのだ。シャルルマーニュの息子ルイ敬虔王とその跡を継いで国を分割した孫たちの時代にも、パリは忘れられていた。

しかし、この町には北から新しい危難が近づいていた。8世紀末になると、ヴァイキングの名で知られる海の侵略者がイングランドの海岸沿いの修道院を襲うようになったのだ。無慈悲に修道士を虐殺し、村人をさらって奴隷にし、教会の宝物を強奪するヴァイキングの非道ぶりは、まもなくパリの聖職者や教区民の耳にとどいた。そして9世紀、スカンディナヴィアの異教徒がついにキリスト教国フランクにやってくる。

フランク王国の罪と罰

「サリカ法典」とは、クローヴィスが500年頃に旧来のゲルマン法を編纂して作成したフランク王国の法典である。この法典では女性が財産を相続したり王位を継承したりすることを禁じている。また王の死後、王国は生きている息子全員で分割するとも定められていたが、そのせいでフランスでは以後何世紀ものあいだ王位継承をめぐる血で血を洗う抗争が続くことになった。サリカ法典はほかにも、ちょっとした悪事から傷害や殺人までさまざまな犯罪に対する罰を細かく規定していた。罰金の支払いにはローマのソリドゥス金貨が使われた。

軽微なところでは「他人の悪口を言った者はソリドゥス金貨3枚の罰金を払う」「戦場で盾を投げすてて逃げ出したとだれかを告発し、それを証明できなければ金貨3枚の罰金を払う」などがある。傷害事件については、実際に傷をあたえた場合も未遂に終わった場合も、以下のように重い罰を受ける。

「手または足を不具にした者、人の目をえぐり出した者、耳や鼻を切りとった者は金貨100枚」

「脳が見えるほど頭をなぐって、それが証明された者は金貨15枚」

「自由民を去勢、あるいはペニスを切って不能にした場合は金貨100枚…ただしペニスを完全に切りとってしまったら金貨200枚と医者代としてさらに金貨9枚」（『サリカ法典』より）

上：神明裁判はカトリック教会によって13世紀まで行なわれていた。

罰金を支払わなければ、その罰として片目か片耳か鼻をとられる。窃盗罪の罰はだいたい鞭打ちその他の体罰だった。罪に問われた者は、ときには無罪を証明するために神明裁判を希望することもできた。典型的な神明裁判は、被疑者が湯の煮えたぎっている鍋に手を入れてなかに沈んでいる石を取り出すというものだった。熱湯の深さは容疑の数によって決まり、ひとつなら手首まで、3つならひじまでだった。神明裁判は教会で行なわれ、立ち会う者は神が真実を明らかにされるよう祈ることを求められた。熱湯に入れた手は3日間包帯を巻いておいた後、検分することになっていた。やけどのあとがなければ被疑者は神によって癒されたとみなされ、無罪になるのだ。

第2章

中世

845年、パリの住人は最悪の恐怖に見まわれた。その年の3月、120隻の船に乗りこんだヴァイキングの大軍がパリをめざしてセーヌ川をさかのぼってきたのだ。それに続く蛮行と流血の惨事はキリスト教国フランスの土台をゆるがし、パリを暴力に満ちた新しい時代に投げこんだ。

人里離れた場所にある修道院や教会はヴァイキングにとって格好の餌食だった。教会の宝物は略奪され、虐殺をのがれた者も奴隷として捕えられた。しかしいまやこの異教の戦士たちは、心にさらなる野望をいだいているようだった。ヴァイキング船がパリに近づいてくる恐怖をサンジェルマン・デ・プレ修道院のある修道士はこう記している。「われらが主の年の845年、北方人の大軍勢がキリスト教徒の国境を侵してきた。このような出来事はいままで聞いたことも読んだこともない」

5000人のヴァイキングの大軍とパリとのあいだに立ちふさがったのはフランク王国のシャルル禿頭王だった。この時代もパリの中心は市壁に囲まれたシテ島だった。ヴァイキング軍は途中ルーアンを襲撃しつつパリに向かっていると知らされた王は、キリスト教国たるフランク王国の中心地パリを同じように荒らされてなるものかと考えた。そして軍隊をふた手に分けてセーヌ川の両岸に配置し、異教徒の船団を決して通すまいと決意を固めていた。だが軍をふた手に分けたのは手痛い失敗だった。ヴァイキング軍が一方の岸の半分のフランク軍を簡単に破るのを、もう一方の岸にいる残りのフランク軍は歯ぎしりしながら見ているしかなかった。彼らの崇拝する神オーディンをたたえ、残りのフランク軍兵士を震えあがらせるために、ヴァイキングは111人の捕虜をセーヌ川の小さな無人島で絞首刑にした。

左ページ：テンプル騎士団の団員たちも冷酷な暴君フィリップ端麗王に処刑された犠牲者だった。審問官による拷問の後、彼らは男色、異端、黒魔術などの罪状で火刑に処せられた。

もはやシャルル王の軍に邪魔されることもなくなったヴァイキングはすばやくシテ島に船をつけ、パリに残っていた住人を容赦なく襲った。すでに修道士に率いられて集団避難が行なわれていたのだが、指示を無視して残っていた者も多かった。その後の騒乱はヴァイキングに襲われたキリスト教徒の町に共通するものだったが、記録によればフランク王国におけるヴァイキングの蛮行はとくに激しかったようだ。見つけた住人を手あたりしだいに虐殺し、残っていたありったけの金銀をすべて略奪し終えるまで、彼らは休むことなく暴虐のかぎりをつくした。

パリの略奪を率いたのは、フランク族の集落をしきりに襲撃する悪名高きヴァイキングのリーダー、ラグナルだといわれている。彼についてはわからないことも多いが、なかなかに興味深い話もある。このラグナルを伝説に名高いラグナル・ロズブローク、別名「毛羽立ちズボンのラグナル」と同一人物だとみなす歴史家もいる。「毛羽立ちズボン」というのは彼が身につけていたズボンのことで、そのおかげでイングランドのイーストアングリア地方で捕えられ、彼の処刑のために用意された毒蛇の穴に入れられても蛇の牙がなかなか届かず、すぐには死ななかったという伝説がある。アイスランドの伝説サーガに登場する英雄ラグナル・ロズブロークがはじめて戦闘に参加したのは、フランク族の守護者にして神聖ローマ皇帝のシャルルマーニュ（カール大帝）との戦いだったとされている。

シャルルマーニュは熟慮したうえで攻撃するという姿勢でデンマークのゴズフレズ王などの野心的なリーダーが率いる北欧軍に対抗し、彼の巨大な帝国をまとめていた。あるとき、シャルルマーニュとゴズフレズのあいだで、現在のドイツとオランダの一部を占め、当時は両者の緩衝地帯として重要な役割を果たしていたフリジア地方で交易を営む小さな町をめぐる対立が起こった。ゴズフレズ王が虚勢をはってフリジアに侵入し、当時そこを支配していたシャルルマーニュを驚かせたのだ。ゴズ

上：伝説によれば、ズボンを脱がされたラグナルは毒蛇の穴で「体のいたるところから蛇をぶらさげて死んだ」ということだ。

左ページ：シャルルマーニュの孫シャルル禿頭王は、くりかえしパリにやってくるヴァイキングの攻撃を、ほとんど防ぐことができなかった。彼の別名は皮肉である。実際にはとても毛深かったということだ。

フレズを立ちさらせるため、シャルルマーニュは代価として90キロほどの銀を支払った。これがイングランドでデーンゲルドとよばれる、ヴァイキングに敵対行為をやめて占領地から引き揚げさせるために代価を支払う伝統のはじまりである。814年にはシャルルマーニュもゴズフレズもすでに死んでいた。しかしシャルルマーニュにデーンゲルドという伝統を作らせたことで、ゴズフレズは彼に続く世代のヴァイキングの襲撃者に先例を残したのだ。

伝説のロズブロークと同一人物かどうかはともかく、パリを襲撃したラグナルは以前にシャルルマーニュの孫であるシャルル禿頭王から、賠償金としてフリジアの土地を少しゆずられていた。ところがシャルル王はあとになってその協定をとり消し、土地を取りあげてしまった。パリ襲撃はそれに対するラグナルの復讐だったのだ。シャルル王としては、パリをとり戻すために代価を支払う以外の手立てはなさそうだった。今回のデーンゲルドの代価は、奪いたいだけ奪った財宝と奴隷にくわえて約3000キロの銀だった。そればかりか、王は川沿いにまだ略奪できる村がいくつかあるとラグナルに教えて被害を増すようなことまでした。それを聞いたラグナルは、途中に通る村を躊躇なく荒らしながらスカンディナヴィアへの帰路をたどったのである。とはいえヴァイキングもまったく無傷で国に帰れたわけではなかった。

ヴァイキングの船団を伝染病が襲い、帰路についた兵士の大多数の命を奪ったのだ。ラグナル自身は病死をのがれたが、これは神罰ではないかとおそれた。パリ襲撃の軍資金を提供したデンマーク王ホリックも神が報いを求めているのかもしれないと考え、パリで捕えた捕虜を解放し、奪った宝物を返すことに同意した。そうしたことはあったものの、ヴァイキングの襲撃が止むことはなかった。シャルル王のデーンゲルドは一時し

下：ヴァイキングの襲撃になすすべもないシャルルマーニュ。神聖ローマ帝国皇帝として、彼はヴァイキングの脅威を認識していたが、帝国があまりにも巨大すぎてヴァイキングの攻撃をくいとめることはできなかった。

のぎにすぎず、まもなく新しいヴァイキングの船団がパリをめざ
して出港することになる。

　フランク王国の修道院、村、町、都市がヴァイキングの猛攻に
より陥落することが続いたため、シャルル禿頭王はヴァイキング
に馬や武器を売ることを禁じ、それに反した者は死刑にするとの
布告を出した。だがこれも、ヴァイキングが奴隷や賠償金や略奪
品やデーンゲルドによって富を増すのを止めることにはならなか
った。教会やその宗教的な宝物を山ほどかかえたパリは理想的な
獲物だった。サンジェルマン・デ・プレ修道院の修道士アッボ・
ケルヌウスはこう記している。

　「パリよ。そなたはセーヌの真中、フランク王国の豊かな土地
の中央にあって叫んでいる。わたしはあまたあるどの都市よりも
偉大な、すべての都市の上に君臨する光り輝く女王なのだと。そ
なたのふるまいの壮麗は皆の知るところ。フランスの富を渇望す
る者はだれもがそなたをほめたたえる」（アッボ・ケルヌウス『パ
リの町の戦争』）

　ラグナルによる845年の襲撃に次いでこの町を襲ったのは、そ
の息子「剛者のビョルン」だった。857年、ビョルンはひそかに
セーヌ川をさかのぼり、4年をかけて地中海にまで到達する彼の
遠征の一環として、パリを襲い略奪した。スカンディナヴィアに
帰る前に、最後の仕上げとばかりイタリアの都市ルナを襲った
が、じつは彼はそこがローマだとかんちがいしていたのだった。
ビョルンはパリの町のほとんどを破壊しつくし、残った教会は4
つだけだった。

　860年には再度ヴァイキングが襲撃してきた。シャルル禿頭王
はパリを守ろうと必死になり、男の住人を大量に動員してシテ島
の周囲にやぐらと市壁を築かせ、セーヌをまたぐ橋の防備を固め
る工事をした。セーヌ川を封鎖してしまえばヴァイキングはパリ
やもっと内陸の土地への主要な通路を失うことになるとシャルル
は考えたのだ。だが彼はそうした防護工事の成果を見ることなく
他界する。彼に代わってフランク王国史上最大のヴァイキングの
襲撃を目撃するのは、後継者シャルル
肥満王とパリ伯オドだった。

885年のパリ包囲戦

　戦士シーフレズとシンリックに率い
られたヴァイキング軍は、運だめしの
冒険をしに来たたんなる襲撃隊とはま

> ヴァイキング軍は運だめしの冒険
> をしに来たたんなる襲撃隊とは
> まったく別のものだった。

ったく別の、300隻の船に数千の兵士を乗せた本格的な遠征隊だ

った。新たに防御を固め、ヴァイキング船の通行をはばむ2本の低い橋を完成させたパリを見て、ヴァイキング船団は多少驚いたかもしれないが、それで彼らの士気が下がるようなことはなかった。デーンゲルドの支払いと安全なパリ市内の通過を要求してパリ伯オドに拒否されると、ヴァイキング軍はパリの包囲戦に入った。

　シーフレズとシンリックがパリをおそれるに足らずと思っていたのなら、それはまちがいだった。移動やぐら、大槌、石弓などさまざまな攻城兵器を用いたにもかかわらず、市壁内に立てこもる兵力200のフランク軍はよくもちこたえていた。包囲戦は2か月続き、ヴァイキング軍はセーヌ川をがれきと捕虜の死体で埋めつくしたが、防御線を破ることはできなかった。

　そこでヴァイキング軍は作戦を変更し、火矢を放ったり、投石したり、自軍の船を3隻燃やしたりして2本の橋の一方を落とそうとした。橋はひどく痛めつけられたが落ちることはなかった。しかし2月になると雨が激しく降り、川にあったがれきが流されてきて橋は土台だけ残して流されてしまった。そのおかげでヴァイキングは市の塔のひとつにたどり着き、なかにいた兵を全滅させることができた。それでもシテ島に残った防衛線は強固だった。

　要求した銀30キロのデーンゲルドをオドに拒否されるとシーフレズは戦線を離れ、指揮官をロロと交代した。一方パリ伯オドはひそかにパリから抜けだし、シャルル肥満王に援軍を送るよう頼んでいた。シャルルは臆病な王で、ヴァイキングと戦う度胸は

おしよせる暴力の波

　9世紀中ごろから、ヴァイキングの襲撃回数は驚くほど増えてきた。近いうちにフランク王国の沿岸はどこも安全ではなくなりそうな勢いだった。フランク王国の修道士エルメンタリウスは『奇跡の歴史と聖フィリベルトの昇天』で、ヴァイキングの侵略の恐怖について記録している。

　「船の数が増し、ヴァイキングの洪水は休むことなくどんどんおしよせてくる。キリスト教徒はいたるところで虐殺され、燃やされ、略奪されている。ヴァイキングたちは行く手にあるすべてをのりこえ、何も彼らをはばむことはできない。彼らはボルドー、ペリグー、リモージュ、アングレーム、トゥールーズを落とした。アンジェー、トゥール、オルレアンを不毛の地にした。数えきれないほどの船がセーヌをさかのぼり、あらゆる場所で邪悪が力を増している。ルーアンは荒らされ、略奪され、燃やされた。パリ、ボーヴェ、モーは陥落した。ムランの砦は破壊された。シャルトルは占領され、エヴルーとバイユーは略奪された。そしてすべての町が包囲された」

中世　41

上：885年のパリ包囲戦は、西ヨーロッパの町を急襲してすぐ引き上げるといういつものパターンではないという意味で象徴的な襲撃だった。それはヴァイキングとフランク王国の力を試すものだった。

なかった。しかしオドは、パリが陥落するということはフランク王国を敵の手にわたすことと同じだと言って王を説得した。シャルルは軍をパリに進めたが、包囲しているヴァイキング軍を攻撃するのではなく、近くのモンマルトルの丘に陣をおいた。そしてそこからヴァイキングとの交渉に入り、包囲を解いて近くのブルグント王国を攻撃してはどうかとそそのかした。当時ブルグント王国はシャルルに反乱を起こしており、そこを荒らすのは簡単だと勧めたのだ。そしてシャルルの国から完全に引きあげることを条件に300キロほどの銀をデーンゲルドとして支払うとロロに申し出た。それまで何か月もパリの包囲戦で苦労してきたことを思えば、拒否するにはおしい好条件である。しかしシャルルはセー

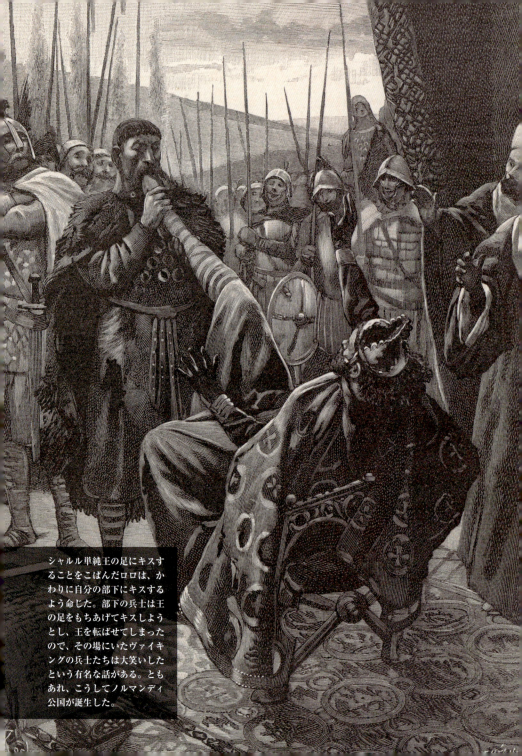

シャルル単純王の足にキスすることをこばんだロロは、かわりに自分の部下にキスするよう命じた。部下の兵士は王の足をもちあげてキスしようとし、王を転ばせてしまったので、その場にいたヴァイキングの兵士たちは大笑いしたという有名な話がある。ともあれ、こうしてノルマンディ公国が誕生した。

ヌ川の航行をさまたげている橋を壊そうとはしなかったので、ロロの船団はセーヌ沿いのかなりの区間で船を陸路で運ぶ、つまりいったん川から揚げて地上を引いて進む必要があった。

　またしてもパリは一時的な猶予のために代価を支払った。しかしロロは911年にふたたび軍を率いてパリにやってくる。このときのフランク王はシャルル単純王で、時をむだにすることなくさっさと取引を申し出た。土地と称号をあたえ、娘ジゼルと結婚させるかわりに、ロロはノルマンディの領地を守り、キリスト教に改宗するという条件だった。

　ロロは条件をのんでジゼルと結婚し、洗礼を受けてロベール１世となった。伝説によると、ロロは忠誠のしるしとしてシャルル単純王の足に口づけすることをこばみ、家臣のひとりに代行させた。このときその家臣は王の足を高くもちあげたので王はバランスをくずして転んでしまった、という有名な言い伝えもある。

　ロロがキリスト教徒となってノルマンディ公国が成立したこと

下：ヴァイキングを十分倒せるだけの軍勢を集めたのに、シャルル肥満王はヴァイキングをおとなしく帰らせるために金を支払った。その上シャルル王は、自分の家臣が反乱を起こしているブルグンド王国を侵略するようヴァイキングをそそのかした。

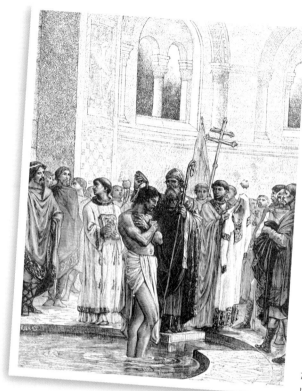

上：ノルマンディ公となるためロロは異教の神を放棄してキリスト教に改宗した。イングランドに侵入した偉大な王、ウィリアム征服王はロロの子孫である。

は、フランク王国においてヴァイキングの活動が終焉したことを示す象徴的な出来事である。最後のデーンゲルドとして記録されているのは、926年にブルグント王ルドルフが支払ったもので、以後の記録はない。しかし1066年、ウィリアム征服王として歴史に名を残すことになるロロの子孫が、ノルマン人の血管には侵略者の血が脈々と受けつがれていると世界に示すのである。

中世のはじまり

　現代のパリにも中世のパリが残っている。ノートルダム大聖堂やサント・シャペルの巨大な石材やステンドグラス、そしてカルティエ・ラタン（そこで学んだ学生たちはその界隈をこうよんだ）の丸石を敷きつめた活気のある道がそうだ。この時代のパリは、バラ色の光にやわらかく包まれた騎士道物語の諸侯やその優雅な奥方たち、純白の鎧をまとった騎士と清らかな乙女、そして宮廷風恋愛の時代だったと思われがちだ。

　しかしそれは幻想にすぎない。新たな千年紀を迎えたパリの現実の姿はまったく別のものだった。残虐なヴァイキングが残した不潔で荒廃した町、退廃と悪徳に身をゆだねた町でパリの中世ははじまったのである。シテ島——侵略者ヴァイキングとの戦いの強固な牙城だった——に残る荒れはてた建物が見下ろす街路は盗賊と売春婦がたむろする巣窟となっていた。住人はもはや日常茶飯事となった盗賊のむち打ち刑の列を避け、狭い道をわがもの顔に走りまわる野生の豚をよけて歩くありさまだった。ちょっとした広場では罪人がカロリング法による罰をあたえられていた。売春婦は上半身を裸にされてむちで打たれ、泥棒はのどを切り裂かれるのだ。

　11世紀のフランスを支配していた王朝はカペー朝だった。カペー朝もメロヴィング朝の時代から続く古い伝統を受けつぎ、パリにはまったく関心を示さなかった。彼らは首都をオルレア

王家の嫌悪感

カペー朝の王アンリ1世（1008-1060）は近くに適当な王女がいなかったので、ヨーロッパの果てまで使者を送って妻となる女性を探し、キエフ大公の娘アンヌを迎えた。ほとんど読み書きできなかったアンリ王が驚いたことに、キエフのアンヌは5か国語を話すことができ、婚約者の待つパリまで旅をするあいだにフランス語を覚えてしまった。彼女は教養のないフランス人によい印象をもたず、婚礼の食事は母国ウクライナの伝統である5コースの食事でなく、3コースしかなかったと不満をもらした。アンヌはとくにパリが気に入らなかったようで、父親への手紙に「家々は陰気で教会は醜く、習慣はとても不愉快」と書いた。

右：キエフのアンヌはパリのみすぼらしさにショックを受け、夫は教養のない田舎者だと思っていた。王は彼女を熱烈に愛した。

ンにさだめ、ヴァイキングの襲撃で荒廃したパリを再建し住人をよびもどす仕事は教会にゆだねた。この時代、教会はフランスの政治にかなりの影響力をもちはじめていた。土地と金と、それになによりローマ教皇の援助があったのだ。

ヴァイキング襲撃時はほとんど見すてられていたセーヌ左岸地域が、教会のパリ再開発計画の最初の対象だった。ほとんど原型をとどめていない木造の防御施設、野生化した家畜、ヤギがうろうろしている汚れのこびりついた街路が目につくこの一帯は、あきらかに化粧直しの必要があった。教会はまず、サンジェルマン・デ・プレ修道院の修道士のために働く農民の住居の建設からはじめた。まもなく市場ができ、職人が住みつき、学生が学ぶための施設が作られ、左岸地域には若さと活力と学問的な雰囲気が広がっていった。

ピエール・アベラールがのちにソルボンヌ大学の母体となる神学校に教師として招かれたことは左岸地域の知的な再生にとって大きな恩恵だった。もっともアベラールは「アベラールとエロイーズ」の恋物語で去勢された恋人としても名を残している。ふたりの物語は熱烈に愛しあった恋人たちの運命と、彼にあたえられ

た暴力的な懲罰ゆえにパリで長く語り伝えられてきた。

　パリで影響力を強めた教会は王のフランス統一にも力を貸した。当時のフランスは、立派な城をかまえる領主が独自に治めるいくつもの小国のよせ集めだった。クローヴィスのサリカ法で、亡くなった貴族の領地は息子全員に分配して相続させると定められていたからだ。相続にかんするこの法律は何世代も続く不和と争いのもとになっていた。小国どうしの暴力行為もパリの路上でのけんかも、ごくありふれた出来事だった。そうした流血の事態を減らそうと、教会は「神の休戦」制度を定めた。修道士と修道士、女性と女性、聖職者と聖職者のあいだの争いはつねに禁止とし、それ以外の暴力ざたは水曜日から月曜日までのあいだは禁止するがそれ以外の日は認める、という決まりだった。教会はまた、封建領主たちを結束させ、イスラム教徒と戦って聖地を奪還する十字軍に参加させようとした。

　しかし異端とされたキリスト教徒を虐殺するための悪名高い十字軍もあった。なかでもとくにいまわしい大量虐殺は、フランスのベジエという町で長老たちが異端とされた人々をひきわたすのをこばんだために起こった。十字軍を率いていた大修道院長は、ベジエの異端者と正しいカトリック教徒をどう区別すればいいのかと部下に問われると「全部殺せ。神はどれが自分の子がおわかりになっているのだから」と答えたという。およそ2万人が無残に殺され、町は完全に破壊された。

　フランスの諸侯は参加する十字軍を慎重に選んでいた。多くの場合、金銭的な面を考えれば参加しないのがいちばん賢い選択だった。十字軍に参加したことで有力な領主が破産したり命を落としたりすることも多かったのだ。一方、新興階級である職人や熟練工、鍛冶屋などは十字軍のおかげで力をたくわえた。参加する騎士に物品を供給することで、パリはもちろんのこと、その他の地域でも経済は大いに活気づいた。参加をひかえることを選んだ王のひとりがフィリップ尊厳王［フィリップ2世］である。彼は教皇インノケンティウス3世に、国内にいろいろ問題をかかえているので留守にはできないと言いわけして、カタリ派に対する1209年の十字軍に参加しなかった。そしてパリを拠点にフランスを小さな封建国家からより大きく豊かな王国に変容させることに力をそそいだのだ。

　フィリップはローマ皇帝ユリアヌス以来はじめての、心からパリを愛したフランス王のひとりだった。彼はパリの周囲に市壁をめぐらせ、

> **13世紀のパリは矛盾をはらんでいた。**

ソルボンヌに特許状をあたえ、ノートルダム大聖堂の建設を続け、市内の道路に石を敷きつめた。この道路の舗装は、パリ市民の日常生活に劇的な変化をもたらした。それまで雨の日には、路上にすてられた汚物が濡れた道路の泥とごちゃまぜになってひどい悪臭を放っていたのだ。

　13世紀のパリは矛盾をはらんでいた。新しい国王ルイ9世［フィリップ2世の孫］のもと、フランスもパリも大いに繁栄し、パリではシテ島のサント・シャペルなど壮大な建造物の工事が行なわれていた。新興の都市階級であるブルジョワジーは、人口が急増していまや10万都市となったパリの雰囲気を上品にする役を果たしていた。だがこうした新しく輝かしい面とはうらはらに、「光の都」パリを歩きまわるのは実際には危険なことだったのだ。

フィリップ端麗王

　殺人、窃盗、けんか、泥酔、密通は中世のパリの路上ではありふれたことだったが、そうした罪を犯した罪人におぞましい刑罰が課せられるのも日常的なことだった。1284年にフィリップ4世が王位についたころ、公開の処刑は多くの観衆が楽しむありふ

下：サンジェルマン・デ・プレ大修道院は6世紀にキルデベルト1世が創設した。シテ島の王宮から見えるようセーヌ左岸に建てられた。

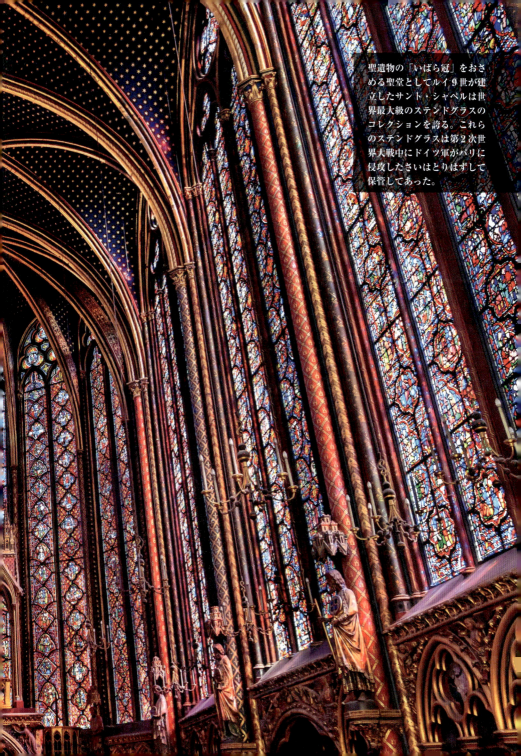

聖遺物の「いばら冠」をおさめる聖堂としてルイ9世が建立したサント・シャペルは世界最大級のステンドグラスのコレクションを誇る。これらのステンドグラスは第2次世界大戦中にドイツ軍がパリに侵攻したさいはとりはずして保管してあった。

司法代官の職務

12世紀、フィリップ2世はパリの無法状態に対処するため初期の警察制度を創設した。その職員は「リボ（風紀取締官）」とよばれたが、これは本来、強姦や略奪を目的に十字軍に参加した兵士をさす言葉だった。この警察組織の長はのちに「グラン・プレヴォ（司法代官）」とよばれるようになるのだが、そのポストは裏社会とつながりをもつことも多かった。権力乱用の罪や、「罪を犯した」人物を認められていない方法で殺害した罪で絞首刑になった司法代官もあった。とくにギヨーム・ド・ティニョンヴィル（1414年没）という司法代官は大学付きの聖職者ふたりを拷問のすえ絞首刑にしたが、結局その判決は上訴され、くつがえされた。ギヨームは絞首台で数か月さらされ腐敗の進んでいたふたりの死体を下ろし、適切に埋葬するよう命じられた。しかしギヨーム本人に対して訴訟をおこす者はなかった。

れた娯楽のひとつになっていた。泥棒や殺人犯はたいてい ただの絞首刑と決まっていたが、目をくりぬくとか赤く熱した鉄で顔に焼印を押すとかいう刑罰もあった。

多くのパリ市民にとって、悪漢中の悪漢は彼らの王フィリップ4世だった。この王はその美しい外見と冷淡なふるまいにより端麗王の別名でも知られている。うぬぼれの強いひとりよがりの男で、残酷なことを奨励し、財政運営のまずさから国を破産寸前に追いこんでいる。この王のもとで、フランスの政治上の身分制度は大きく3つにまとめられた。貴族、聖職者と、特権をもたない第三身分である。それぞれの身分ごとに代表者が集まって部会（三部会）が開かれていた。これによって1789年に社会的政治的危機が起こるまで、民主主義らしきものの到来がさまたげられていたのだ。フィリップ4世の治下、国の運営にかかる費用は1世紀前のフィリップ2世のころの7倍近くに達していた。資金の一部はいくつかの豪壮な建築物の新築にあてられた。彼はフィリップ2世が建てたシテ島の王宮を「フランス史上もっとも美しい場所」に作りかえるという大望をいだいていたのだ。とぼしくなってきた財源を補うため彼は「国家の防衛のため」などの名目でいくつか新しい税金を定めたり、

下：フィリップ4世は厳格で人目を引く外見の王だった。彼は、自分は臣下の道徳と健全な精神を守る任務を神からあたえられたと信じていた。そしてその任務を達成する手段として、日常的に拷問と殺人を行なっていた。

中世 51

フィリップ端麗王の治下、多くの人民が火刑に処せられた。絞首刑、むち打ち、目をくりぬくなどの刑罰も日常的な公共の見世物で、多くの見物人が集まった。

裕福な領主たちの土地や財宝を没収したり、通貨を切りさげて物価の暴騰をあおったりした。また金を貸して高利をむさぼった罪ですべてのユダヤ人をフランスから退去させ、資産を没収した。将来の抵抗の芽をつむ目的で、一部のユダヤ人は火刑に処せられた。

フィリップ4世は次にテンプル騎士団に目をつけた。これは十字軍のための騎士団で、パリの市壁のすぐ外側に豊かな領地を築いていた。団員は非常に裕福だった。遠征先の外国で多くの戦利品を得たうえに、それを元手に国の内外で金貸しをして財産を何倍にも増やしていたのだ。しかし彼らはフランス社会では嫌悪されていた。あまりにも裕福でパリにこれ見よがしの住居をかまえているというだけでなく、大っぴらに男色にふけっているという噂もあったからだ。

1307年にフィリップ4世はテンプル騎士団を男色、異端、黒魔術の行使などの罪で告発した。彼は騎士団の罪について次のよ

下：テンプル騎士団の総長ジャック・ド・モレーは生きたまま火刑に処せられるとき、拷問によって強要された告白を取り消し、フィリップ4世と教皇クレメンス5世と彼らの子孫を呪った。

モンフォコンのさらし絞首台

　13世紀にはじめて建造されたモンフォコンのさらし絞首台は、一時に囚人を何人も処刑でき、その死体を見せしめのためにさらしておける構造になっていた。現在のビュット・ショーモン公園の近くにあったこの絞首台は高さ10メートル、16本の柱があり同時にたくさんの死体をさらすことができた。ここでは最大3年間死体をさらすこともあり、烏の群れが集まったり、寒さの厳しい冬には狼が遺体の残りをあさりに来たりするおぞましい場所になっていた。木製だった柱はのちに石柱になり、17世紀の旅行作家トマス・コリアットは「これまで見たなかでいちばん美しい絞首台である。小山の上に作られており…14本の石灰岩の柱が立っている」と記した。この絞首台は1629年まで使われ、1760年に取りこわされた。

右：モンフォコンのさらし絞首台は現在のコロネル・ファビアン広場に近い小高い丘の上に立っていた。中世にはこの場所はパリの市壁の外だった。

うに語ったという。
　「じつに嘆かわしい極悪非道の行ない、苦々しい思いと強い悲しみをもたらす途方もない所業、考えるだに驚愕し、耳にするだけでおそれおののくような前代未聞の罪、人間たる者すべての感情に反する大罪と凶行がわれらの耳にとどいた」（チャールズ・アディソン『テンプル騎士団の歴史（The History of the Knights Templars）』）
　フィリップは、カトリック教会による厳正な異端審問の結果が出るまでテンプル騎士団の土地と財産を差し押さえておくべきだと主張し、団員の告白を引き出すためには拷問するべきだと語った。
　「審問をはじめる前に、彼らが宣誓したうえで過ちと凶行をなしたと明白に証言したことを、教皇もわれわれも確信していると

彼らに知らしめなければならない。そして真実を告白するなら寛大な措置をとるが、そうしなければ死刑に処すると知らしめるべきである」（前記同書）。

そしてついにある晩、一連の凶行の幕が切って落とされる。異端審問の名のもとにテンプル騎士団の本拠が急襲され、すべての団員が捕えられ、財産はすべて没収された。そしてその直後から団員たちの拷問の公開がはじまる。たとえば異端の疑いをかけられた騎士の両脚を鉄の枠にしばりつけ、両足にバターを塗ってじか火で焼く。拷問者はふいごを持って近くにひかえ、炎が高くあがるよう空気を送る。たいていの者はこれで歩けなくなる。なかには発狂する者もあったということだ。拷問による審問の最中に36人の団員が命を落とした。

審問官がとくに引き出そうとした告白に、猫を神とあがめたこと、十字架につばを吐いたこと、乳児を焼いたことなどがあった。告白は拷問のいろいろな段階で出てきたが、絶命する直前に告白を取り消す者もあった。138人の団員が火刑に処せられているとき、そのうちの数人が炎に全身を包まれる前に告白はいつわりだったと叫んだという有名な話もある。

テンプル騎士団の総長ジャック・ド・モレーは火刑に処せられながら教皇クレメンスと国王フィリップを呪い、そのふたりの仲間と子孫が滅びるようにと神に願った。そのわずか1か月後、教皇は腸の癌で亡くなり、フィリップ4世はその年の末に狩りの事故で命を落とした。ド・モレーの呪いはふたりの死だけではおさまらず、さらにおそろしいことをひき起こしたという記録も数多くある。

フィリップは事故で死ぬ前に最後の残虐行為をやってのけ、パリの住人に大きな衝撃をあたえて震えあがらせた。ルーヴル宮の向かいにあたるセースの左岸にフィリップ4世は3人の息子ルイ、フィリップ、シャルルとその妻マルグリット、ジャンヌ、ブランシュのための豪壮な住居を建てていた。ところがマルグリットとブランシュは愛人のドルネ兄弟をそこへつれこんで不倫をしていたことがわかり、姦淫の罪で裁かれることになった。

フィリップのあたえた罰は容赦のないものだった。ドルネ兄弟は喝采をおくる群衆の前で拷問のうえ生皮をはがれ、さらに去勢され、腸を抜かれて、遺骸をさらし柱につるされた。マルグリットとブランシュは頭を剃られ（この伝統は第2次世界大戦後のナチ協力者への罰に引きつがれた）、独房に監禁された。マルグリットはのちに夫のルイによって2枚のマットレスにはさまれ、窒息死させられた。ブランシュは残りの人生を女子修道院ですごす

左ページ：1320年、不満をいだいた「パストゥロー」とよばれる民衆の一団がパリを襲い、いくつかの建物を略奪し大勢のユダヤ人を殺害した。

ことを許された。

テンプル騎士団の呪い

もちろんパリの住人はフィリップ4世の早すぎる死を、生きたまま燃やされたジャック・ド・モレーの呪いと結びつけた。昔のパリシイ族の迷信深さは中世のパリ市民の精神に受けつがれていたのだ。呪いを軽く考えたりばかにしたりしてはならなかった。フィリップ4世の死は3世紀以上続いたカペー王朝の支配に終わりを告げたも同然である。3人の息子たちには次々と思いがけない最期が訪れ、あわせて14年間しか王位を守れなかった。

だがド・モレーの呪いは王位の継承ばかりでなく、もっと大規模な影響をパリにもたらす。パリは何世紀も続く争いと荒廃の時代に入り、多くの命が奪われることになる。はじまりは1314年、フィリップ4世が死去した年のこと、フランスとパリを大飢饉が襲う。数回の厳冬によりもたらされたこの飢饉は3年間続き、作物が全滅していたるところで食糧不足が起こった。パリのような都会ではその影響がとくに深刻で、食糧不足と価格の暴騰にみまわれた。

農産物が届くかわりに、不満をいだく羊飼い、特権をはく奪された聖職者、仕事のない小作農、その他もろもろの流れ者たちのよせ集め——まとめて「パストゥロー（羊飼いたち）」とよばれた——がパリに大量に流れこんできた。彼らは、飢饉が起きたのは十字軍を派遣できなかった王の無能さのせいだと非難して司法代官を襲い、サンジェルマン・デ・プレ大修道院で略奪をはたらいた。さらに暴徒はパリに住むユダヤ人を狩りたて、大勢のユダヤ人をシテ島で焼き殺した。

フィリップ4世の息子で妻マルグリットの殺害者でもあったルイ10世は、自分の罪を償おうと考えたらしく市中の監獄から罪人を解きはなった。予想どおり犯罪が激増し、手の打ちようがなくなる。パリの街路は血に染まった。市内全域で犯罪が激

下：「強情王」とよばれるルイ10世はとくに注目すべきことのない王で、戦争と飢餓と病気がフランスをおおった時期に王位についていた。

中世 57

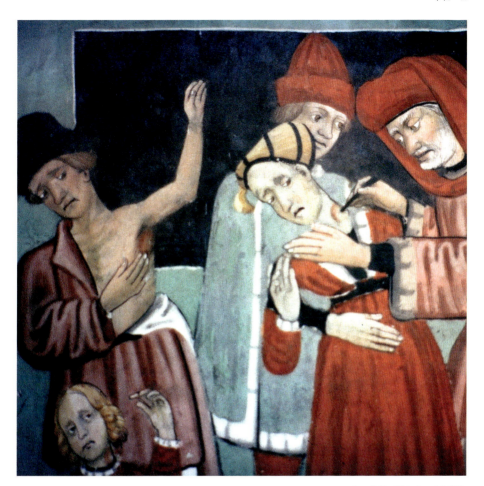

上：患者の腫れものを切開して治療しようとしている「ペスト医」。黒死病（腺ペスト）は1年以上もパリに居すわり、人口を半減させた。

増したため、「モンフォコンのさらし絞首台」は多忙をきわめた。
　災厄ともいえるルイ10世の治世は2年しか続かず、弟ふたりの短い治世をへてカペー朝の家系は絶えた。ルイ10世の妹イザベルはフィリップ4世の血をひく最後の子どもだったが、クローヴィスが定めたサリカ法は女性の王位継承を認めていなかった。フィリップ4世の孫であるイングランドのエドワード3世には継承権があったが、イングランド人をフランスの王に迎えるのは問題外だった。そこで王位はフィリップの甥、フィリップ・ド・ヴァロワが引きつぐことになった。ヴァロワ朝のはじまりである。エドワード3世はフィリップ・ド・ヴァロワに臣従の礼をつくしてはいたが、エドワードが陰謀をたくらんでいるのではないかとおそ

れたフィリップが、フランスにおけるエドワードの領地アキテーヌ公国を没収したことで関係が悪化した。エドワードはフィリップのフランス王位継承権に異議を唱え、百年戦争がはじまる。

1066年にウィリアム征服王がイングランドを侵略して以来、代々のイングランド王はフランス国内にある程度の領地を保持してきた。これが百年戦争のそもそもの原因である。フランス内にはエドワードを支持する封臣もいたので、この争いには内戦としての一面もあった。1337年にエドワードがフランス王を名のったことにはじまり、イングランドがフランス内に残った最後の領土を失った1453年まで続いた百年戦争は、一時的に中断されることはあってもなかなか終わりが見えず、パリ市民の日常生活に大きな負担を強いたのだった。

いちばん明白で直接的な影響は、イングランド軍の暴力をのがれ群れをなしてパリになだれこむ大勢の避難民だった。パリ市民はまたもやパリの人口が忍耐の限界まで増えたことに腹をたて、その怒りを支配階級に向けた。陰謀、公開処刑、ちゃちな泥棒行為が多発し、パリの住人はフランス派とイングランド派にわかれ、スパイ、協力者、さらには刺客さえ暗躍していた。

その騒ぎのさなか、彗星が3日間パリの上空に浮かんでいたとの噂とともにペストがパリを襲う。東方から広がってきた腺ペストはまずマルセイユに上陸し、おびただしい人命を奪った。この病気にかかった患者は黒い腫れものができ、鼠蹊部や脇の下に痛みや腫れを生じる。もちろん医者には原因もわからず、治療もできなかった。しかし「ペスト医」とよばれる医者は、いろいろな治療を熱心に試みた。

鼻のところに長いくちばしのようなものがついたマスクをかけ、保護服を着こんだペスト医は、患者の腫れものを切開したり、瀉血をしたり、えせ薬師が調合したひどい味の煎じ薬を飲ませたりした。こうしたやぶ医者の多くはそのうちに自分も感染して苦しむことになった。死んでいく患者たちを親身になって世話し、なぐさめたパリのアウグスティノ会修道女たちも同じ運命をたどった。

多いときは1日700人以上にもなった大量の死者にパリの町は対処できなかった。遺体安置所や墓地から死体があふれた。やがて死体は路上に放置され、腐るにまかせられるようになった。パリから出ていく手だてのある者はそうした。感染した者の多くは、ひとり閉じこもって死が訪れるまで祈ってすごした。世界の終わりが来たと叫び、泥酔

> 遺体安置所や墓地から死体があふれた。

中世　59

ペストの描写

　腺ペストがパリで大流行したとき、ジャン・ド・ヴネットはモベール広場にあるカルメル会修道院の托鉢修道士だった。彼はペストの流行についてこう記している。

　「この年と次の年、パリでもフランス王国のその他の場所でも、そして聞くところによればほかの国でも、男も女も、老人もそれより多くの若者もあまりに大勢死んだので、死体を葬ることさえできない。病気にかかった者は2、3日寝こんだかと思うと突然死んでしまう。まったく元気そうに見えた者がだ。昨日まで元気だった者が翌日には死んで墓に運ばれる。脇の下や鼠蹊部に——多くの場合はその両方に——腫れものが突然できる。これはまずまちがいなく死のしるしである。この病気あるいは疫病を医者たちは伝染病とよんだ。1348年と1349年の死者の数ほど大きな数字はこれまで聞いたことも見たこともない」(ジャン・ド・ヴネット『年代記 (Chronicle)』)

したり、情交にふけったり、その他さまざまな悪徳に溺れる者もいた。

　この病気を神がくだした罰だと信じた多くの住人は、自分の魂を救済するために地獄の使者とよばれるハンセン病患者やユダヤ人を焼き殺しはじめた。同じように邪悪な存在とされた猫も火をつけた薪の山に投げこまれた。おかげで鼠はますますペストを広めることになった。ペストの猛威がやっと終結したのは1349年冬のことだ

「パリらしさ」のきざし

　ペストが終結したとたん百年戦争が再開された。この戦争が複雑にからみあった過程をたどるなかで、パリはいわゆる「パリらしさ」、つまり、しばしばこの町の特性といわれる反乱と政治的暴走に熱狂する気質のようなものを形成していく。新国王となったジャン2世は市中の犯罪勢力を抑えこもうとすると同時に再開した戦争の費用をまかなうための新税を導入した。それやこれやで社会はふたたび不穏な空気に包まれていく。

　当時のパリには好ましくないやから——脱走兵、売春婦、泥棒、殺人犯、ペテン師など——がたくさんいて、彼らが市中を支配しているのも同然のありさまだった。一方ブルジョワジーは、王権が法律や税制といった社会基盤を整えておらず、たとえば突然説明なく税率を上げるような状況に苦しんでいた。

　1355年、市長職に相当するパリの「商人頭」に選ばれたエティエンヌ・マルセルは、そこから中世のパリでもっとも名高い市民指導者となる道へ第一歩をふみだした。彼はパリ市民に向かって

上：「死の舞踏」をテーマにした最初の絵画は、ペストによる死者を葬ったパリの墓所の壁に描かれたものだった。これはだれにでも平等に訪れる死の普遍性を寓意的に表現したものだ。

邪魔ばかりする支配者や腐敗した税務官らの言うことは無視して、自分たちの運命は自分たちで決めようと提案し、喝采をあびた。そして3000の市民からなる民兵を組織し、パリの防衛施設を再建した。基本法に相当する「大勅令」を起草し、ルーヴル宮を占拠した。そこで1789年と1871年の革命のさきがけとして、パリはコミューンによる自治を行なうべきだとの宣言もしている。さらに王権への不服従をはっきり示すために王太子シャルル（のちのシャルル5世）の眼前で高官ふたりを処刑し、王太子に赤と青（マルセルの紋章に使われた色）のフードをかぶらせ、ふたりの死体をまたいで歩かせた。

高官ふたりの殺害と王太子を侮辱したことはマルセルの大失策で、彼の威信は地におちた。王太子は援助を求めてパリを去り、マルセルはパリの北で起きた農民の蜂起を助けるため民兵を送りこんだ。この暴動が鎮圧されて人気がおとろえたマルセルはイングランドと手を組もうとしたが、ついに暗殺されてしまう。申しわけなさそうにパリにもどってきた王太子を、市民はすぐに許した。そのお返しに王太子は処刑を減らすこと、当面は増税しないことを約束した。市民もそれにこたえ、当時人質としてロンドンの監獄にいたジャン2世を救うための賠償金集めに協力したのだった。

このように一見すると王と市民のあいだに良好な関係が生まれたようだったが、マルセルの反乱は王太子と彼の王都となるべきパリとの関係に深刻な影響を残していた。1364年、父王ジャン2世の死去により王位を継いだシャルル5世は、サン・ポールに新しい宮殿を建て、その守りを固めるためにバスティーユ要塞を築く。シャルル5世には臣民に指図されるつもりはいっさいなく、パリ市民も支配者に対する民衆蜂起をやめる気はなかった。

王権を抑えるため、殺害したふたりの高官の死体を王太子に見せるエティエンヌ・マルセル。こうした過激さが、結局は彼の破滅をもたらすことになる。

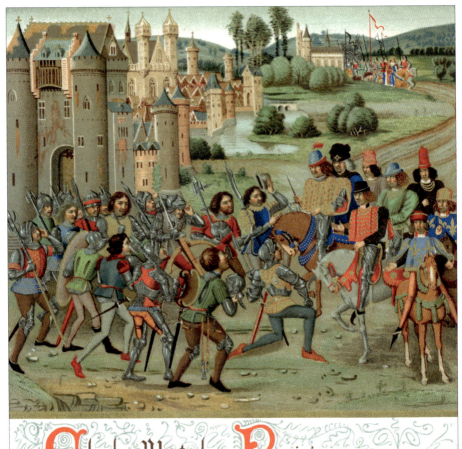

中世　63

　1世紀以上のあいだ、パリは王の支配と無政府状態の混乱との
あいだを行ったり来たりすることになる。1380年にシャルル5世
が死去すると三部会は王税の廃止を要求した。一連の暴動と暴徒
の処刑が続いた。シャルル5世のあとを継いだシャルル6世は精
神が不安定で、自分の骨はガラスででき
ていると思いこみ、まっすぐ立つた
めに衣服に鉄の棒を縫いつけるよう命
令したということだ。彼の政権は不安
定で、王のふたりの弟（すなわちブル
ゴーニュ公とオルレアン公）がそれぞ
れ率いるブルゴーニュ派とアルマニャ
ック派とのあいだで戦闘が起こった。

> 1世紀以上のあいだ、パリは王の
> 支配と無政府状態の混乱とのあい
> だを行ったり来たりすることにな
> る。

　百年戦争のあいだブルゴーニュ派、アルマニャック派、イング
ランド軍、そしてシャルル6世の軍の4つがいろいろな組みあわ
せで結びついてはパリを占拠し、1453年に終戦を迎えるまで多
くの流血と不幸をパリにもたらしたのだった。1409年から1449
年のあいだにふたりの聖職者が書いた『パリ一市民の日記
（Journal d'un Bourgeois de Paris）』は、この時代の多くのパリ
市民がすごした暗くうっとうしい毎日のようすを詳しく語ってい
る。この日記には8年におよぶ伝染病の流行、4年続いた洪水、
数年にわたる厳しい冬の霜、穀物の害虫の大発生、ありえないほ
ど高くなった税金について記してあるが、なにより最悪なのは、
肉をゆでるというイングランド人の調理法だそうである。

　パリ、そしてフランスは、1429年に即位したシャルル7世の
もとでやっと統一国家としての形がととのい、1453年にはイン
グランド軍を最後の拠点だったカレーから追いだした。パリはぎ
りぎりのところでなんとか破壊をまぬがれ、現在まで続くパリら
しい気質をとともに歴史のなかに姿をあらわした。15世紀以来
『パリ一市民の日記』などの書物は「パリ市民」について、たん
に首都の住人というだけではなく、思考や行動に特別な様式をも
ち、ほかの町の住人とは違うユニークさをもつ個人だと評してき
た。

　しかし16世紀には、個人としての理想はまたしても暴徒の狂
騒の前に敗れることになる。当時のヨーロッパの多くの町と同
様、パリもまたキリスト教過激派の温床となり、カトリック原理
主義者がユグノーとよばれるフランスの新教徒に猛烈な攻撃をく
わえたのだ。あとに続く37年間の紛争は、戦闘と飢饉と病気に
より数百万の死者を出し、フランス宗教戦争として歴史に残るこ
とになる。

左ページ：たまたま正気の状
態のシャルル6世が反乱を鎮
圧しようとする場面。精神が
不安定なときの「狂王」シャ
ルルは召使いに暴力をふるっ
たり、倒れるまで走りつづけ
たり、自分の名前を忘れてし
まったりした。

第3章

宗教戦争

　16世紀のパリは熱に浮かされた都市といわれていた。ヨーロッパにおける罪と快楽の中心、あらゆる悪行が可能な欲望の都だという評判だった。その頂点にいたのが、道徳心のかけらもなく放蕩ざんまいで有名なフランソワ1世だった。彼を王にいただく家臣たちも、その行状を見習っていた。

　ヨーロッパ大陸のいたるところから売春婦が群れをなしてパリにやってきた。そのほとんどはノートルダム大聖堂のなかや周辺で、教会へやってくる道をはずれたキリスト教徒を相手に稼いでいた。イタリア人は退廃的だといわれることも多かったが、16世紀のパリはルネサンス期の隣国からその芸術と文化の理想を大いにとりいれていたのだ。フランソワ1世はイタリアの流儀から大きな影響を受けていた。ローマと張りあって絢爛豪華に宮廷を飾りたてるためなら出費をおしまず、最高の布を使った最新流行の衣装に身をつつみ、人気の高いレオナルド・ダ・ヴィンチの絵画を購入し、なにかと噂のあるイタリアの彫金師ベンヴェヌート・チェッリーニを側近のひとりとして招いた。

　多くのパリ市民にとってチェッリーニは憎しみと嘲笑の対象だった。彼は派手で危険な男であり、フランソワ1世をそそのかしてフランスを滅亡させるほどの道楽にふけらせていると思われたのだ。わずか1世紀前なら、チェッリーニは異端と宣告され、多くの罪人とともにモンフォコンの絞首台に死体を高々とさらされていたかもしれない。だがこの時代、乱痴気騒ぎで悪名をはせるフランソワ1世の廷臣にとって、チェッリーニのすることは楽しい気晴らしになっていた。外国からやってきた高官たちは、パリの貴族がもよおす洗練された食事会が飲めや歌えの大騒ぎにおちいるのを見てショックを受けていた。

　特権階級であるパリの貴族にとって、チェッリーニは16世紀

左ページ：フランソワ1世は子どものころ、騎士道物語と宮廷生活の華やかさや儀式性に夢中だった。王位についた彼は、王宮に学者や芸術家や荒くれ者の貴族や美女をたくさん集め、あらゆる種類の欲望におぼれた。彼の別名は「大鼻のフランソワ」だった。

上：中世のパリの境界を示す16世紀の地図。これは地図製作者のゲオルク・ブラウンとフランツ・ホーヘンベルフが『世界の諸都市（Civitates orbis terrarum）』に描いた数百枚の鳥瞰図の1枚である。

の道楽者の紳士の手本だった。チェッリーニはカトリック教徒の多くを嫌っていた。その理由は、ひとつには彼らが反キリスト教的な欲望と放縦がパリに蔓延している原因の一部はチェッリーニにあると考えていたことだが、もうひとつの理由は彼がプロテスタントの支持者だったことである。

　表面下でふつふつと煮えたぎっていた緊張の核心には、宗教問題があったのだ。フランス全土がそうであるようにパリも新たに出現したおそるべき脅威、すなわちプロテスタントに対抗する保守的なカトリックの牙城だった。カトリック教徒にとってプロテスタント主義は手ごわい異端の新教義だった。プロテスタントは、カトリック教会の堕落を糾弾する95か条の論題をウィッテンベルクの教会の扉に打ちつけたマルティン・ルターが、1520年にカトリック教会から破門されたことにはじまる。

　カトリックの保守性に息がつまる思いだったフランソワ1世や貴族たちは、マルティン・ルターとそのプロテスタント主義に大いに興味をいだいた。フランソワ1世にとって、ちょうどイタリアがなんの制限もなく生きる手本となったように、プロテスタント主義は新鮮で自由な考え方の手本となる宗教だった。フランソワはぜいたくで好き勝手な生活をおくり、旅に出るときは何人も

の妻や愛人、タペストリーや金の皿、それを運ぶ何頭もの馬が一緒だった。そしてさらに、息子アンリの妻としてフランソワがイタリアから招いた（そのため「王の娼婦」というあだ名もあった）異国風の魅力をもつカトリーヌ・ド・メディシスが彼の宮廷にくわわった。

カトリーヌはイタリアから新しい道徳感をもたらした。それまでは娼婦がはくものとされていたハイヒールをはき、有利な取引や忠誠を得るためにセックスを利用した。妖術にかかわっていたという話も残っている。彼女の側近には占星術師、錬金術師のほかに9人のこびとがいて、おのおのが専用の小さな馬車をもっていたということだ。それにくわえて80人の女官が必要にそなえ

不良のチェッリーニ

チェッリーニは自由奔放な不良のプレイボーイで、イタリアとフランスの貴族社会で活動していた。彼の彫金作品は傑作と評価されているが、彼は人生のほとんどを剣による果しあいや不倫についやし、殺人にもかかわった。自伝によると彼は女性たちをなぐり、決闘の相手を殺したりしたばかりか、フランソワ1世が彼に約束した住居を明けわたさなかったという理由で司法代官を襲ったこともあったという。

若いモデルを愛人にすることも多く、異常な性行為の罪で4回（1回は女性と、3回は弟子をふくむ男性と）告発された。しかし彼の説明によれば、彼を告発した者はだれもが暴力の報復を受けることになる。

「一身上のことに話を戻すと、ここの弁護人たちの手をへていくつかの判決がくだされるのを目のあたりにしたとき、ほかに自分を救う途はないと思い知らされ、また見事な武器をもち歩くのは私の道楽であったので、そのころたずさえていた立派な短剣に助っ人を頼んだ。私がまっさきに痛めつけたのは私を不正な裁判にかけた張本人であり、ある夜、息の根はとめないように用心しながらも、両手両足にめったやたらと斬りつけ、両の足をだめにしてやった。つぎに訴訟を買いつけたもうひとりの男を見つけて、同じように襲った結果、訴訟は沙汰やみになった」［ベンヴェヌート・チェッリーニ『チェッリーニ自伝──フィレンツェ彫金師一代記』、古賀裕人訳、岩波文庫、1993年］

宗教戦争

上：「王の娼婦」とよばれたカトリーヌ・ド・メディシスは、自分の侍女たちの性的サービスと引きかえに政治的利益を得て、16世紀ヨーロッパでも有数の実力者のひとりとなった。

ての「遊軍」としてひかえ、政治的利益と引きかえにセックスを提供していた。カトリーヌが大勢の高官を宴会に招待し、「遊軍」の女性たちは食後のサービスに先だってトップレスで給仕したこともあったという。また、パリ市外で大規模なスペクタクルを催すこともあった。一例をあげれば、トロイア軍とギリシア軍の扮装をした召使いたちが模擬戦を行ない、それをやぐらの上から露出の多い服装をした妖精が見ている、といった演出である。カトリーヌは気に入らない人物を毒殺することも多かった。おかかえの占星術師のひとりに毒をもったこともあり、「こうなることを予見していればよかったのに」と言ってすてたらしい。

しかしフランソワ1世が死去したあと1547年に王位につきアンリ2世となったカトリーヌの夫は、彼女にまったく関心を示さなかった。アンリはカトリーヌの目の前で愛人に贈り物を浴びるほどあたえたり、愛人の膝の上にすわって胸を愛撫したりしていた。カトリーヌは、自分が世継ぎを生むことができないのも問題の一部だと考えた。そしてその問題を解決するためにあらゆることを試みた。ラバの尿も飲んだし、性器に牛のふんを塗りたくったりもした。だが効果はなかった。しかし10年間いろいろがんばった結果ついに子宝を授かり、結局はアンリ2世の子を10人

左ページ：戦いの相手の折れた槍の破片が目に入り、手あてを受けるアンリ2世。その後、目の傷に菌が入り彼は命を失った。

も生んだのである。そのうち3人はフランスの王になった。しかし、当時のフランス政治においてもっとも有力な存在でありつづけたのは夫アンリではなく、カトリーヌだった。

1559年、アンリ2世が馬上槍試合の最中の事故で死去したことで、カトリーヌにチャンスがめぐってくる。アンリ2世は試合中に折れた相手の槍の破片が目にささり、敗血症にかかって亡くなった。当時の騎士道的恋愛のならわしにしたがい、そのときのアンリは愛人のシンボルカラーを身に着けていたという事実にもかかわらず、カトリーヌは心から夫の死を悲しんだ。夫への敬意を表するため、彼の王宮を破壊するよう命令したほどである。

その後アンリ2世の未亡人は、パリとフランスがかつてないほどの騒乱と激動の時代を迎えるさまを目撃することになる。ユグノーとよばれるフランスのプロテスタントとカトリック教徒とが、30年以上のあいだ国をまっぷたつに分けて戦ったあげくに国を荒廃させる宗教戦争がはじまるのだ。

戦争のはじまり

フランソワ1世は自分の目的に合わせて宗教を変えたフランス王のひとりだった。もっとも、それをした王は彼が最後だったわけではない。プロテスタントに同情的だった王は、パヴィアの戦いに敗れてスペイン軍の捕虜となり、そのさい母親とキリスト教会からのからの圧力もあってカトリックの支持にまわった。そして息子アンリ2世の治下でプロテスタントの迫害が本格的にはじまった。カトリック側にはスペイン、イタリア、そしてフランス宮廷内でも高い地位にある有力な一族、ギーズ家がついていた。しかしプロテスタント主義をさらに厳格にしたカルヴァン主義の出現にともない、フランス貴族のあいだにもプロテスタントの支持者が増えていた。

パリ大学ソルボンヌ学寮の学生はパリでも有数のカトリック支持者を自認し、脅迫と暴力を用いてプロテスタントを迫害した。学生たちはプロテスタントの集会を襲撃して女性をふくむすべての参加者を虐殺した。このような自警団的行動はパリの司法代官も奨励していた。代官にしてみれば自分の仕事が減って好都合だったのだ。異端の審判がくだった者は、よくて投獄か国外追放、最悪の場合は公開拷問のすえの死だった。

カトリックによる迫害に対しプロテスタントがいどんだ初期の戦いに、1534年10月18日の檄文事件がある。その朝、目をさましたパリ市民はカトリックのミサの教義を糾弾する張り紙がいたるところに張ってあるのを見つけた。それは王の寝室のドアにま

で張られていた。この日を
きっかけにプロテスタン
トは「反逆者の宗教」の性
格を強め、すでに硬化して
いたカトリックの異端に
対する方針をさらに強固
にすることになった。アン
リ2世の治世の最初の3
年だけで、500人ほどのプ
ロテスタントが「異端」と
して処刑された。

1562年にはパリから離れ
たヴァシーという町でプロ
テスタントに対する凶行が
起きた。ほかの多くのフラ
ンスの町と同じく、ヴァ
シーの住人もカトリックと
プロテスタントに割れてい
たが、そこは熱狂的なカト
リックであるギーズ公の支配
地だった。ある日、家臣と
ともに外出していたギーズ
公は、たまたま町の近くの
納屋でプロテスタントの住
人がこっそり集会を開いて
いるところに出くわす。そ

上：ローマ教皇クレメンス7
世に、カトリックとプロテス
タントの対立を解決するため
に双方の指導者による会談を
招集するよう勧めるフランソ
ワ1世。この提案は採用され
なかった。

して乱闘となり、ギーズ公は目に傷を負ってしまう。激怒した公
は家臣に町を包囲させ、納屋には火をつけさせてプロテスタント
側に63人の死者と100人以上の負傷者をもたらした。この大虐殺
をきっかけに両派の対立は国中に広がり、これをきっかけに宗教
戦争がはじまったと考えられている。

ヴァシーの虐殺はフランスのプロテスタントに降りかかったい
くつかの虐殺事件のひとつであり、決して最大のものではなかっ
た。しかしこの事件の結果、プロテスタント住人の難民がパリに
流れこんだ。難民のなかには身の安全と隠れ場所を求めてきた者
もいれば、ギーズ家やローマ教皇と直接対決するつもりでのりこ
んで来た者もいた。

カトリックとプロテスタントとの暴力ざたは、カトリーヌ・
ド・メディシスが個人が自宅で祈るだけならプロテスタントの信

カトリックによる恐怖の報復

パリの司法代官ジャン・モランはプロテスタントによる檄文事件の数週間後、カトリック側からの報復を開始した。モランはまずひとりのプロテスタントを拷問して罪を認めさせ、事件にかかわったプロテスタントの名をもうひとりあげさせる、という方法をとった。その後、最初に情報をもらしたプロテスタントをふたり目の自宅まで行かせ、衆人環視のなかでその人物を捕えさせたのだ。檄文事件にかかわったプロテスタントの裁判は11月10日に開始され、3日後には「いけにえの奉納（火刑）」による処刑がはじまった。処刑は数週間続き、町のいたるところで行なわれたのでだれもが目撃することができた。カトリック教徒の連帯感を生みだすため、ろうそくを灯した行列がパリのあちらこちらで実施された。行列には、市内の教会からもちだされた聖ルイの頭、聖十字架の一部、いばらの冠、キリストの十字架の釘、最後の晩餐でキリストが身につけていた手ぬぐい、キリストの産着の一部、十字架にかけられたキリストの脇腹をつらぬいた槍の穂先などの聖遺物がうやうやしく掲げられていた。

行列の通り道のとくに選ばれた場所では、プロテスタントの処刑が行なわれた。それを目撃した人物はこう書いている。

「処刑のためにほかの人々から引き離された者はまず長く耐えがたい拷問にかけられ、その最後を飾るために非常に巧妙な装置が考案されていた。まず地面に桁を直立させ、それと直行するようにもう1本の長い棒を滑車とひもを使って可動式にとりつける。殉教者は両腕を体の後ろでしばられ、そのひもで可動式の桁の先端にぶら下げられ、高くもちあげられる。それからゆっくりと燃えている火の上に下ろされる。少しのあいだ火であぶられたあと、もちあげられ、また下ろされる。殉教者を棒にしばりつけているひもが切れるまでこれをくりかえすのだ。ひもが切れれば彼は燃える薪の上に落ち、死んで動かなくなるまでそのままにされている」（ヨハン・スレイダン『宗教改革の歴史』）

右：「いけにえの公開奉納」は異端と宣告されたパリのプロテスタントに対する一般的な刑罰だった。

仰を認めるという布告を出すまではパリ市民にとって日常的な出来事だった。カトリーヌは、兄のフランソワ2世が1560年に死去したためわずか10歳であとを継いだ息子のシャルル9世の摂政をつとめていた。カトリーヌはカトリックにもプロテスタントにも肩入れせず、どちらも納得できる平和的解決をめざして動いていたのだ。そしてそれが失敗に終わると、王族間の婚姻という昔ながらの外交的手段を使い王権の下で両派をまとめようとした。

その手段として、カトリーヌはカトリック側の王の妹であるマルグリット・ド・ヴァロワとプロテスタントの貴族でのちにアンリ4世となるアンリ・ド・ナヴァールを結婚させる。カトリーヌはフランス中の大貴族の面々を招待し、豪華な晩餐会や宴会や舞踏会をパリのいたるところで催した。多くのパリ市民の貧しい生活とは対照的なぜいたくである。それでも1572年の聖バルテルミの祝日の前夜、プロテスタントとカトリックの両派ともに、ノートルダム大聖堂の外の広場で行なわれる婚礼を見るためにパリにつめかけていた。だがその後に起こったことは、ヨーロッパの首都で起きたもっとも長くもっとも激しい大虐殺のひとつだった。

下：プロテスタントが納屋に集まって祈っているところに行きあったギーズ公は、そこにいた信者たちを殺し、納屋を壊すよう命じた。こうして起こったヴァシーの虐殺が、宗教戦争のきっかけとなったのだ。

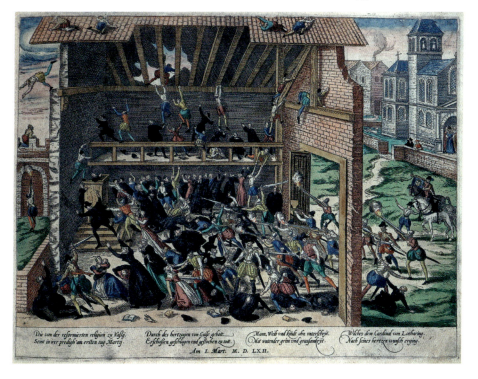

聖バルテルミの虐殺

ギーズ公が率いるパリのカトリック教徒が行なったプロテスタントの大虐殺をだれが命じたのか、はっきりわかっていない。伝えられるところではそれはシャルル9世で、彼は「みんな殺せ。そうすればわたしを責める者は残らない」と言ったとされる。シャルルの母親カトリーヌ・ド・メディシスも一役かったらしく、とくにガスパール・ド・コリニー提督の暗殺は彼女の指示だったという説は信ぴょう性が高い。コリニー提督はプロテスタントの強力な支持者で人望もあり、カトリーヌはもし提督が王権にさからえばヴァロワ朝の存続にとって大きな脅威となると考えていた。

コリニー提督をはじめ何人かのプロテスタントの有力者が殺害されたことをきっかけに、パリ中で情け容赦のない殺戮が昼夜をとわず繰りひろげられることになった。宗教的な憎悪、外国人に対する嫌悪、昔からの対立関係の噴出はとどまることがなかった。飲酒によって暴力はさらに激化し、まず婚礼の祝いを楽しむために集まっていた群衆――武器ももたない男、女、子ども、老人たち――に攻撃が集中した。やがてパリに死体が散乱しはじめた。倒れた場所にそのまま放置される死体もあれば、道をひきずられてセーヌ川に投げこまれる死体もあった。目撃者の談によればセーヌ川は死体で流れがとどこおり、血で赤く染まったということだ。死体をすばやく埋めるため、草地には大きな穴がいくつも掘られた。

家は略奪され、燃やされた。裕福なプロテスタントは、金を出せば命を助けるといわれることもあった。死ぬ前にミサの言葉をむりやり唱えさせられた者もいた。異端の処刑をまねて、火あぶりにされることもあった。多くの殺害が計画的に行なわれた。150人の指揮官の下に5000人の民兵がおり、指揮官に指示

上：のちにアンリ4世となるアンリ・ド・ナヴァールが婚約者マルグリット・ド・ヴァロワを誘っている。ノートルダム大聖堂における彼らの婚礼がパリのプロテスタントに対する血まみれの聖バルテルミの虐殺の背景となるのだ。

> 飲酒によって暴力はさらに激化し、まずは群衆に攻撃が集中した。

宗教戦争　75

を出すのはギーズ公だった。各指揮官は特定の「小区」すなわち
ひとつの街路の周辺一帯を担当し、その地区の住人を動員した。
多くの歴史家が、この大量虐殺は何年も前から計画されていたと
信じている。群衆による自然発生的な暴力行為はおまけのような
ものだったのだ。その群衆はパリの共同墓地の枯れかけていたサ
ンザシの茂みが突然よみがえったと騒ぎ、この奇跡は神が彼らの
行為を喜んでおられるしるしだと言った。

　まもなく暴力行為はパリ以外の町にも広がり、同じようにプロ
テスタントが虐殺されたと記録されて
いる。とはいえパリにおける5日間の
死の狂乱に匹敵する規模のものはほか
にない。パリでは神の名のもとに3万
人もが殺害されたのである。

　だがパリの群衆が聖バルテルミの虐
殺によって王宮が健全に立ちなおり、
パリをおおう退廃がおさまることを期待していたなら、彼らはま
ちがっていた。ヴァロワ朝最後の王となるアンリ3世は、王宮に
前代未聞のスキャンダルをもたらすことになるのだ。

　カトリーヌ・ド・メディシスのもうひとりの息子アンリは、兄
シャルル9世が死去したあとの暗い雰囲気のなかで王位についた。シャルルは公式には結核で死亡したことになっていたが、彼
を足手まといに思った母親のカトリーヌ自身が毒殺したのではな
いかと疑う者は多かった。シャルルは極端に繊細なたちで聖バル
テルミの日の虐殺に罪の意識をもっていたらしく、母親に向かっ
て「なんとたくさんの血が流れたことか。なんと多くの者たちを
殺してしまったことか。わたしはなんという邪悪な助言にしたが
ってしまったことか…このすべてを、ほかならぬあなたが起こ
したのか。なんということだ。あなたがすべての元凶なのだ」と
何度もわめいていた。カトリーヌはシャルルに向かって「頭がお
かしいんじゃないの」と言いかえしていたが、彼の悲嘆の大声に
いつまでも耐えられるはずもなかった。

　シャルルの弟アンリ3世はお洒落で派手好きな王となり、バイ
セクシュアルであることを隠そうともせず、女装までして臣下を
憤慨させた。「ソドムの王」というあだ名をつけられたアンリは、
ほとんどの時間を若くて中性的な側小姓たちとすごしていた。こ
の小姓たちは「かわいい子」を意味する「ミニョン」とよばれた。
国民にとってこの「ミニョン」は、フランスとその王がかかえる
すべての悪の象徴だった。パリは殺人と陰謀で国際的にも名をは
せ、「パリ風の」という言葉は「堕落、熱に浮かされたような言動、

> 暴徒はさらに手足を切りとって死
> 体を冒涜してから、街路をひき
> ずって運んだ。

ガスパール・ド・コリニー提督の殺害。彼の死体が窓からぶらさがっている。この事件から聖バルテルミの虐殺がはじまった。カトリーヌ・ド・メディシスがルーヴル宮から出てきてプロテスタントの死体の山を検分している。

コリニー提督の殺害

フランスの政治家ジャック・オーギュスト・ド・トゥは若い頃にコリニー提督の殺害事件を目撃し、カトリック教会から出版を禁止された著書『彼の時代の歴史』に次のように記した。

「そのあいだに陰謀者たちは寝室のドアを破って侵入していた。剣を手にしたベームがドアの近くに立っていたコリニーに向かって『コリニーか？』とたずねるとコリニーは『さよう、わたしがコリニーだ』とおそれるようすもなく答えた。『だが若者よ、そなたはこの白髪に敬意を表してはくれぬのか。そなたは何をしたいのだ？ ここでわたしの寿命を少しばかり短くしてもたいした変わりはあるまい』。彼が言い終わるとベームは剣でコリニーの体をつらぬいた。その剣を引きぬくと今度は口に差しこんだので、コリニーの人相が変わってしまった。なおもくりかえし剣を受けてコリニーは倒れ、絶命した…そのときギーズ公が中庭からベームに仕事は終わったかと声をかけ、ベームが終わったと答えると、ギーズ公は、アングレームの騎士たる自分はこの目で見たものしか信じられないと言った。それを聞いたベームたちは血まみれで人相もわからなくなった死体を窓から中庭に投げおとした。アングレームの騎士はまだ信じられず、布で死体の顔面の地をぬぐってやっとコリニーの死を信じることができた。彼はその死体を足でふみつけたともいわれている。いずれにしても、仲間と引きあげながら彼は言った。『友よ、ふるい立つのだ。いったんはじめたことは徹底的にやろう。これ

上：コリニーは殺される前に「わたしはすくなくとも従者の手にかかるのではなく、兵士の手で殺されるのだな」と叫んだという。

は王のご命令なのだ』。彼はこの言葉を何度もくりかえした。そして彼らが王宮の時計台の鐘をつかせるやいなや、四方八方から『武器をとれ！』の声があがり、人々はコリニーの家に走った。コリニーの死体はあらゆる辱しめをあたえたあと近くの馬小屋に投げこまれ、頭部は切断されてローマへ送られた。暴徒はさらに死体の手足を切りとり、体は街路をひきずってセーヌ川の岸まで運んだ。コリニーはこのようなことが起こるのを生前予期していた。数人の子どもたちが死体を川に投げこもうとしたが、死体はすぐにまた引きあげられてモンフォコンのさらし絞首台に運ばれ、鉄の鎖を足につながれてつるされた。暴徒はさらにその下で火を燃やし、死体を燃えつきない程度に燃やした。いうなれば、彼は拷問のすべての責め苦をあたえられたことになる。まず殺されて地面に倒れ、次に水に投げこまれ、火にあぶられ、最後につるされたのだ」（ジャック・オーギュスト・ド・トゥ『同時代の歴史』）

上：王宮で開かれた舞踏会にのぞむアンリ3世とその母カトリーヌ・ド・メディシス。女装して側小姓に囲まれたアンリは、国民の嘲笑のまとになった。

殺人」の意味に通じる決まり文句となっていたが、悪態を意図したその用法はたしかに真実をついていた。上に立つ者たちの道徳観の欠如は、国民にも広まった。

「ミニョン」たち

アンリ3世の側小姓たちは一般のパリ市民からは「女みたいな男」とあざけられ、王のめめしさと女装趣味は彼らのせいだと非難されていた。ピエール・ド・レトワールの日記に当時の国民の意識を見ることができる。

「最近では庶民のあいだでミニョンのことがよく話題になる。庶民は彼らを憎んでいる。それは彼らがばかげたえらそうな態度をとり、衣装や化粧が女っぽくてまっとうでないからだけでなく、なにより王が彼らにあたえる山のような贈り物のせいである。国民は、彼らのせいで生活が苦しくなっていることが不満なのだ…この小奇麗なミニョンたちは髪にポマードをつけ、何度もカールさせて娼婦とおなじように小さな帽子の上で結んでいる。糊をきかせた襟は非常に硬くて幅広いので、彼らの頭は「皿の上の洗礼者ヨハネの首」さながらに見える…彼らの好きな暇つぶし

80　第3章

下：アンリ3世の宮廷で人気
のファッションに身をつつ
み、ポーズをとるサン・メ
グラン候ポール・スチュアー
ル・ド・コサード。彼は王の
お気に入りのミニオンのひ
とりだった。

は賭け事、不敬な言葉を使うこと、飛びはねること、踊ること、
片足のつま先でくるくるまわること、口論すること、ふしだら
なことをすることだ」（ピエール・ド・レトワール『アンリ3世
の治下のための日記』）

　パリの路上は大勢の乞食、売春婦、コソ泥、酔っぱらい、脱
走兵などでいっぱいだった。脱走兵の多くは何か月も給料を受
けとっておらず、路上で銃剣をつきつけては強盗をはたらき、
奪った金で酒を飲み、女性を乱暴していた。たくさんの橋や路
地が無法地帯と化し、善良な市民の多くは日が暮れたあとは家
から出なかった。

　パリ中で強盗事件があり、強盗たちはそれぞれ役割分担を決めて
いた。乞食も冬のあいだは強盗に変身した。まずひとりが強盗にあ
ったふりをする。それを助けようとした通行人に仲間がナイフをつ
きつけるのだ。家が焼け落ちたという証明書を見せ、気のいい市民
に金をせびる者たちもいた。

　路上にはびこる危険は、アンリ3世の責任だと考える
市民も多かった。王の母カトリーヌ・ド・メディシス
を批判する声もあった。当時は宗教にかんする不寛
容のほかに外国人差別の動きもあった。外国人は恐
怖と憎しみの対象だった。1589年にカトリーヌが死
去したとき、パリの大衆は遺体をセーヌ川に投げこむ
ことを要求した。これは死者に対する最大の冒涜だった。
ギーズ家が率いるカトリック同盟と宮廷との権力闘争がしだ
いに高まるなか、孤立したアンリ3世は暗殺された。

　パリ市民はアンリ3世の死を祝い、「暴君は死んだ」と叫び
ながら町を行進した。伝統にしたがった服喪の期間中、パリの
町は昼も夜もお祭り気分に包まれ、夜間も街路のあかりが消え
ることはなかった。コルドリエ修道院の教会に埋葬された王の
遺体に、つばを吐きかけるパリ市民も少なくなかった。カト
リック同盟とその支配下にある16地区評議会がパリの統治権
をにぎり、彼らは即座にパリからプロテスタントを永久に追
放すると約束した。アンリ3世の後継者となったアンリ4世
はユグノー、すなわちプロテスタントだったから、王と
してパリに入城するには力づくでカトリックを倒すし
かなかった。

宗教戦争　81

パリ包囲戦

　いまやアンリ4世となったかつてのアンリ・ド・ナヴァールが18年前に婚礼をあげた日は、聖バルテルミの虐殺の先ぶれとなった運命の日だった。そして1590年3月、彼はフランスの国王としてパリの町を攻めとるため、軍を率いて門のすぐ外にいるのだ。アンリは近辺の風車と畑を焼き、パリを兵糧攻めにしようとした。そして彼の軍をふたつに分けて町を包囲した。何か月もかかるまい、包囲は数週間で終わる、と彼は兵たちに語った。

　だがパリ側は、アンリの軍が接近するのを見て食糧を十分にたくわえていた。市内に立てこもった彼らは、アンリ軍よりも自分たちのほうが長く包囲にもちこたえられる自信があった。アンリ軍は焦土作戦によって、すぐ足下にあった食糧の供給をみずから絶ってしまっていたのだ。パリには5万の駐屯兵をふくめて20万の人口があり、包囲する側のアンリは約1万2000の兵を率いていた。市の周囲の壁を破壊するため、アンリは10門ほどの大砲をモンマルトルの丘に配置して砲撃を開始した。16世紀当時の大砲は扱いにくく、なかなかあたらず、射程距離も短かったから、包囲されているパリの住人の反応は恐怖より笑いのほうが支配的だった。

　アンリは王としての経験はとぼしかったが、ラバのような強情さをもっていた。長期戦は望むところだった。包囲が3か月におよぶと、パリには飢餓と絶望が広がった。住人はラバや馬や山羊を、それらが底をつくと猫や犬などの小動物を、広場で

上：母カトリーヌ・ド・メディシスはアンリの不謹慎な行為をやめさせ、理想的な王にしようと全力をつくしたが、死を迎えたときにはどちらも国民に憎まれていた。

アンリ３世の暗殺

　午前８時頃のこと、王がドレッシングガウンを肩にかけただけの全裸で寝室用便器にすわっていたとき、パリから来た修道士が目通りを願っていると知らされた。衛兵たちは修道士を止めようとしたが、王は通せと命じた。そうしなければ修道士を追いかえしたとパリ市民に攻められるから、ということだった。袖にナイフをしのばせたドミニコ会士が部屋に入って名のったとき、王はまだ半ズボンをはき終えていなかった。修道士は深々と礼をすると、ブリエンヌ伯からの手紙を王にわたした…まったく危険を予期していなかった王は従者たちを下がらせた。そして手紙を開いて読みはじめる。とそのとき、修道士は手紙に気をとられていた王をつかみ、ナイフを取りだして王の腹部、へそのすぐ上に深々とつき刺した。王はけんめいにナイフを引き抜き、修道士の左のまゆをナイフの先で切りつけた。それと同時に王は叫ぶ。「ああ、悪い修道士がわたしを殺したぞ。やつを殺せ！」叫びを聞いた衛兵や従者たちが王の部屋にかけつけたとき、王の足もとに修道士が倒れた…その夜、国王陛下は死が近づいたことをさとり、寝室でミサを唱えるよう頼み、聖体を拝領した。（ピエール・ド・レトワール『覚書――日記』）

串焼きにして食べた。住人の一団が溝に落ちていた犬の死骸にとびつき、内臓や脳を生でむさぼりくったという目撃者の証言もある。

　やがて毎日何十人もの死者がでるようになり、路上に死体の山ができた。多くの市民が水腫という腹水がたまる病気にかかっていた。ろうそくの蜜ろう、道ばたの草、木製の家具を食べ、毛皮のコートをゆでてスープをとることまでしていた。墓地から死体を掘りだし、その骨をすりつぶして小麦粉がわりにする者もあれば、子どもの手足を切りきざんで猟の獲物に見せかけ、その肉を食べる者もあった。一方教会には余分の食糧があり、金持ちの市民に法外な値段で売っていたという記録もある。包囲のあいだに何万人もの死者が出た。５万人以上とする計算もある。パリは王に降参するしかないように見え

> 彼には包囲をとく以外の道はなかった。パリは救われたのだ。

た。生き残っていたパリ市民は、聖バルテルミの日の報復で虐殺が行なわれることを覚悟した。そのような状況のもと、９月の末に奇跡が起きた。

右ページ：「パリはミサに値する」と認め、カトリックに改宗したアンリ４世は首都パリに迎え入れられた。パリに入った彼は、まずノートルダムで祈りをささげた。

　救援の手はパリの大動脈、古くからの町の命綱、セーヌ川によって届けられた。穀物その他の食糧を積んでずっしりと重くなったスペイン軍の船が、アンリ軍の目と鼻の先のシテ島に到着したのである。アンリにとっては万事休すだった。包囲は断念するし

宗教戦争　83

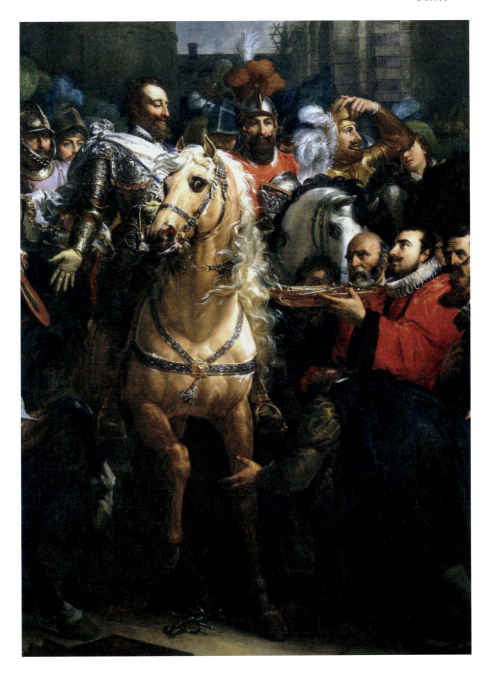

かない。パリは救われたのだ。

　1591年、アンリは小麦粉を運ぶ農夫に変装した兵士の一団を市壁の門に送りこみ、トロイアの馬作戦に出た。一団はなかに招きいれられ、あっというまに殺されて粉は土産がわりにとられた。フランス王としてパリに迎えられたければ、やり方を変える必要があるとアンリは気づきはじめていた。

　彼が「パリはミサに値する」という不名誉な言葉を発したのはこのときだ。前にフランソワ1世がそうしたように、アンリも公式にプロテスタントの信仰をすててカトリック教徒になることに同意した。1593年、見物のためパリ市内からこっそり出てきた何万人ものパリ市民が見まもるなか、彼はパリ郊外のサンドニの

下：ここに描かれたカトリック同盟の行進は、アンリ2世の権力を奪い、パリからプロテスタントを排除するためにギーズ公が組織したもの。

町で改宗の儀式を行なったのである。アンリ4世はパリを明けわたす条件について、カトリック同盟とのむずかしい交渉にのぞんだ。結局わずか140人になっていた同盟のメンバーは長期刑に服することはなく、ほとんどはパリからの追放だけですんだ。そしてついに1594年、アンリ4世は王として首都パリに行進する。ノートルダム大聖堂で祈りをささげたあと、彼は市民の行列の先頭にたって住居となるルーヴル宮に向かった。パリはついに王と平和を得たのだ。

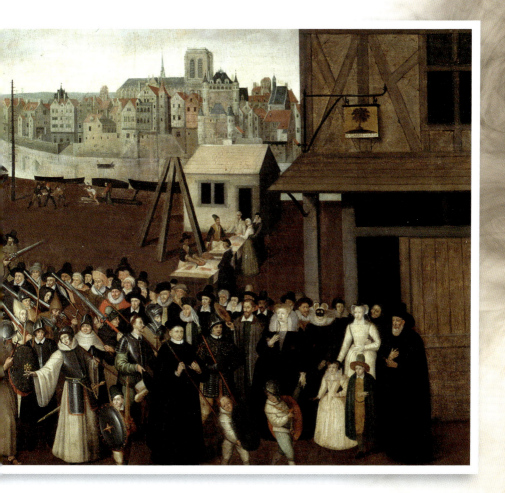

新しいパリ

　アンリがたどりついた1594年のパリは、彼がそこを去るときの、多くの建築物が美しく配置された偉大で華麗な奇跡の都とはほど遠かった。パリは何十年も続いた戦乱と困窮によってすっかり荒廃し、社会基盤となる施設は壊滅状態だった。建物の多くは破壊され、ほとんどの教会は廃墟と化していた。13世紀にフィリップ尊厳王が丸石を敷きつめた街路は、泥や腐敗したごみや人間の排泄物の厚い層におおわれていた。馬はヘドロの溜まった道路の大きなくぼみに脚をとられて骨折し、雨の日に道を歩けば全身が泥まみれになってぬるぬるした。

　市内の衛生設備も老朽化しており、下水道は用をなさず、泉は枯れていた。川はふたたび上水の供給源となったが、廃棄物を道

右：カトリックの強硬派フランソワ・ラヴァイヤックがアンリ4世を暗殺しようとして王の馬車を襲っている。この日は、アンリが新しくイタリアから購入した防護窓つきの馬車を使っていなかった。

アンリ4世の暗殺

　王位についてから、アンリ4世はすくなくとも20回以上の暗殺のくわだてからのがれていたが、それでもまだ身の危険についてあまり真剣に考えていなかった。王の身近にいる家臣たちはなんとか王の安全を守ろうと努力しており、ガラスの窓をはりめぐらした新しい馬車——現代の教皇専用防弾車両のルネサンス版——がイタリアからちょうど届いたところだった。しかし1610年5月14日、アンリ4世はパリの狭い道を通るために、窓が素通しで頑丈さにおとる古い馬車を選んでいた。

　その日は、聖職者になれなかった教師であるフランソワ・ラヴァイヤックもカトリック同盟から国王暗殺要員として徴集され、町に出ていた。ラヴァイヤックは狂信的なカトリックで、神の戦場や異端の虐殺といった幻想にとりつかれていた。彼はそれに先立つ数日間、王に拝謁する許可を得ようと試みていた。そして5月14日になって大型のキッチンナイフを手に入れたのである。

　ラヴァイヤックは、フェロヌリー通りでこわれた荷馬車に邪魔されて止まった王の馬車に近づいた。そして王の馬車に飛びのり、ナイフで王を3回刺した。ひと刺しは王の心臓をつらぬいた。ラヴァイヤックは逃げるそぶりも見せず、すぐに王のお付きの者たちにとりおさえられたが、王はすでに死んでいた。

　王殺しの罪を犯したラヴァイヤックにはもっとも重い拷問刑が待っていた。5月27日、大声でやじをとばす群衆の前で処刑台にあげられた彼はまず熱責めにあった。真っ赤に熱したやっとこで体に傷をつけられ、その傷に煮立った油をそそがれた。それから4頭の馬に四肢をつながれ、30分かけて体をばらばらに引き裂かれた。そのあと群衆が残ったものにむらがって切断された手足をたたき切ったりめった打ちにしたり切りきざんだりしたあげく、街路をひきずって歩いた。肉片はたき火に投げこまれ、黒こげになった肉を食べた女もひとりいたということだ。

下：ラヴァイヤックの処刑のさい1頭の馬がふらついたので、元気な馬ととりかえなければならなかった。

に放置するかわりに投げこむ格好のゴミ捨て場にもなっていた。当然のことながら飲用水は汚染され、伝染病が市内に蔓延していた。1580年だけでも何万人もの市民が伝染病の犠牲になっていた。

　パリのサービス業は姿を消し、商業活動は停止していた。仕入れる商品はほとんどなく、店の入り口は板を打ちつけられていた。しかしパリ市民は、住居を完全に無人にしてはならないと命じられていた。暴力的な乞食の集団が、空き家を略奪しようと一軒一軒しらみつぶしに見て歩いていたからだ。強盗や傷害で有罪となった犯人は中世の拷問台にかけられたが、階級が上の者には斬首刑の特権が用意されていた。

　見たところ、当時のパリは中世のパリの状態と大差なかった。シテ島を中心として、防壁に囲まれた灰色の町だ。川にかかる木造の橋の上には家が密集しており、火事や洪水が起きれば、あるいは急に橋が崩落すれば、そのむさ苦しい家々が一軒残らず破壊されることは目に見えていた。アンリ4世はそのような木の橋をとりのぞいて幅の広い石の橋にかけかえ、家は建てさせないと約束していた。完成した橋でいちばん有名なものがポン・ヌフで、すぐに多くの市民が集まる町の広場としての地位を獲得した。人々はぶらぶら歩いたり物を売ったり買ったりするために、あるいは娼婦を買うためにそこへ出かけた。

　ポン・ヌフは、パリをヨーロッパの宝石として再建しようとしたアンリ4世による壮大な都市計画の一部にすぎなかった。彼はイタリアの古典的な様式をモデルとして、レンガ、種々の石材、大理石を用いて町を作りかえるよう命じた。かつてのフィリップ尊厳王と同様にアンリもパリを深く愛しており、その改良のためには労をおしまなかった。彼はルーヴル宮を増築し、公共の噴水をいくつも新設し、ドフィーヌ広場を作った。シテ島のセーヌ右岸よりには、いまはヴェール・ギャラン公園の名で知られる小ぢんまりとした公園を作った。

　アンリはこの公園を一種の屋外サロンとして作った。彼はそこで愛人や夜の女たちとたわむれたかったのだ。現在もこの公園は戸外の密会の場としての評判をたもっている。アンリ4世本人の色好みは多くの市民の知るところだった。彼は非常に体臭が強かったらしいが、それにもかかわらず女性にはもてたようで、いくつもの色恋や多くの愛人やセックスにかんするさまざまなスキャンダルが伝えられている。パリ市民の多くは国王の過剰な女性関係に見て見ぬふりをしていたが、カトリック同盟の強硬派には許しがたいことだった。カトリック同盟はかつての公認された宗教

組織から非合法のテロ組織に変わっており、反乱をそそのかしたり、国王の暗殺者とするべく不満分子をつのったりしていた。

　アンリ4世は「善王アンリ」とよばれるように、いうなればフランスの救世主だった。その後16年続く彼の治世は、宗教戦争の混乱のあとの黄金時代のようなものだった。ナントの勅令はフランスにおけるカトリックとプロテスタントの平和的な共存の条件を明確に定めた。彼は豪壮な建造物をいくつも作り、パリ市民に首都に対するプライドをとりもどさせた。さらに広く見れば、彼はフランスに平和をもたらした。だがアンリ4世の治世は1610年、突然に荒々しくも血まみれの終わりを告げることになる。

　17世紀中葉、フランスとその首都パリをふたたび混沌と動乱に投げこむ反乱がおこる。それは「フロンドの乱」とよばれる内戦で、結果として王の権力が強まり絶対君主として君臨することになる。それがやがてパリにおける史上最大の暴動、1789年のフランス革命へとつながっていくのだ。

第4章
革命とアンシャン・レジーム

　ルイ14世はパリが大嫌いだった。パリについての幼い日の記憶のひとつは、怒り狂った暴徒が彼の宮殿に突入してきたとき、たぬき寝入りをした記憶だった。だから彼は国民から離れ、ヴェルサイユの黄金の鳥かごに引きこもり、アンシャン・レジームの専制君主となった。だが今度はこのことが、世界史上もっとも有名な革命へとつながるのである。

　国民の税金を使って途方もなくぜいたくな生活をしたことで有名な君主ルイ14世にそれほどのトラウマをあたえた瞬間が、税金の引きあげが原因で生じたというのは皮肉なことだ。武器をとった群衆は、少年王に会わせろと要求して王の住居パレ・ロワイヤルに押しよせた。そのうちのひとりが王の寝室に入ってきたとき、母后は9歳のルイにむかって寝たふりをしなさいと教えたのだった。やがて暴徒は静められ、王宮を去った。だがこのときこそ、ルイ14世の将来の政策のすべてを形づくった決定的瞬間だったのである。1654年に戴冠したルイ14世はみずから「太陽王」と名のり、王の統治権は神からあたえられたものだとした。以後彼の治世はヨーロッパのどの君主よりも長く72年続くことになるが、そのあいだずっと彼は国民からなんの制限も受けず、権力と世俗的な快楽に熱中していた。

　しかしアンシャン・レジームは結局その圧制の重さによって崩壊する。すべての権力をひとり占めにすることで、ルイ14世は民主的な制度をすべて抑制し、有力な貴族階級の離反をまねき、庶民の窮状を無視した。その行きついた先が1789年のフランス革命であり、フランスの君主制の終焉である。

左ページ：ヴェルサイユはパリの雑事から離れた場所に築かれた、まさに王家のための町だった。ルイ14世が建設した王宮の真ん中には彼の寝室があり、そこが儀式と支配を行なう宮廷という巣箱の中心だった。

枢機卿リシュリューの後継者となったマザランの優先事項は、フランス国内における王の対立勢力を排除すること、そして並いるヨーロッパの権力者のなかで彼自身の地位を高めることだった。

革命とアンシャン・レジーム　93

フロンドの乱

　暴徒がパレ・ロワイヤルに押しよせるきっかけとなった税金の引きあげは、ルイ14世を生んだブルボン王家の途方もないぜいたくが原因である。彼らはおしげもなく金をつぎこんでパリに華麗な建造物をいくつも造営した。スペイン、オーストリアとの長引く戦争も財政破綻をまねいた一因だった。

　財政を再建するため、枢機卿にして国王の宰相であるマザランは1644年から1648年にかけて一連の新税を導入した。マザランはこの増税を、フランスの貴族階級にはそれだけの余裕があると言って正当化した。貴族によって構成され王から独立した司法機関である高等法院は、これに猛烈に抗議した。

　高等法院は、軍事的拡大政策をやめて抜本的な財政再建策を実行するよう王に要求した。それに対しマザランは法院の主要メンバーを逮捕、投獄することで応じた。その知らせが広まったことで市民の蜂起がはじまる。パリ市民は店を閉じ、仕事をやめて町に出た。これがフロンドの乱のはじまりである。フロンドは子どものおもちゃのパチンコで、浮浪児たちがこれを使って権力者に石をぶつけたことからこうよばれるようになった。

下：1652年、フォーブール・サンタントワーヌの戦闘でバスティーユ監獄の壁と、パリを囲む市壁の門のひとつサンタントワーヌ門とのあいだに追いつめられたフロンド党員。

いわゆるフロンド党の蜂起は5年のあいだに2回起きた。王が絶対的な権力を掌握しつつあることに対抗する1648年から49年にかけての高等法院の乱と、1650年から53年の不満をいだく貴族たちの権力抗争ともいえる貴族の乱である。パレ・ロワイヤルの襲撃が起きた1回目の乱のときには王家も非常に驚き、投獄していた高等法院のメンバーを即座に解放した。しかしそれでも乱はおさまらず、ルイ14世と母后アンヌ・ドートリッシュはパリからのがれた。王家にとっては忘れがたい恥辱である。アンヌは当時フランス一の将軍といわれていたコンデ公に、パリを攻撃して奪回するよう命じた。しかしそれは思ったより困難な任務になる。

アンリ4世が1590年にしたように、コンデ公もパリに進軍して乱を鎮圧するのではなくパリを包囲せざるをえなかった。コンデ軍に対して使われた武器の多くは、アンリ4世の時代のものと事実上同じだった。当初コンデ軍はたいした戦果を得られず、パリへの飲料水の供給を絶ってしまうと、あとは待つしかなかった。一方フロンド党員のほうには戦果があり、バスティーユ監獄を占拠した。この手づまりを打開するため、コンデ公は武器をすてれば大赦をあたえるとフロンド党員に申し出た。こうして和解が成立し、ルイ14世と母后はパリにもどる。

しかしフランス王政にはびこるあいも変わらぬ背信行為により、枢機卿マザランはコンデ公を逮捕させる。パリを奪回したあとでコンデ公がフロンド党にねがえるのではないかとおそれたのだ。コンデ公を逮捕したことでマザランの心配は現実になった。コンデ公は部下を率いて王に反乱を起こし、パリはまたたくまに暴徒の支配下に落ちた。

下：コンデ公は軍の英雄であり、フランス最高の指揮官だった。だが同時に、二枚舌で利己的で変節しやすい人物だった。

ルイ14世と母后アンヌはパレ・ロ
ワイヤルに軟禁された。またしても王
にとって忘れられない恥辱であり、王
はこの恥辱をあたえた貴族たちを許さ
なかった。ルイ14世にとって、パリ

> パリはおなじみの飢餓と悲惨と無
> 法の地になっていた。

と貴族と庶民は究極の脅威と危険のるつぼだった。彼はできるだ
け早くパリから逃げだしたかった。

　実をいえば、当時のパリはだれにとっても住みたいと思う場所
ではなかった。パリはおなじみの飢餓と悲惨と無法の地になって
いた。そうして1652年、パリ市民は門を開いてコンデ公と部下
たちを迎えいれた。だがパリの人々はすぐにその決断を後悔する
ことになる。

オテル・ド・ヴィルの虐殺

　市民の協力を得て秩序を回復するため、コンデ公はオテル・
ド・ヴィル（市庁舎）の会議場でフロンド党員、ブルジョワジー
（中産階級の市民）、聖職者の会合を開いた。しかし王との和解が
提案されると会議は紛糾し、収拾がつかなくなった。銃撃がはじ
まり、コンデ公の部下は会合の参加者を攻撃した。それに続いた
虐殺について、ルイ14世の従姉妹マドモワゼル・モンパンシエ
は次のように記録している。

　「暴徒たちはマザランを火刑にするべきだと叫びはじめた。力
自慢の者たちは市庁舎の玄関扉を破ろうとしはじめた。小銃やマ
スケット銃をもつ者たちは窓から弾を撃ちこんできた。しかし扉
は頑丈だったので藁と薪を運んできて火をつけ、扉とふたつの小
部屋を焼きつくしてしまった。それがはじまったのは午後4時
で、パリのはずれからも煙が見えた」（『マドモワゼル・モンパン
シエの覚書』）

　翌朝、完全に燃えてしまった市庁舎の地下室から数人の生存者
が出てきた。100人ほどの死者の遺体は、身元を確認するためグ
レーヴ広場にならべられた。

　オテル・ド・ヴィルの虐殺は、戦いにあきあきしていたパリ市
民のがまんの限界をこえる出来事だった。コンデ公にとっては政
治的キャリアの終わりを意味した。面目をつぶされた将軍はパリ
をひそかに離れた。そしてフロンドの乱は自然消滅した。武器を
とって王権に抵抗する反乱が次におきるには、1789年の革命ま
で待つことになる。いまや統治権はルイ14世のものとなり、彼
は以後の治世を自分の権力を絶対的なものとするためについやす
のである。

上：パリにもどり、軟禁されているパレ・ロワイヤルで忠臣たちにあいさつするルイ14世。彼は王家に対するこの不当な待遇を決して許さないだろう。

右ページ：強盗や殺人犯が支配する悪臭をはなつ袋小路だったという、伝説の「奇跡小路」を描いた挿絵。

　ルイ14世は最初から自分の意図を明確に示した。ルーヴル宮に居をさだめると、フロンド党員全員を罰し、王の忠臣だけを行政にたずさわる地位につけた。オテル・ド・ヴィルの虐殺事件の1周年記念パーティーを市民のために開き、市庁舎の外に自分の像を設置した。それはパリ市の紋章がついた船に片足をのせ、稲妻を手にした神のような姿の像だった。

　1661年に枢機卿マザランが死去すると、ルイ14世は新しい宰相を任命せず、自分でその役目を果たすことにした。彼は新しい統治体制について高等法院に次のように説明した。

　「これまでわたしは、亡き枢機卿にわたしの仕事である統治を安心してまかせてきた。これからはわたしが自分で統治する。今後はわたしの命令がないかぎりいかなる法令にも捺印しないよう諸君に要請し、命令する…わたしの命令がなければいかなるものにも、たとえ通行証であろうとも署名しないよう命ずる。何ごとも毎日私に直接報告し、何人も特別扱いをしてはならない」

　その後すぐ、高等法院は王の承諾がないかぎり何もしてはならないことを学んだ。ある日狩りに出ていた王は、彼が知らない

革命とアンシャン・レジーム 97

奇跡小路

パリの危険地区のひとつに、フィーユ・ディウ女子修道院に近い「奇跡小路」という一画があった。そこは 17 世紀の歴史家アンリ・ソーヴァルの描写によれば「悪臭をはなち、どろんこで、でこぼこして、敷石のない袋小路…どこよりも汚くみすぼらしい界隈のひとつにある別世界」だった。一般に強盗、殺人犯、売春婦たちが支配する場所だと考えられていたそこが「奇跡小路」とよばれたのは、体が不自由に見えていた乞食が、すみかにもどれば奇跡のようになんともなくなったからだ。

実在した場所ではあるが、この奇跡小路にまつわる伝説には誇張があるといまは考えられている。なぜならそこは、ブルジョワジーや王族から見れば不快な貧困や移住者といったものに代表されるパリの労働者階級の生活の一面、ルイ 14 世の絶対支配から独立した都市における自治区のような一面をもっていたと考えられるからだ。現代では「奇跡小路」はおもに移民労働者の住む地域をさげすんで、いわゆるスラム街の意味で使われることもある。

ちに高等法院が会議を招集していたことを知った。王は馬を急がせてパリまで数キロの道をもどり、むちをふりまわしながら高等法院に飛びこんで「朕は国家なり」と言ったのである。それからは、王の許可なしに会議が開かれることはなかった。

その時以後ずっと、ルイ 14 世はローマ皇帝のように国を治めた。パリをローマに匹敵する都市に作りかえようとしたとまでいわれている。当時のパリはまだ荒廃した町だった。殺人や窃盗がひんぱんにあり、道も家もがたがたで人々は食べるものにも事欠いていた。家を一歩出れば、危険が待ちかまえていた。パリの路上では1643年だけで350人が殺されている。1665年にはパリの警察組織のトップである刑事代官が妻とともに殺害されたほどだった。

新しい町

犯罪者たちと戦い、パリを自分の治世にふさわして都市に作りかえるため、ルイ 14 世はあらたに任命した財務総監ジャン・バティスト・コルベールとともにパリの改造計画に着手した。彼はまず、フィリップ尊厳王が建造した中世の市壁をとりはらってパリを開かれた場所にした。好ましくない者たちを追いはらい、もっと上品な町にするのが目的である。その一環として、新しく任命された刑事代官は、乞食や売春婦や犯罪者たちを一斉に検挙してほかの場所に送りこむよう命じられた。送りこむ場所としては施療院が一般的だった。これはそもそもペスト患者などを収容するための病院として建てられたものだが、ルイ 14 世のもとでは社会的に好ましくない

毒殺事件

いわゆる「毒殺事件」とは、ルイ14世の宮廷内の人物が殺人と魔法を使った罪で有罪判決を受けた当時の大スキャンダルのことである。はじまりは1676年、愛人と共謀して父親とふたりの兄弟を毒殺し、遺産を相続しようとしたかどで有罪を宣告されたブランヴィリエ夫人の裁判だった。彼女は一度に大量の水を飲ませる水責めの拷問を受けて、その罪を告白していた。判決のあと、彼女は斬首され、火刑に処せられた。

その裁判の過程で、毒薬と媚薬を多くのフランス貴族に売っていた何人かの囚人、占い師、錬金術師の一団が浮かびあがった。そうして告発されたなかでもとくに有名だったのがカトリーヌ・モンヴォワザンまたの名をラ・ヴォワザンという女性で、ルイ14世の愛人モンテスパン夫人をふくむ王に身近な人々に毒薬を提供していた。モンテスパン夫人はライバルのマリー＝アンジェリック・ド・フォンタンジュの毒殺をはかったり、王に媚薬を使ったり、王の愛を獲得するために黒魔術の儀式に参加したりといくつもの罪で告発された。

ラ・ヴォワザンの共犯者のエティエンヌ・ギブールという聖職者はモンテスパン婦人の罪を告発する証言をした。肉体を変形させられ、片目をつぶされたギブールは、裸の女性の腹に十字架を置いて悪魔によびかける黒ミサの方法を明かした。彼はまた幼児を殺してはらわたを抜き、その血と腸とすりつぶした骨をモンテスパン夫人がルイ14世に飲ませた薬に使ったとも告げた。

その告発にどれほどの真実があったかは不明だが、ルイ14世は17年間愛人として暮らし、数人の王の私生児を産んだ夫人を火刑にすることは許さなかった。王は彼女の釈放を命じた。モンテスパン夫人は少しのあいだ宮廷にとどまったのち、女子修道院に送られて残りの17年の人生をそこで暮らした。1682年、ラ・ヴォワザンと32名の罪人は魔法を使った罪で火刑に処せられ、事件は終結した。

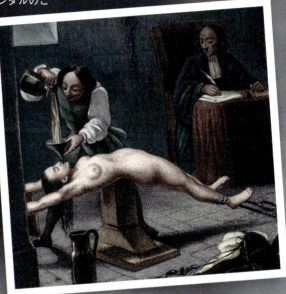

下：ブランヴィリエ夫人は胃に限界まで水を流し入れる拷問を受け、最後には告発された罪を認めた。

上：ヴェルサイユの広大な敷地内にある「テティスの洞窟」[アキレウスの母神テティスにちなんだ建造物。現存しない]で楽しむルイ14世と廷臣たち。整備された庭園だけで800ヘクタールもある。ルイ14世は庭園の設計に多くの時間をついやした。

者たちを送りこむはきだめと化していた。1700年までには、施療院だけでも1万人以上の貧民がつめこまれていた。

　ルイ14世は次に大規模な建造物の造営にかかった。天文台や傷病兵の収容施設アンヴァリッドの建設、ルーヴル宮とテュイルリー宮の正面ファサードの増築にくわえ、馬車が通れる幅の大通りがいくつも作られた。さらに、いくつかの凱旋門と公共の水飲み場、6000基以上の街灯も新設された。だからといってルイ14世がパリを好きになったわけではない。彼は市議会が大嫌いで、高等法院にはほとんど被害妄想に近い不信感をいだいており、どうしても無条件に彼を愛することができないらしいパリ市民に困惑していた。1685年にはナントの勅令を廃止してパリの一大勢力であるカトリック教徒を喜ばせようとしたが、結果はプロテスタントに対する迫害が激しくなっただけで、彼が望んだような効果は得られなかった。1666年に母后アンヌが死去すると、ルイはヴェルサイユの新宮殿に移ることにした。

パリからヴェルサイユへ

　毒殺事件のスキャンダルは、結果的にルイ14世のパリ暮らしの終わりを象徴する出来事となった。1682年、彼は永久にパリ

革命とアンシャン・レジーム　101

上：50人だけに着用を許される青い絹のジャケット「ジュストコール・ア・ブルヴェ」を着たお気に入りの側近たちに囲まれて座るルイ14世。

を去ってヴェルサイユの新宮殿に移る。その後の44年の人生で、彼は首都パリを20〜30回訪れただけだった。しかし彼のヴェルサイユにおける生活は、彼の治世のあいだだけでなく、それに続く100年のあいだもパリに多大な影響をあたえることになる。なぜならルイ14世のヴェルサイユ時代は、彼がフランスの貴族、聖職者、ブルジョワジーはもとよりフランス全土に対する絶対王権を確立した時代だったからである。ルイ14世のもとでフランスはヨーロッパ有数の大国となり、フランスにとって重要な決定をくだすことができるのは彼ひとりだった。いちばんたいへんだったのは搾取される第三身分である。彼らは聖職者でも貴族でもない市民で、フランス社会においては彼らだけが税金を払っていた。その税金で王とその何百人もの廷臣の、ふつうの市民には縁のないありとあらゆる浪費をまかなっていたのだ。だが第三身分は、1789年の君主に対する蜂起によってその復讐を果たす。

　ルイ14世がパリの南西20キロほどのヴェルサイユに移ったことは、貴族たちを支配するための深謀

> ヴェルサイユにおける王の生活のすべては念入りに演出されていた。

遠慮の一環だった。彼が宮廷を開いた広大な宮殿には350の部屋があった。そして彼のヴェルサイユでの生活のすべては念入りに演出されていた。王にさからえば機嫌をそこね、へたをすれば追放や死につながる。ヴェルサイユはあらゆる面で貴族たちの生活をコントロールするための「黄金の鳥かご」として建造されたのだ。王は貴族たちの日常をぜいたくな宴会や舞踏会や狩りや演劇の鑑賞で埋めつくしたが、そのかわりに、貴族は彼らの自由を王に奪われたということになる。

宮廷での服装

　ルイ14世は貴族たちの服装のごく細かいところまで指図していた。正しい服装は「忠誠心を高め、虚栄心を満たし、外の世界の者たちに感銘をあたえる」と彼は言っている。彼はみずから見本を示して、かつらを着け、白い靴下をはき、「宮廷人はほかの人間より高貴である」ことを示すために赤いハイヒールをはくよう勧めた。衣装のなかでもいちばん貴重だったのが「ジュストコール・ア・ブルヴェ（証明書付きジュストコール）」である。これは金糸銀糸で刺繍をほどこした青い絹のジャケットなのだが、廷臣のうち50人しか着用を許されていなかった。そのうちのひとりが死ねば、貴重な遺産としてだれかが引きつぐことになる。

　王は、すべての廷臣が公式の行事のたびに違う服装をするよう求めていた。もちろん廷臣たちの出費はかさむ。一般に宮廷人の

下：ヴェルサイユ宮殿でルイ14世と朝食をともにすることは、ごく少数の者にだけあたえられるたいへんな栄誉だった。この絵では、王は劇作家モリエールと食卓をともにしている。

衣装は財力の証明であるだけでなく、非常に着ごこちが悪く、非実用的で手入れがむずかしかった。ふつう1着の衣装の値段は使われた生地の量で決まるが、小さくてもレースで作ったものは途方もなく高価だった。たとえば貴族が首に巻くレースのクラヴァットは、現代の金額に換算すれば豪華なスポーツカー1台分、あるいは小型のヨットぐらいの値段だった。したがって衣装にこる貴族の多くは借金を負うことになり、王に衣装代を借りるはめになるのだった。つまりヴェルサイユで暮らす貴族はつねに金に余裕がなく、宮廷での暮らしに気をとられているあまり、反乱などたくらむひまがないということだ。

　ヴェルサイユでは、日常生活における王のあらゆる行為が公的なものだった。毎朝7時半に行なわれる「プティ・ルヴェ」つまり小起床の儀に同席を許されるのは非常に名誉なことだった。この儀式では侍医たちによる体調の確認ののち、廷臣の一団が王の便器までお供した後シャツを着る手伝い——最高の栄誉——をする。王は軽い朝食をとったあと礼拝堂でミサを行なうが、ここには側近にふくまれない大勢の廷臣たちがなんとか王の目にとまらないものかと集まってくる。

下：ルイ14世が1685年にナントの勅令を廃止したことで、ふたたびユグノーの迫害がはじまった。このとき20万人以上のユグノーがフランスを去り、その多くはイングランドに向かった。

王は一団の廷臣たちが立ちならんで見守るなか、正午に昼食を
とる。夜には豪華で儀式ばった正餐をとる。このときの食堂の席
次は宮廷内の複雑な身分関係を映しだす。家族と王のお気に入り
の側近はいっしょにテーブルにつくが、あまり目をかけられてい
ない者は、入室はしても立って見ているだけである。就寝の儀式
は起床の儀式と似たようなもので、王の目にとまることを熱心に
願う者たちが、燭台をもつ栄誉を争うのだった。

　ヴェルサイユで生き残るためには、廷臣はだれもが文字に記さ
れていない細かな礼儀作法を熟知し、厳密に守らなければならな
かった。王がお通りになるときは帽子をとらなければならない
し、王のとなりにすわることができるのは王族だけだ。廷臣の生
活のあらゆることが王によって定められていた。何を着るか、何
をするか。そしてどこまで出世するか。出世の階段を上りつめた
者には、土地や王による便宜や称号があたえられるほかにも、出
世を望む者からの性的な配慮が得られることもある。このような
環境下では悪徳は許されるが、1度の失敗は命とりになりうるの
だ。序列の下のほうにいる者にとっては、ヴェルサイユの宮廷は
窮屈で閉所恐怖症になりそうな場所であり、数をそろえるために
そこへくわえられただけで、だれからも完全に無視され、だれに
も知られずに破産する場所だった。

　ルイ14世は虚栄や性的なかけひきなど、貴族たちの注意を彼
の暴政からそらす気晴らしを大いに推奨した。そして裏で宮殿内
の生活のすべてを、最新のセックス・スキャンダルから召使いた
ちのゴシップまで、こっそり観察していた。彼のスパイは貴族た
ちの手紙を盗み読みしていた。少しでも治安を乱すようなつぶや
きを記した者は、すみやかに粛々と処分された。

　ヴェルサイユの太陽王を中心とする人工的な小宇宙を維持する
には、多くの費用が必要だった。ルイ14世のもとでフランスは
豊かになっていたが、治世の終わりごろには破産寸前だった。国
内では労働者を言いなりにしておくために重い規制を定め、産業
の革新を抑制し、貿易上は不当に高い関税を課した。ナントの勅
令を廃止したためにプロテスタントの迫害が起こり、20万人も
のユグノーの熟練した職人や商人がフランスから国外へ移住して
いった。

　歳入を増やすため、ルイ14世は貴族や聖職者もふくむ全国民
に課税する「人頭税」を導入したが、これは貴族や聖職者にとっ
ては考えられないほどの侮辱だった。それでもルイ14世の出費
をまかなうには足りなかった。1715年に王が死去したとき、フ
ランスの借金は1兆1000億リーヴルに達していた。それまでに、

ルイ14世の72年の治世の末期には、フランスの財政はほとんど破綻していた。彼が「人頭税」を課したことで国民の負担はさらに増した。絶対君主の時代は終わりに近づいていた。

穀物の周期的な不作と食品の値上がりのせいで、多くの農民は生きるために穀物貯蔵庫を襲撃するところまで追いつめられていた。王は見せかけの配慮として金の皿を何枚か溶かして支払いにあてたが、宮廷での過剰な浪費は続いた。

　ルイ14世の死後もフランスは変わらなかった。国民の苦しみをよそに、王族と貴族だけがぜいたくに暮らす専制君主国のままだった。ルイ14世が国の富を公平に分配する制度や、財産や特権をもたない国民の声を代弁する民主的な議会を作らなかったせいで、不満をいだく貧しいフランス人が何世代も生まれつづけたのである。そんな国民たちが声をあげる機会が訪れるのは1789年、フランス全土をまきこんだ史上最大の、もっとも多くの血が流れる反乱のときだ。しかしルイ14世は死去にあたってこんな不滅の言葉を残す。「わたしは旅立つが、この国はいつまでも残るだろう」

フランス革命

　やがてルイ16世となる王太子ルイ＝オーギュストと14歳の花嫁マリー・アントワネットの結婚式は、居あわせた多くの人々に不吉な予感をいだかせた。祝祭の行事としてコンコルド広場で行なわれた花火の打ちあげが大惨事を起こしたのだ。うまく上がらなかった不良品の花火が箱に入れてあった花火に火をつけ、広場を火の海にした。広場は大混乱となり132人の死者が出た。その約20年後、コンコルド広場ではもっと多くのフランス人の命が失われることになる。ただしそのときは、広場をうめた興奮した群衆が血を求めて叫んでいるはずだ。

　18世紀のパリでは、裕福な者と貧しい者との差がかつてないほど広がっていた。パリの貴族たちはヴェルサイユにいないときは客をもてなしたり、劇場に行ったり、新しい流行や新しい恋にふけったりして暮らした。1760年代には日傘とパンタンが流行していた。パンタンというのは糸で動かす小さなあやつり人形で、ポン・ヌフの上をぶらぶら歩きながら動かして遊ぶのだ。彼らはかつらを着け、ハンカチーフとかぎタバコ入れを携行し、きざで女性的な雰囲気でまとめることで、「サン・キュロット」とよばれる一般庶民のいでたちや暮らしぶりとの差をきわだたせていた。キュロットというのはもっぱら貴族が着用する膝上までの半ズボンで、長ズボンをはくのは社会的階級が低いことを示すいちばんわ

> 長ズボンをはくのは社会的階級が低いことを示すいちばんわかりやすいしるしだった。

左ページ：一斉検挙されてサルペトリエール療養所に収容されるパリの娼婦たち。療養所は好ましくない人間を閉じこめておく掃きだめとなっていた。「九月虐殺」のさいには、ここの多くの収容者が解放された。

上：1760年頃のパリファッションに得意げに身をつつむ貴族たち。キュロットは貴族が好んだ膝上丈の半ズボンで、「サン・キュロット」とはあえて長ズボンをはいて労働者階級のプライドを示した庶民のことだった。

かりやすいしるしだった。

　冒険好きな貴族は、粗末な服装をしてパリ郊外のごみごみした労働者階級の住む地域に行ってみることもあった。そのあたりの住人は、遠い異国の植民地で発見された危険な野蛮人とたいした変わりはないと考えられていたのだ。たしかにパリに住む多くの労働者は地方から出てきていた。パリの労働者は死亡率が高かったのでその穴を埋める必要があったのだ。

　外国の戦場での戦死や天然痘による病死をまぬがれたとしても、ごみごみして非衛生的な住環境がもたらす病気にかかることはいくらでもあった。性病にかかる者も多かった。売春が原因でパリに蔓延していた梅毒は当時は激しい痛みをともなう不治の病で、出産時にすでに感染している赤ん坊もいた。1760年のパリの娼婦は約2万人と記録されているが、これはひかえめな数字であり、金銭のためにそうした行為をしていた女性の数は実際にはもっと多かったと思われる。

　苦しい生活を送るパリの労働者階級にはほとんど食糧の支給がなかった。パリ市が運営するいちばん大きな病院オテル＝ディウでもひとつのベッドに6人を押しこむありさまで、収容者の4人にひとりは死亡していた。とはいえ衛生学や公衆衛生の新しい知

識が市の当局者にも伝わりはじめており、家庭からの糞尿を路上にすてることは徐々に減っていた。死者を葬るときは市の中心部を避けるようにもなった。病人をただ収容するのではなく、治すことを目的とした小規模な病院もいくつか開設された。

　新しい政治思想も生まれていた。啓蒙思想の理想が、中産階級のあいだで支持を高めてきていた。ブルジョワジーは野心的になり、いろいろな書物を手にするようになり、モンテスキュー、ルソー、ヴォルテールなど「フィロゾーフ」とよばれる啓蒙主義思想家たちの理論を学んでいた。「フィロゾーフ」は時代遅れとなったフランスの封建制度を根本から見なおし、国民の意志を反映する新しい国を作るためには社会的、経済的、政治的改革が不可欠だと主張していた。人間には自然権、すなわち自由や幸福や知識を得る生得の権利があるのだとも。

　啓蒙思想は、読書室、コーヒーハウス、フリーメイソンの支部、科学アカデミーなどの「思索サークル」に集う中産階級の人々のあいだに広く浸透した。そしてここから、ブルジョワジーの有名なスローガン「自由・平等・博愛」が生まれたのである。

　中産階級は政治的な力を求めていたが、実際のところフランス革命を支える基盤となる哲学も、攻撃を指揮する統一的なグループも存在していなかった。フランス革命の根底にあったのは、第三身分を構成するブルジョワジーと農民の両方がより広範な政策決定権と完全な土地所有権とを求めていることだけだった。経済的政治的危機がなければ、第三身分が蜂起したどうかはわからない。しかし1780年代末、借金と穀物の不作と国の財政を破綻させた君主によってフランスの国力が大きく傾いたとき、その危機は訪れたのだ。

戦いの火ぶたが切られる

　1789年、さまざまな不満が厚い雲となってフランスの上にたれこめていた。より平等な税制を求める声にこたえ、ルイ16世は200年以上開かれていなかった三部会を招集した。やけっぱちとも思われるこの招集は、第三身分のメンバーがヴェルサイユ宮殿の球戯場を占拠し、国王が彼らを新しい「憲法制定国民議会」として認めるまで解散しないと迫る結果をまねいた。「人間と市民の権利の宣言」は、絶対君主と貴族が支配する体制に対抗する、この新しい政治勢力による宣言だった。

　1789年6月20日、第三身分のメンバーが新しい議会の設立を宣言したときは、なんでも可能であるように見えた。しかし7月には失望と怒りがふたたびはじまった。ルイ16世は彼らの蜂起

上：第三身分の代表者たちはヴェルサイユの球戯場を占拠し、憲法が制定されるまで解散しないと誓った。

に対し、パリとヴェルサイユの兵力の増強でこたえたのだ。さらなる食糧不足が政治に対する怒りをいっそうかきたてた。腹をすかせた農民や仕事を失った労働者など、不満をいだく群衆がパリの路上を埋めつくした。ルイ16世は知らなかったが、この群衆が国民軍を結成し、王が国民に人気のあった財務総監ジャック・ネッケルを解任するとヴェルサイユに向かって進軍したのだ。もっともこれはネッケルの再任を要求するだけの穏やかな抗議行動だった。だが王はその要求を無視し、結果的に革命の火薬庫に火を投げ入れてしまった。

　7月14日、怒りにかられた群衆はアンヴァリッドの兵舎を襲撃し、そこにあった武器で武装した。槍やマスケット銃や剣をたくさん手に入れた群衆は、憎むべき王権のシンボル、バスティーユ牢獄に向けて有名な進攻を開始した。牢獄の司令官は群衆を説得しようとしたが失敗し、ついに部下に発砲を命じた。100人以上がここで命を落とした。暴徒と化した群衆は牢獄の壁に押しよせ、7人の囚人を解放し、司令官を捕えて首をはね、その首を槍の穂先につき刺した。

　暴力の波がパリをなめつくした。ロワ・ソレイユの女子修道

革命とアンシャン・レジーム　111

院が略奪され、オテル・ド・ヴィル（市庁舎）の建物も襲撃され、暴徒の憎しみの対象となっていた何人かの人物は殺害され、首をさらされた。暴徒の鎮静化に成功したと思いこんでいたルイ16世は、パリからの知らせを聞いて心底驚いた。1日中狩りをしてヴェルサイユ宮殿にもどった王は、側近のひとりに「これは反乱か」とたずねた。答は「いいえ、陛下、革命でございます」だった。

> 「これは反乱か」「いいえ、陛下、革命でございます」

　ヴェルサイユ宮殿が襲撃され王の一家が殺害されることをおそれたルイ16世は、パリに向かった。一見すると彼は国民の意志を受けいれ、王の権利についての再交渉を希望しているように見えた。心やさしき王ルイはフランス人が愛する「フランスの父」

フランス人権宣言

　フランスの開明的な貴族ラファイエット侯爵は、パリに滞在していたトマス・ジェファーソンの協力を得て「フランス人権宣言」を起草した。おもな内容には、すべての人間は生まれながらにして自由で、法のもとでは平等であり、財産、生存、自由にかんする権利は自然権としてすべての人間にあたえられている。政府の役割はその市民の権利と財産を認め、守ることであり、政府は税金を支払う市民から選挙で選ばれた者で構成されなければならない。女性、奴隷、外国人は市民にふくまれない、などがあった。しかしこの宣言の背景にある考え方を理解したフランス人は、1794年に奴隷制を廃止した。イギリスとアメリカの奴隷制廃止はそれにやや遅れ、それぞれ1807年と1808年だった。この宣言の基本原理——すべての人間は生まれながらにして自由であり、尊厳と権利において平等である——は、1948年に採択された「世界人権宣言」の第1条となって生きつづけている。

左：「人間と市民の権利の宣言」を描いた版画。

上：ジャック・ネッケルは国民に人気のある政治家で、彼が提案したいくつかの社会改革には、イングランドの制度をモデルにした立憲君主制の創設もふくまれていた。しかし王は彼の提案を受けいれなかった。

アンリ4世のような王になるつもりなのだと信じた者もあった。だが実際のところ、王は時間かせぎをしたにすぎない。配下の多くの貴族がプロイセンなどの近隣諸国にのがれ、君主への支持を獲得しようとしていたのだ。ルイは地味な黒い服を着て目立たない馬車でパリに向かった。そして革命の理念を象徴する赤白青の3色の記章を受けとり、それを着けて群衆に語りかけた。なだめるような従順そうな口調で話す彼の言葉は、群衆の歓呼と大砲の号砲に迎えられた。彼がヴェルサイユにもどったときには、彼の治世とアンシャン・レジームすなわち旧来の体制は終わったも同然だった。

ヴェルサイユ行進

さまざまな革命的事件が起こり、ルイ16世は降伏したかのように見えたが、それで生活がましになるとパリ市民が期待したのなら彼らはまちがっていた。1789年10月には猛烈なインフレが起こり、生活費は手がつけられないほど高騰した。ひとかたまりのパンが労働者の日給と同じくらいの値段にまでなっていた。市場では暴動が起こっていた。ヴェルサイユに駐留している兵士が酒宴で酔っぱらったあげく、革命軍がシンボルとして新しく定めた三色旗をふみつけたという話が伝わって事態はさらに悪化した。そしてルイ16世が憲法の草案の一部の条項しか認めず、「フランス人権宣言」の内容に疑義を表明したことで、パリ市民が国王にいだいていた好意は完全に消滅した。

10月5日、市民の怒りはついに頂点に達した。市場にいた女たちは食品価格の高さに激高して台所の包丁などありあわせの武器を手に市庁舎に押しよせ、たくわえてあった食品類と武器を奪った。数千人に達した群衆はヴェルサイユに向かって行進を開始

ルイ 16 世、パリに入る。

上：パリに着いたルイ 16 世は革命の指導者のひとりジャン・シルヴァン・バイイに迎えられた。バイイはのちに恐怖政治の渦中でギロチンにかけられる。

アメリカの建国の父のひとりトマス・ジェファーソンは、フランス革命勃発時に外交官としてパリに滞在しており、ルイ 16 世のパリ到着について次のような書簡を送っている。

「王はパリに到着したが、王妃はその光景にたいへん驚いていた…王の馬車を中心に、その両側には三部会の面々が 2 列になって徒歩で進み、先頭は馬に乗った最高司令官のラファイエット侯爵、行列の前後は国民軍が固めていた。さまざまな外見と身なりをした 6 万の市民が、バスティーユやアンヴァリッドから奪ったマスケット銃がある者はそれを持ち、ない者は拳銃、剣、槍、枝切り鎌、草刈り鎌で武装して行列が進む街路にならび、路上や家々の戸口や窓からは大勢の市民が行列に向かって「国家ばんざい！」と叫ぶ声が聞こえた。「国王ばんざい！」の声はまったく聞こえなかった。

「王は市庁舎で馬車を降りた。そこにはバイイ氏がいて王の帽子に三色記章を着けてから話しかけた。王はなんの心がまえもしていなかったので答えることができなかったので、近づいたバイイが王の断片的なことばをつなぎあわせ、それを王の返答として聴衆に向かって伝えた。聴衆は『国王と国家ばんざい！』の歓呼でこたえた。王は国民軍に護送されてヴェルサイユ宮殿に向かった…いまは首都に平穏がもどり、店は開き市民は仕事を再開している」（トマス・ジェファーソン『ジョン・ジェイへの手紙』）

バスティーユ牢獄の司令官ベルナール=ルネ・ド・ローネが革命を起こした暴徒を説得しようとする場面。彼はこのあと拘束され、首をはねられる。暴徒はその首を槍の先につき刺した。

する。人気の高い軍の英雄ラファイエット侯爵が率いる国民軍はしかたなくこの女性中心の群衆につきそい、よい結果になるよう願って、なんとかおちつかせようとしていた。

　群衆は激しい雨のなか、パリからヴェルサイユまでの約20キロを歩いて疲れきっていた。とはいえこの行進の参加者たちは食糧不足に抗議したかったにすぎない。王は女性たちの一部に謁見を許し、好意的な態度を示して群衆に食糧の配給を行なった。群衆の一部はこれで満足し、パリにもどった。しかし大部分の群衆は納得しないまま、宮殿の敷地にとどまっていた。

　ルイ16世は群衆の敵意に恐怖を感じすぐに憲法のすべての条項に同意し、「フランス人権宣言」を承認するとみずから明言した。その言葉を信じた群衆は解散し、王とラファイエット侯爵は床についた。だがラファイエットが率いてきた国民軍の兵士たちは外にいた群衆にくわわり、朝までには兵士の多くが反乱側についていた。

　翌朝6時頃、群衆は防御されていないドアを見つけて宮殿内に乱入した。スイス人傭兵の護衛が内部の部屋に通じるドアを守ろうとして、群衆のひとりに発砲までしたが、あっというまにとり押さえられた。反撃をこころみた兵は、革命軍が思いついた新しい処刑法にしたがって切られた首を槍の先にさらされた。マリ

下：女性を中心としたヴェルサイユ行進の群衆は、激しい雨のなかをパリからヴェルサイユまでの約20キロを歩いて疲れきっていた。しかし彼らは王をつれずに引きあげるつもりはなかった。

ー・アントワネットは侍女たちとともに王の寝室に行こうとした
がそれもかなわず、乱入した暴徒から身を隠していた。一方数時
間の眠りからさめたラファイエットは暴徒をなんとか王の寝室か
ら追い出し、宮殿の建物外に撤退させた。

　ラファイエットは、群衆の気もちを静めるために安全なバルコ
ニーから群衆に向かって声をかけるよう、王と王妃を説得した。
彼はさらに召使いのひとりに三色記章を着けさせ、群衆に好感を
あたえようとした。バルコニーの上で演じられた芝居の見事な一
場が王の一家を救った。王は群衆に静粛を求め、ラファイエット
が王妃の前にひざまずいてその手に口づけをした。その一連の行
為が群衆の怒りをやわらげたようだった。彼らは王の一家がパリ
まで同行することを条件に、ヴェルサイユを去ることに同意した
のだった。

　こうしてヴェルサイユまで行進した群衆は王の馬車につきそう
ことになった。祝いにマスケット銃を撃つ音がひびき、殺された
兵の首は槍に高々とつき立てられて、じつに騒々しい行進だっ
た。あきらかに王は捕らわれの身であり、王と王妃の運命は国民
ににぎられていた。彼らがこれから閉じこめられることになるテュ
イルリー宮に着くと、そこは修理もされないまま荒れていた。
「ほかの王宮でいつも当然のように国王たるわたしに提供されて
いた快適さとは雲泥の差の待遇だ」とルイ16世は感想をもらし
た。そして大勢の側近に好きな場所で寝るようにと告げ、退位さ
せられたイングランド王チャールズ１世について書かれた本を寝
室に届けるよう言った。

運命の逆転

　ルイ16世の運命は1791年６月20日に決した。その日、王の一
家と側近たちはテュイルリー宮殿の地下にある秘密の通路を通っ
てパリから逃走した。フランス北東部の国境の町モンメディに駐
留する王党派１万人の軍隊と合流して反革命の戦いを展開する手
はずになっていた。全員そろって移動することを望んだ王はスピー
ドの出る２台の小型馬車でなく、速度におとる大型馬車１台で
行くことを選んだ。一家全員と大量の荷物を積みこんだ馬車はそ
の重みできしんでいた。そればかりか、一行は道中のあちらこち
らで何度も小休止をとり、出会った通行人と世間話までしてい
た。まさに致命的な失敗である。乗客の正体は簡単につきとめら
れ、一行はモンメディのわずか50キロ手前、ヴァレンヌという
小さな町で停止させられた。王は捕えられ、革命軍の手でパリに
護送された。

上：パリから逃亡したルイ16世はヴァレンヌで捕えられた。通行人と会話をかわしたり、何度も休憩をとったり、速度の出ない大型馬車を使ったりと、王の一行は自分たちで逃亡の邪魔をしたも同然だった。

大方の予想に反し、ルイ16世の乗った馬車がテュイルリーに向かってパリ市内をがたがたと走っているときも群衆の怒声をあびることはなく、不気味な静けさに包まれていた。群衆を支配していた感情はショックだった。王は彼らを裏切ったのだ。当時フランスの実権をにぎっていた憲法制定議会は、憲法草案に同意のサインをすれば、王の地位は保証されると伝えていた。しかし王が革命派に書き残していた非常に辛辣な内容の手紙がテュイルリーで発見されたため、王の真意が知られてしまう。ルイ16世は彼とその家族にあたえられた恥辱を記し、憲法に同意すると誓ったのはいつわりであり、君主制の復活を求めると書いていたのだ。この手紙によって王の二枚舌が明らかになり、王と国民の和解の可能性は完全に消えた。

ルイ16世にとって問題となったのは、彼の逃亡が憲法制定議会内部の派閥闘争をまねいたことだ。各派閥はまもなくジャコバン党、コルドリエクラブなどと名のる党派になっていく。王政を廃止して完全な民主共和国となることを求める党派もあれば、立憲君主制を望む党派もあった。ひとつの党派内にも意見のくいちがいがみられ、たとえばジャコバン党内では穏健なジロンド派と急進的な山岳派が対立していた。

上：革命の指導者でパリ市長となっていたジャン・シルヴァン・バイイがギロチン台に上る場面。「震えているのか？」と問われたバイイは「ああ、寒さのせいでな」と答えた。

　憲法制定議会内部の対立はパリ市民をやきもきさせていた。議会そのものが力を失い、役に立たなくなることを心配していたのだ。議会がルイ16世は立憲君主制のもとで王にとどまるという内容の草案を示した2日後の1791年7月17日、5万人のパリ市民が反対の意向を表明するために集まった。

　集まった市民の多くは、王の退位を要求する請願書に署名を集めようとしたコルドリエクラブのよびかけに応じた人々だった。請願書はシャン・ド・マルスに掲げられていたのだが、市民が集まってきたところでそこにいた国民軍とのあいだで乱闘がはじまった。群衆は知らなかったが、パリ市長ジャン・シルヴァン・バイイが群衆を解散させるよう国民軍に命じていたのだ。群衆が投石をはじめたとき、国民軍の指揮をとっていたラファイエット侯爵は兵に発砲を命じた。銃剣がとりつけられ、続いて警官の反乱も起こった。

　このいわゆるシャン・ド・マルスの虐殺における死者の数は12人から100人のあいだだった。死者が少なかったのは、ほとんどが市民の志願者で構成されていた国民軍の兵士は射撃が上手ではなく、人を傷つけることにも消極的だったからだと目撃者は証言している。しかし、国民軍と市民の関係はダメージを受けた。

上：テュイルリー宮殿で軟禁下にあるルイ16世。彼は最後まで、どこかの国が介入して彼とフランス王政を守ってくれることを願っていた。だが彼の運命はすでに定まっていたのだ。

ラファイエットの人気は地に落ちた。バイイは憲法制定議会のあとを引きついだ新政府の立法議会によってギロチン台に送られた。革命初期の英雄のひとりだったバイイは、反革命的行動の罪でギロチンにかけられた多くの死刑囚の第1号だった。

フランス初の立憲政府として革命の理想を遂行するのは立法議会の仕事だった。しかしこの政府における王の位置づけは明確になっておらず、ルイ16世はまだテュイルリー宮殿に軟禁されていた。

王は、どこかの国が介入してきて彼とフランス王政を救ってくれることを秘かに期待していた。それは十分ありうることだったのだ。1792年、フランスはオーストリアとプロイセンを相手に戦争をはじめた。これにかんしてはマリー・アントワネットが中心的な役割を果たしている。神聖ローマ皇帝である兄のレオポルド2世にフランスに侵入して王政を復活させてほしいと頼んだのだ。この戦争はふたつの重大な結果をもたらした。ひとつはナショナリズムの高まりである。その結果、多くのフランス人男性が国民軍に入隊した。もうひとつは、急進的な新しいパリ市の革命自治政府と有名なジャーナリストの革命指導者ジャン＝ポール・マラーが先制攻撃をよびかけたこと。マラーは投獄されている王族を外国軍が解放する前に処罰するべきだと主張した。革命自治政府のよびかけにこたえた暴徒はテュイルリー宮殿を襲撃し、王を護衛していたスイス人部隊を倒す。

続けて革命自治政府は国王一家をタンプル塔に幽閉し、「革命の反逆者」のリストを作り、市内に入る門を閉ざした。貴族の館が襲撃され、何百人もの貴族が投獄された。そうして最後に行きついたのが「九月虐殺」である。国家の敵とみなされた2000人の囚人が片っ端から殺害された。そのうち200人はカトリックの聖職者だった。

暴力の嵐はパリだけではおさまらず、パリにならっての貴族や聖職者の虐殺はフランス全土に広がった。この混乱は秩序回復のための新しい議会として国民公会が招集されるまで続いた。たまたまこの騒動のさなか、ヴァルミーの戦いでプロイセン軍

九月虐殺

パリの虐殺はヨーロッパ中を震えあがらせた。現体制の支持者だけでなく穏健な改革派もこの虐殺には心の底から驚いた。この虐殺を古代ローマ人の略奪にたとえ、人肉を食べたとか、生きた体から心臓を取りだしたとか、革命派は犠牲者の血にパンを浸して食べたとか報告する新聞まであった。もう少しまことしやかな証言にしても、いまわしさの度合いが少し下がるだけで、微に入り細に入った血なまぐさい描写に変わりはなかった。ロンドンの「タイムズ」紙は、マリー・アントワネットのお気に入りの女官、ランバル公妃殺害の模様を以下のように報じている。

上:ランバル公妃は暴徒に捕えられ、凶暴な獣のような激しさで痛めつけられた。

「王室の側近がおもに収監されているラ・フォルス監獄に暴徒が押しかけたとき、ランバル公妃はひざまずいて殺害の前に24時間の猶予を懇願した。当初その願いは聞き入れられたのだが、より残忍な第2陣の暴徒が彼女の居室に押し入り、首を切り落とした。殺害のありさまは身の毛もよだつおぞましさ、礼節を知る者なら絶対にできない蛮行であった——彼女が死ぬ前に、暴徒たちはあらゆる乱暴を働いた。太ももをめった切りにし、はらわたと心臓を引きだした。そして切りさいなまれた彼女の体は2日間路上をひきずりまわされた」(「タイムズ」紙、1792年9月10日付)

がフランス革命軍に敗れた。その知らせに力を得た国民公会が最初に行なったのは、王政を廃止してフランス共和国の宣言をすることだった。

戦争および穏健なジロンド派と急進的な山岳派の内輪もめの結果、1793年に国民公会は悪名高い公安委員会にとってかわられた。公安委員会はかの有名な革命家ロベスピエールが率いる山岳派のグループで、革命反逆罪に対処し、反対者を起訴し、フランスに「恐怖政治」を広めるための独裁的な権力をあたえられていた。公安委員会はその司法組織である革命裁判所と協働して、

1793年9月から1794年7月までのあいだに何万人もの人間をギロチンに送ることになる。

王の最期

　ルイ16世とマリー・アントワネットの処刑を皮切りに本格的な恐怖政治がはじまった。ルイ16世は国家に対する反逆罪で1793年1月21日に処刑された。最後の朝、祈祷をすませた彼は窓をふさがれた馬車に乗せられ、霧に包まれた冷たいパリの道を革命広場――現在のコンコルド広場――まで連行された。そこでは国民軍兵士がギロチンのまわりを4列にならんで警備していた。王を奪回する動きがあるという報告があったからだ。実際に数ブロック離れたところで乱闘が起こったが、兵士によってすぐに鎮圧された。午前10時、ルイ16世は断頭台の階段を上り、両手をしばられた。刑を執行したアンリ・サンソンは後日、覚書にこう記した。

　「聴罪司祭が十字架を彼の唇にあて、王は両手を差しだす。ふたりの助手がかつては王笏をふるったその手をしばった。それから彼は断頭台への階段を、尊敬すべき司祭にささえられて上った。『あの太鼓は永久に鳴りつづけるのか』と王は言った。台上

下：断頭台の前で運命のときを待つルイ16世。100年以上前の太陽王ルイ14世の出現にはじまった絶対君主制は、ルイ16世の処刑で幕をとじた。

上：見せしめのためのマリー・アントワネットの裁判では、彼女の性的な逸脱、逆らう者を暗殺する性向、じつの息子との近親相姦などの忌まわしい罪状が事こまかにあげられた。王妃もこの最後の告発には大いに立腹した。

に着くと、彼は見物人がいちばん大勢集まっている前に進み、しばらく太鼓をとめるよう堂々とした身ぶりで合図した。『フランス国民諸君！』と彼は力強い声で叫んだ。『見るがいい、諸君の王は諸君のために喜んで死ぬ。願わくはわたしの血が諸君に幸福をもたらすことを！ わたしは犯していない罪のために死ぬのだ』。王はなおも続けようとしたが、太鼓手の指揮者であるサンテールが太鼓を鳴らすよう合図したので、あとの言葉は聞こえない。直後に彼は架台に抑えつけられ、数秒後にはわたしの操作で刃がすべり落ちた。だが彼の耳にはまだ『聖ルイの息子よ、天国へ昇られよ！』と唱える司祭の声が聞こえていた…わたしの助手のグロが群衆に王の首を見せると、勝利の叫びをあげた者もいたが、ほとんどは底知れぬ恐怖に顔をそむけた」（『サンソンの覚書 (Memoirs of the Sanson)』、1876年）

　ギロチンの下にすえられたかごに落ちるとき、ルイ16世の首がまばたきしたとか叫び声をあげたとかいう報告もある。確かなのは大量の血が流れたこと。処刑人の助手が死体をもちあげようとしたとき、首から血が噴き出したということだ。見物人のなかには飛びだしていってハンカチを血に浸した者もいたという。血をなめた者さえいた。死者の毛髪を売るのは処刑人の役得とされており、身に着けていた衣類と同様、まさに飛ぶように売れたとい

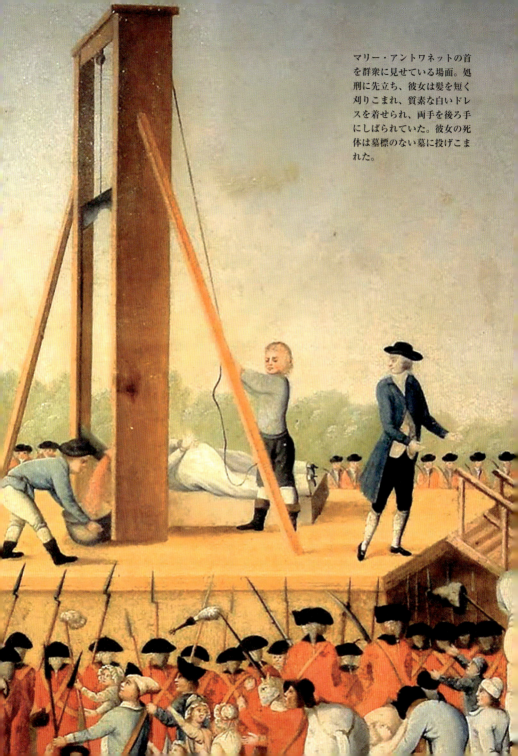

マリー・アントワネットの首を群衆に見せている場面。処刑に先立ち、彼女は髪を短く刈りこまれ、質素な白いドレスを着せられ、両手を後ろ手にしばられていた。彼女の死体は墓標のない墓に投げこまれた。

うことである。それから死体は掘ってあった穴に入れられ、上から消石灰がかけられた。首は死体の足もとに置かれた。100年以上前にルイ14世がヴェルサイユで入念に構想し築きあげた絶対君主制はここに幕を閉じ、国民が統治するフランス共和国が誕生したのである。

ルイ16世の処刑の9か月後に行なわれたマリー・アントワネットに対する法廷審問は、革命裁判所による典型的な見せしめ裁判だった。超満員の法廷で検察官は彼女を「フランス人の生き血をすするようなことをした災厄の元凶」であり、王の弟と関係し、自分の息子との近親相姦にまでおよんだ性的倒錯者だと決めつけた。

続いて王妃を告発する証人が次から次へと登場する。告発の例をいくつかあげれば、王を説得して「性的に倒錯した」大臣を任命させた、自分にさからう貴族を暗殺するためスカートの下に2丁のピストルを隠しもっていた、ヴェルサイユ宮殿でいかがわしい酒宴を開いていた、息子に自慰を教えて生殖能力をそこなった、などなど。傍聴人にはこうした毒々しい証言のほうが受けがよかったので、ほんとうにマリー・アントワネットを告発すべき証拠——たとえばフランス軍の秘密を外国にもらす手紙——は騒々しい話し声にまぎれてほとんど忘れられてしまうありさまだった。

この裁判はのちに革命裁判所が開く公判の見本となった。これ以後、国家に対する反逆者とみなされた者は、ほとんど根拠のないような理由で死刑を宣告されることになる。マリー・アントワネットの場合は、国家に対する陰謀と敵国への情報漏えいの罪でギロチンによる処刑の判決がくだされた。髪を短く刈りこまれ、白いドレスを着たマリー・アントワネットは、背中にまわしてしばられた両手をロープにつながれ、屋根のない荷馬車で処刑場に運ばれた。コンシエルジュリの監獄から革命広場の処刑場まで行くのにかかった1時間ほどのあいだ、群衆は大声で彼女をあざけり、悪意のこもった言葉を投げた。彼女の最後の言葉は、処刑人アンリ・サンソンの足をふんだときの「あら、ごめんなさい。わざとではなくてよ」だったと伝えられている。ギロチンの刃は12時15分に落とされた。

恐怖政治

王政が倒れると、公安委員会はパリとフランス全土で反対勢力の大規模な粛清を行なった。だが共和国フランスの敵とは何者なのか。いちばんわかりやすいのはフランスと交戦中の諸外国だった。それは、生まれたてで身を守るすべを多くもたない国家にとっては非常に現実的な脅威だった。しかしフランスは内部にも敵

革命とアンシャン・レジーム　127

をかかえていた。西部のヴァンデで新政府に対する反乱が起こり、ほかの地域でも小規模な反乱がいくつか起こっていた。新政府はアンシャン・レジームと密接な関係にあったカトリック教会も敵とみなし、公安委員会は非キリスト教化を求めていた。パリでは宗教的な行列は禁じられ、教会の鐘は溶かされて大砲の材料となり、大聖堂、教会、神学校の建物は公共施設や倉庫になった。ノートルダムは「理性の神殿」と名を変えられ、飾られていた王の彫像は頭部を破壊された。そしてほかにも、公安委員会だけが知る、人目につかない敵もいた。公安委員会はひとつの政治的手段としてあえて恐怖政治を用いた。「国民が恐怖の存在になるのを防ぐために、われわれ自身が恐怖の対象となろう」と、九月虐殺の無政府状態を引きあいに出して、ジョルジュ・ダントンは公安委員会のメンバーに警告した。

上：マクシミリアン・ロベスピエールが率いる公安委員会の会合。公安委員会の恐怖政治のもとで、毎週数百人もの市民がギロチンに送られた。

　もと弁護士で貧者の味方だったマクシミリアン・ロベスピエールにとって、恐怖政治は徳治国家を作るための必要悪だった。彼の思想の背景には、啓蒙主義哲学者のジャン=ジャック・ルソーが著した『社会契約論』があった。そのなかでルソーは、自由の増大は徳の増大に通じるとしている（ロベスピエールはかなり偏った解釈をしているが）。革命によって自由が達成されたからには、どれほど多くの犠牲者が出ようと、次は徳の増大をめざさなければならないとロベスピエールは考えたのだ。

　「平時の人民政府の基礎が徳にあるなら、革命時の人民政府の基礎は徳と恐怖の両方だ。徳のない恐怖は有害だが、恐怖のない徳は無力だ。恐怖政治とは、迅速で妥協のない確固とした正義にすぎない。したがってそれは徳のひとつの現れだ。それ自体が原則なのではなく、民主主義の一般原則から導かれるひとつの帰結

なのだ」（マクシミリアン・ロベスピエール『政治における徳の原則に関する報告書』）。

公安委員会はその方針を説明するために「[公安委員会は]その敵に対しては断固たる恐怖となり、味方に対しては寛大であり、国民に対しては公正であることをめざす」という布告を出した。しかしその結果は、牢獄が囚人であふれ、正当な裁判も証拠の検証もなく何千人もの国民を反逆罪で有罪とした全体主義的警察国家の誕生だった。毎週何百人もが監獄から荷馬車で処刑場のギロチンに運ばれた。あまりにも多くの人間が殺されたため、その血を吸いこんだギロチン台の下の土が飲料水を汚染するのではないかと心配されたほどだった。

恐怖政治の拡大にともない、公安委員会は「反革命容疑者法」を成立させた。これは事実上ほとんどすべての個人の自由と権利を制限するもので、革命の敵だけでなく、革命の敵かもしれない人物も逮捕でき、容疑者のほうが無罪の証明をしなければならないという法律だった。パリ市民は革命への忠誠を示すために「公民証明書」の携行を義務づけられた。市民に対する広範な隠密調査が開始され、秘密警察官はささいな理由で誰彼かまわず逮捕した。パリは偏執狂的な雰囲気に包まれていた。いつどこで見張られているか、どんな罪でいきなり告発されるか、だれにもわからなかった。

しかし「反革命容疑者法」は手はじめにすぎなかった。次は「プラリアル22日法」別名「恐怖政治法」である。これは公安委員会がいうところの通常の犯罪者より国家にとって有害な政治犯の、訴追手続きをあらゆる面で簡素化するものだった。簡単にいえば、あやしいと思えばどんな理由で逮捕してもよく、抗弁のためのあらゆる法的権利をはく奪することもできるという法律だった。委員会メンバーのジョルジュ・クートンが語ったように「市民が容疑者になるには風説だけで十分」なのだ。

したがって「プラリアル22日法」にもとづいて開かれた法廷では弁護人は認められず、容疑者は自分で抗弁し、陪審団は無罪か死罪かを評決するのだ。しかしこの法律のもっともおそろしいところは、思想犯罪の概念を導入したことだった。検察官は人の表情を解読し心を読んで、反抗のしるしを見つける訓練を受けた。陪審員たちは直観で被告に評決をくだすよう指示された。委員会は、徳のある被告は恐怖が顔に出ないからと言ってこの方法を正当化していた。

> ますます多くの革命の同志たちが死刑を宣告された。

公判で見せたわずかな表情の変化で、何百人もの被告が即決処刑された。スパイが提供する書類が増える一方なので、警察の書類戸棚には被告のリストがたまっていった。かつては死刑反対論者だったロベスピエールだが、いまや警察に自分の事務所をもち、国家の敵を求めて部下とともに無数の密告書類を吟味していた。

ロベスピエール自身もしだいに偏執的になり、だれも信じられなくなっていた。委員会の仕事が進むにつれ、ますます多くの革命の同志たちが死刑を宣告された。なによりショッキングなことは、ロベスピエールの学友だった不屈の革命家カミーユ・デムーランと公安委員会の設立メンバーだったジョルジュ・ダントンまで処刑されたことである。

デムーランの罪状は、彼が発行していた新聞「ヴィユ・コルドリエ」で恐怖政治を終わらせようと主張したことだった。ダントンは財政上の不正で告発された。もちろん彼らの裁判は茶番劇だった。「プラリアル22日法」のもとではふたりとも自分の無罪を立証できず、有罪の証拠はでっちあげだった。検事は遠まわしな言い方で、望まれる評決をくだすよう陪審団を脅迫していた。

ダントン、デムーランと14名の共謀者はギロチンにかけられた。ダントンは最後にこのような予言的な言葉を残した。「わたしが去ったあとにはおそるべき動乱の渦が起こるだろう。彼らには政治というものがわかっていない。わたしの次はロベスピエールだ。わたしが彼をひきずり下ろす」

伝えられるところでは、ダントンとデムーランの処刑当日、ロベスピールは自分の部屋の窓の雨戸を閉めていた。良心の呵責をおぼえていたのかもしれない。とはいえ、彼はその後も多くの人間をギロチンに送ることをやめはしなかった。

下：公安委員会が発行したジョルジュ・ダントンの逮捕令状。ダントンは初期の革命指導者で、一時は公安委員会の委員だった。

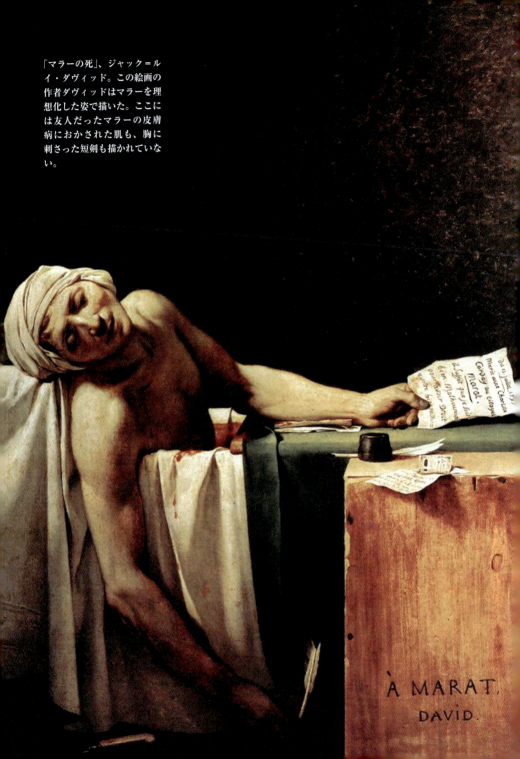

「マラーの死」、ジャック=ルイ・ダヴィッド。この絵画の作者ダヴィッドはマラーを理想化した姿で描いた。ここには友人だったマラーの皮膚病におかされた肌も、胸に刺さった短剣も描かれていない。

マラーの死

　国民公会のメンバーのうちでも早い時期に処刑された有名な人物のなかには、公安委員会の命令でなくジロンド派の手で殺害された人物がいる。ジャン=ポール・マラーは山岳派の著名な革命家で、自分の新聞「人民の友」でライバルのジロンド派を攻撃していた。そのため彼は逮捕され、暴力を推奨し議会の審議をさまたげた罪で革命裁判所にかけられた。マラーは自説を展開して勝訴し、それを契機にジロンド派の衰退と山岳派の隆盛が決定的になった。

　裁判のあとマラーは皮膚病にかかり、定期的に薬湯につかるためほとんど家にこもりきりになった。ある日、浴室にいたマラーを陰謀者のリストを持参したという身分を隠したジロンド派の女性シャルロット・コルデーが訪ねてきた。マラーがリストのメンバーを処刑すると約束すると、彼女は隠しもっていた短剣でマラーの胸をねらい、深々と心臓までつき刺した。数分のうちにマラーは息絶え、コルデーは殺人罪でギロチンにかけられた。

ロベスピエールの熱狂は宗教色をおびてきた。1794年、こんな布告を出したのがなによりの証拠である。

　「永遠の幸福をもたらす日がやってきた。フランス国民が最高存在に捧げる日である。最高存在である方が創造されたこの世界が、その方にこれほど価値ある祭典をお見せしたことはかつてなかった。その方は地上が暴君に、犯罪に、ペテンに支配されるのをご覧になってきた。いまこの瞬間、その方は全国民が人類の抑圧と戦うのをご覧になるのだ」

　最高存在とはロベスピエールが、おそらくは革命を導いている人知を超えた力をあらわす存在として考えだしたものだった。祭典はシャン・ド・マルスに作られた人工の山で行なわれた。ロベスピエールは最高存在の扮装をして群衆の前にあらわれた。これは政治的に見て大失策だった。ロベスピエールは皇帝になろうとしているとだれもが確信する結果になったのだ。いまや彼の政敵たちは、ひそかに彼の首をねらっていた。

　ロベスピエールがめずらしく委員会を3週間も欠席したことも事態を悪化させた。彼は新しい国家の敵のリストをもってくると約束していたのに、結局それもできなかった。次にロベスピエールのリストにのるのは自分の名前かもしれないと多くの者が疑っていた。彼らがロベスピエールに陰謀をしかけたのは、自分の身を守るためだった。

　次にロベスピエールが委員会で発言に立ったとき、彼は「暴君をぶっつぶせ！　逮捕しろ！」という罵声を浴びせられた。彼は驚きのあまり言葉を失って立ちつくしていた。だれかが「ダントンの血が彼の喉をつまらせているんだ」と叫んだ。ロベスピエー

ルは法に反した反逆者として逮捕されたが、忠実な護衛の手で助け出された。逃亡者となった彼はオテル・ド・ヴィルに隠れていた。弟のオーギュスタン、委員会メンバーのフィリップ=フランソワ=ジョセフ・ル・バ、ジョルジュ・オーギュスト・クートン、ルイ・アントワーヌ・レオン・ド・サン=ジュストが一緒だった。彼らは国民の名のもとに新しい攻撃を展開するつもりだった。だが午前2時、彼らの運命がドアをたたいた。

逮捕にきた兵士たちが突入してくると、ロベスピエールの仲間はパニックにおちいった。オーギュスタン・ロベスピエールは窓から飛びおりて逃げようとして、両脚を骨折してしまった。ル・バは拳銃で自殺した。クートンは足が不自由だったが、階段のいちばん下のところで発見された。サン=ジュストは素直に縛についた。ロベスピエールは顔面に銃弾を受けて顎がくだけていた。彼が自分の拳銃で撃ったのか、兵士のマスケット銃の弾があたったのかは定かでない。いずれにせよトップの地位まで上りつめた偉大な雄弁家ロベスピエールは、彼の最後の数時間、何も言えずにすごしたのである。翌日、すでになかば死んだようになってい

下：ロベスピエールが新しい国家宗教をめざした「最高存在」信仰は、革命の同志たちから見ればあまりに現実離れしていた。彼はわずか数週間後に処刑されることになる。

革命とアンシャン・レジーム　133

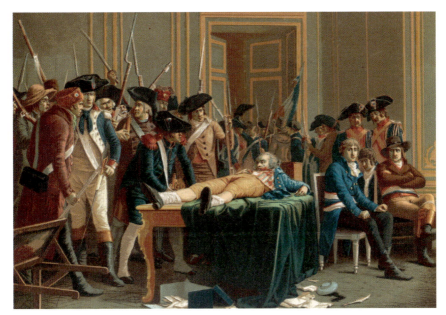

たロベスピエールは、ギロチン台でその最期を迎えた。ギロチンの刃が落ちるとき、彼は血も凍るような叫び声をあげたと伝えられている。

　ロベスピエールの死とともに恐怖政治は終わったが、処刑がなくなったわけではなかった。ロベスピエールの関係者やその他のいわゆる革命の反逆者の殺戮が、反革命派による新しい「白色テロ」のもとで続いたのだ。しかし恐怖政治のもとで殺害された人間の数を超えることはないだろう。ひかえめな計算によればフランス全土でギロチンにかけられた人数は1万6500人、そのうちパリだけで2600人ということだが、フランス全土でさらに2万5000人が即決処刑されている。恐怖政治は総計5万5000人の命を奪ったとする見積もりもある。恐怖政治が終わると急進派に代わって穏健派が実権をにぎり、国民公会に代わる総統政府が成立する。1800年には革命は終結していた。

　その後、王政が倒されてわずか10年あまりしかたたないうちに、パリは新しい支配者を歓呼の声で迎えることになる。将軍ナポレオン・ボナパルトだ。しかしこの事実上の新しい王の戴冠とともに、フランスはそれまでとは違う国になる。革命が中世の停滞をふりはらい、堕落した絶対君主の支配を投げすてたことで、フランスは新しい時代に突入したのだ。新たなフランス帝国の中心にあって、パリは「光の都」への変貌をはじめる。

上：ロベスピエールの顔を撃ったのはだれか、確かなことはわかっていない。いずれにしても偉大な雄弁家にして恐怖政治の中心人物だった彼は、口のきけない半死の状態で処刑場に引き出されたのだった。

第5章

帝政と反乱

　パリは革命の恐怖政治と王政の抑圧から目ざめた。しかしそれらの亡霊はその後も執念深くよみがえることになる。1800年から1871年のあいだは、王政復古と抑圧と貧困が次々に反乱を誘発した。この時代はナポレオンという名の皇帝、外国の軍隊の侵入、血まみれの革命という前の時代とほとんど同じような経過をたどって終わりを迎える。

　当初ナポレオン・ボナパルトはフランス革命の擁護者とみなされていたが、1804年にみずから皇帝の座につくことで、革命にかかわるすべてをあっさりすてさったようだった。彼はこの戴冠は必要悪だとして自分の行動を正当化した。フランスをねらう敵国に対抗し、秩序を回復してばらばらになった共和国をひとつにまとめるには独裁政権が唯一の道なのだと。

　戦場でのナポレオンの活躍は伝説となっていた。彼はアウステルリッツとマレンゴでオーストリア軍とロシア軍に圧勝したことで名をあげ栄光に包まれていたので、皇帝の座につくことにもさほどの問題はないようだった。しかし彼の国内政策、とくに国外に追放されていた貴族たちの帰国を認め、カトリックをふたたび国教と定めたことは、かつての革命の戦士たちの反感をかうものだった。

　彼はパリで、新しい橋をつくったり、シャンゼリゼ大通りを拡幅したり、凱旋門の設計をしたりと大規模な建設工事にとりかかった。そうすることで彼がめざす「これ以上はないというほど美しい町」、広大で威風堂々とした帝国の首都、というイメージをパリ市民に理解させようとしたのだ。パリ市民にとってそれは一種の慰めだった。革命以来、彼らの生活は政治がらみの暗殺や貧困や食糧不足はあたりまえで、ときには路上の暴動もあるという日々だったのだから。革命の記憶はいまだに薄布のようにパリの

左ページ：1830年の七月革命のさい、ダルコル橋をわたってオテル・ド・ヴィルに突入する革命派の人々。ナポレオンは1796年にこれに似た襲撃の先頭に立っていた。

町におおいかぶさっており、市民としてはもう暴力はたくさんなのだった。コンコルド広場にはまだ血の臭いがただよい、その臭いが強すぎて馬が通るのをいやがるという噂まであった。とにもかくにもナポレオンは安定とパンと平和をもたらし、パリ市民はそれに感謝していたのだ。

しかし1812年にすべてが変わった。勢いにのったナポレオンが、60万の大軍を率いてロシア侵略に向かったのだ。結果は目もあてられない惨事になった。ナポレオンがみずから行なった焦土作戦のせいで、厳しいロシアの冬につらい退却をするフランス軍兵士たちの食糧がまったくなくなってしまったのだ。50万人以上の命が失われた。ロシア遠征失敗のあとも、ナポレオン軍はライプツィヒの戦闘で大敗してフランスへ敗走、追走するロシア、プロイセン、オーストリア軍のパリ侵入をまねいた。

ライプツィヒでの敗戦の報はパリにもとどいたが、パリに外国の軍隊が侵入してくると予測した市民はほとんどいなかった。ところが、敗走してきたフランス陸軍の兵士たちが次々に市の門に押しよせてくる。みすぼらしい脱走兵、難民、負傷者たちのみじめな行列が路上にあふれ、物乞いをする者、息たえる者もあれば、ロシア兵のおそろしい報復の話をして聴衆を怖がらせる者もい

下：1812年、モスクワから過酷な退却をする軍の先頭にたつナポレオン。60万人の大軍団のうち50万人以上がこの遠征中に命を落とした。

ナポレオンの戴冠

上：ナポレオンはフランス皇帝の冠という究極の栄誉を自分にあたえた。

パリ社交界の花アブラント公爵夫人はナポレオンの戴冠式に列席していた。彼女は作家オノレ・ド・バルザックの愛人であり、バルザックは夫人の回顧録の編集を手伝った。彼女の覚書の一部を抜粋して引用する。

「列席者のあいだを通るナポレオンは、熱烈な愛と献身の情のこもった言葉と表情に迎えられた。ノートルダムに着くと、彼は大祭壇の前に設けられた玉座に上った。横にはジヨセフィーヌがつきしたがい、周囲はヨーロッパ各国の君主がとり囲んでいた。ナポレオンはとても穏やかなようすだった…しかし儀式はとても長かったので彼は疲れたようで、わたしは彼があくびを抑えるところを何度も見た…塗油の儀式のあいだ教皇は非常に印象深い祈りをささげた…しかし教皇がシャルルマーニュの王冠とよばれる王冠を祭壇からとろうとしたそのとき、ナポレオンはそれをつかんで自分の頭にのせたのだ！ その瞬間、彼はほんとうにハンサムだった。そして彼の顔にはとても言葉では言い表せない、輝くような表情がうかんでいた。教会に入ってきたときに彼がかぶっていた月桂冠──ジェラールのすばらしい肖像画に描かれた彼の額を飾っていたあの月桂冠──はすでにはずしていた。王冠そのものは、月桂冠ほどには似あっていないかもしれない。しかしそれをかぶるという動作によって高揚した彼の表情は、彼を完璧な男ぶりに見せていた」（アブラント公爵夫人『回顧録』）

カタコンベ

　ナポレオンは、地下埋葬所カタコンベの扉を開き、サン・イノサン墓地からあふれた遺骨を収納するよう命じた。サン・イノサン墓地には数世紀にわたり200万の遺体が埋葬されており、18世紀末には文字どおり境界の土手を越えて遺体があふれ出ていた。恐怖政治の犠牲になったばかりの遺体の腐りかけた頭部やバラバラの体が上層にあり、下層に積み重ねられた古い遺骨はその重み自体で付近の家の地下室の壁をこわしてしまった。悪臭がひどすぎて、それをかいだだけで死んだ者までいた。そこでサン・イノサン墓地の遺体を掘りだし、カタコンベやパリのはずれにあるペール・ラシェーズなどの小規模な墓地に移す作業が行なわれたのだ。その後何年もこれらの場所は、夜になると墓掘り人と聖職者がランプのあかりで遺体を運んだり祈りを捧げたりする陰鬱な場所になっていた。

左：現在のカタコンベには、600から700万人分のパリ市民の遺骨があるといわれている。

た。ここへ来てパリの町は興奮状態に包まれた。病院は負傷者を受けいれるために精神病患者や老人を退院させ、収容能力を超えた死体置き場からは死体がセーヌ川に運ばれた。パリ市民は木を切り倒して街頭にバリケードを築き、商店主たちは略奪にそなえて入り口に板を打ちつけた。そして3月の末、市の防壁から「コサックが来るぞ！」の叫びが起こる。

　オーストリア、ロシア連合軍はまずパリを砲撃してから侵入してきた。戦闘は数時間で終わり、休戦協定が結ばれて、市民がおそれていたコサックとよばれるロシア兵が乗る馬のひづめの音がシャンゼリゼ大通りから聞こえてきた。しかしロシアはナポレオンがしかけた戦争についての補償を求めなかった。ロシア皇帝アレクサンドル1世はフランスに補償を求めず、以後パリを彼の「特別な保護」の下におくと定めた。パリ市民は占領軍に反抗せず、むしろ占領を喜んでいるふうだった。それを受けて占領軍兵

士たちも礼儀正しくふるまった。ほとんどのコサック兵は飲酒をひかえめにしてパリのレストランに違和感なくなじんでいた。上官に飲酒している現場をみられないよう、騒ぐこともなく急いで食事をすませた——これがパリの居酒屋風レストラン「ビストロ」の起源で、「ビストロ」とはロシア語の「早く」から来た言葉である。そして、来たときと同じくらいあっというまに占領軍は去ってしまった。そのあとに支配者となったのはルイ18世、ついこのあいだ首をはねられたルイ16世の弟だった。君主制が復活したのだ。

王政復古

でっぷり太って尊大そうなブルボン王家のルイ18世を見て市民一同が不満の声をあげたのは事実だが、ナポレオンが11か月間のエルバ島追放から帰還したときの市民の反応も熱狂とはほど遠かった。ルイ18世はイギリスへ逃亡したが、ナポレオンの政権は100日しか続かなかった。結局ナポレオン軍はワーテルローの戦いで大敗し、ナポレオンは大西洋に浮かぶ岩だらけの孤島セントヘレナに永久に追放された。その後は王政が続き、復位したルイ18世のあとはシャルル10世が、そのあとをフランス最後の王となるルイ＝フィリップが継いだ。

こうした変化が続くあいだ、パリは完全に分裂して不安定な状態にあった。ジャコバン党、王党派、カトリック、ナポレオン支持者などいくつもの党派が争っていた。ひとつだけ共通点があるとすれば、どの党派にも暴徒となって反乱を起こすほどの不満の

下：パリに侵攻してきたコサック軍団が、パリにのりこむ前にキャンプを設営している。皇帝アレクサンドル1世はナポレオンのロシア侵略に対する報復を禁じた。

種がないことだった。パリの貴族と裕福なブルジョワジーが当惑しながら極貧の庶民たちと共存しているいま、革命の理想は遠い記憶でしかなかった。革命とそれがもたらしたみじめな結果にいちばん苦しめられているのは下層階級だった。

王政復古の前、パリの住環境は最悪だった。パレ・ロワイヤルの周囲には賭博場と売春宿がびっしりならんでいた。市の中心部は暴力と悪行の巣窟で、暗い路地では乞食が金持ちから金品を強奪していた。当時パリには1000人の乞食がいたとされ、その多くは脱走したりナポレオンの没落で職を失ったりした元兵士だった。彼らは下層階級のなかでも武闘派で、疑うことを知らないパリ市民を襲う彼らの暴力は、ひんぱんに起こる強姦や殴りあいや殺人とならんでパリの悪夢となっていた。

「みじめな町はずれ」の別名があったサン・マルソーをはじめとする最下層の住人の住む地区は、王政復古のもとでさらに暴力的ですてばちな雰囲気を増していた。人、動物、排泄物、腐りかけの生ごみが一緒くたになって押

> 人々、動物、排泄物、腐りかけの生ごみが一緒くたになって押しこまれていた。

しこまれていた。こうした地区の多くには不潔なもやがかかっているといわれ、妊婦はもう少し衛生的な場所に移るようにと市当局が命令を出すほどだった。病院はすぐにそのような妊婦や、病気の浮浪児や精神を病んだ患者でいっぱいになった。性病が蔓延し、その治療のためにミディ病院が建てられた。しかしそこもすぐに順番待ちの患者の長いリストができ、パリには7万5000人の売春婦がいることを思えば、リストがさらに長くなるのは確実だった。

郊外でもとくにひどい地区は立入禁止区域となった。公衆衛生は存在しなくなっていた。王政復古のもと、パリは情けないほど不潔な町になっていたが、なかでも下層階級の地区はただ朽ちるにまかされていた。ごみの収集するシステムがないため、パリの25万世帯から出るごみはたんに路上に放置されていた。未処理の汚水が洗い物用や飲み水としても使われているセーヌ川に流れこみ、悪臭をはなつ堆積物となって土手に積もっていた。かつてモンフォコンの絞首台があった場所に作られた屠殺場から流れ出る汚水が飲料水の汚染をさらに進めた。そして1832年、パリは史上最悪のコレラの大流行にみまわれる。

最初のコレラ患者は3月にオテル・ディウ病院で出現したが、発熱、胸の痛み、嘔吐、頭痛、卒中など、その症状の幅広さが医師たちを当惑させた。はじめはパリのはずれの下層階級が住む地

左ページ：ついこのあいだ首をはねられたルイ16世の弟、ルイ18世が王位についたことに市民一同は不満の声をあげた。君主政の復活である。

貧困の描写

19世紀の作家ヴィクトル・ユゴーは小説でパリの貧民街を描写し、中産階級の恐怖心をあおったと非難された。

「この通りには当時は、家もなく、舗装もなく、季節によって、緑になったり、泥だらけになったりする、育ちの悪い木が植わっていた。ゴブラン城門通りはまっすぐパリの外囲いの城壁に通じていた。…目のとどくかぎり、見えるものは、ただ、屠殺場や城壁や、それに兵営や僧院みたいなまばらな工場の壁だけだった。どこもかしこも、バラックや漆喰ぬりの家ばかり、古い壁は喪章のように黒く、新しい壁は経帷子(きょうかたびら)のように白い。どこもかしこも、平行な並木、直線的な家屋、平板な建物、冷たく長い直線と、わびしい陰惨な直角があるだけだ。…」[ヴィクトル・ユゴー『レ・ミゼラブル』、佐藤朔訳、新潮文庫、2013年]

右：ヴィクトル・ユゴー『レ・ミゼラブル』の挿絵。主人公ヴァルジャンを捜索するジャヴェール警部。

区——7区、9区、12区から患者が出ていたが、そのうちパリ全体に広がった。病院はすぐに満床になり、その月の終わりには、コレラ患者だけを受けいれるようになったが、退院した者はひとりもいなかった。

4月には死体を積んだ荷馬車が通りをガタガタと行きかい、町には濃い死臭がただよっていた。コレラ感染のいちばんやっかいなところは、症状がひとつずつゆっくり出てくることもあれば、なんの前ぶれもなく突然現れる場合もあることだった。症状が出て数時間で死んでしまう患者もあれば、何日もかけておとろえていき、まだ息はあるのに死人のように見え、舌が氷のように冷たくなる患者もあった。病気についても治療法についてもほとんどわかっていなかった。パリ市当局はこの病気を防ぐには酢と塩と辛子を入れた熱い風呂に入り、ライムティーを飲むようにと指導していた。

6か月におよぶコレラの大流行が終結するまでに1万9000人の死者が出た。感染は貧富をとわず全市民にひろがっていたが、

コレラ感染

　ドイツの詩人ハインリヒ・ハイネはコレラが流行しているときパリに滞在しており、そのときのようすについて彼は次のように記している。

　「その日の夜、仮面舞踏会はかつてないにぎわいを見せ、はめをはずした笑い声が、耳を聾さんばかりの音楽までそのざわめきで圧倒するほどであった。人々は、さほど曖昧ではない〔きわめて猥褻な、の意〕あの踊り、シャシュ〔カンカン踊りよりもっと卑猥であった〕に興じて熱く燃え、踊りながら種々のアイスクリームやほかの冷たい飲み物をすすっていた。そしてそのときである。道化たちのうちこれまでもっとも陽気だった人が、突然ぞっとするほど足が冷えるのを感じ、仮面をはずした。まわりの人々が驚いた。菫のような青い顔が仮面の下から現れたからである。人々はまもなく冗談でないことに気づき、笑い声がとだえた。いく台かの馬車が人を満載して舞踏会場から中央病院、オテル・ディュに直行した。彼らは珍奇な仮装服を身に着けたまま到着し、すぐ息を引きとった。…死者たちは、噂によれば、色とりどりの道化服を脱がせてもらういとまもなく、即座に埋葬された。陽気に浮かれて人生を送ってきた人たち

だったから、墓場のなかでも陽気にやれば、というわけである。…」

　「わたしの使いの者は毎朝、死者の数や知人の死を報告するたびに『わしらは次から次へと袋のなかにつめられてゆくんだ』と嘆息まじりで言ったものであった。『袋のなかにつめる』という語は字義どおりであって、けっして『人を打ち負かす』という意味の比喩ではない。やがて棺おけが足りなくなり、大部分の死者が実際に袋詰めで埋葬されたのである。…死体番が不気味なほど無関心に袋の数を数えては墓掘り人夫に引きわたし、そして今度は人夫が手押し車に袋を積みながら、声を殺してさきの数をくりかえしたり、あるいは甲高い大きな声で『ひとつ袋がたりないじゃねえか』と文句をつけたり、しばしば奇妙なけんかがはじまったりするのであった。私はよく覚えている。二人の小さな子どもが悲しそうな顔をして私のわきに立っていた。そしてそのうちの一人が、どの袋に自分の父親が入っているか教えてほしい、と私に頼んだのであった」〔ハインリヒ・ハイネ『ハイネ散文作品集第1巻 イギリス・フランス事情』、木庭宏編集、松籟社、1999年〕

死者のほとんどは町はずれの貧民街の住人だった。ルイ＝フィリップがその地域の住人が使う井戸に毒を入れさせたのだと糾弾する声もあった。衛生設備の不備、人口の密集、飲料水の汚染が原因とわかったのは1854年のことである。

七月革命

　コレラの災厄のあと、19世紀のパリではもはやおなじみの暴動が起こった。この反乱はシャルル10世の政策に対する不満が原因だった。ルイ18世のあとを継いで1824年に王位についたシ

ャルル10世は革命前の華麗な君主政の復活をめざしているようだった。短い在位中をとおして、彼は絶対君主になるべくさまざまな施策をとった。カトリック教会の復権を宣言し、革命で奪われた貴族の財産を賠償し、力を増しつつあった新聞などの言論活動を制限した。1830年にはアルジェリアに侵攻して国民の機嫌をとろうとしたが、これは財政を圧迫して逆効果だった。

　1830年当時のフランス財政は苦しく、パリでは失業者が増加し、農業不振による食糧不足が起こっていた。しかし事態が大きく動いたのは、シャルル10世が憲法を停止して選挙制度を改正すると発表したときだった。その翌日、厳しい暑さをついて多くの市民が「ブルボン王家を倒せ！」と叫びながらパレ・ロワイヤルの外に集まり、設置されたばかりの2000基の街灯を打ちこわした。翌朝には軍がパリの新聞社を閉鎖し、パレ・ロワイヤルにつめかけた群衆の怒りをさらにかきたてた。群衆は兵士に石を投げつけ、兵士は群衆に向けて発砲した。抗議行動は夜まで続き、抗議から反乱へと変わっていった。こうして、サンタントワーヌ通りとグレーヴ広場の付近で「栄光の三日間」とよばれる戦闘がくり広げられることになる。

　この反乱を鎮圧するため、シャルル10世は国民に人気のない

下：1832年、コレラの大流行がはじまった。これはパリ史上最悪のコレラ禍となる。

オーギュスト・ド・マルモン元帥に指揮をとらせた。暴徒は市の全域にバリケードを築き、道路の敷石や屋根がわらや植木鉢を兵士に投げつけていた。マルモンは、パレ・ロワイヤル、パレ・ド・ジュスティス［裁判所］、オテル・ド・ヴィル［市庁舎］などの主要な建物を守ると同時に、橋をふくめたパリ市内の通行を遮断する作戦に出たが、うまく行くはずもなかった。マルモン軍にはそれらの建物を防御しつつ、反乱を鎮圧するだけの兵員はいなかったのだ。

　マルモン軍の兵の多くは戦いを放棄して脱走し、そうでなければ反乱側にくわわった。マルモンはシャルル10世に緊急の書簡を送った。「陛下、これはもはや反乱ではなく革命です。早急になんらかの手段をとる必要があります。いまならまだ、王冠の名誉を守ることができます。明日では…もうまにあわないでしょう。陛下のご命令を心よりお待ちしています」。だがシャルル王は大勢の味方をつれてヴェルサイユに引きこもり、そこでぐずぐずしていた。

　「栄光の三日間」の３日目には、反乱側はパリ中に4000ものバリケードを設置し、家々の屋根に三色旗をかかげていた。マルモンは何も決定できず立ちつくしていた。予備軍の出動を命ずることもせず、反乱の首謀者たちを逮捕しようともしなかった。ただ手をこまねいて、来るはずもない王からの命令を待っていた。

　午後に暴徒はルーヴル宮とテュイルリー宮に押しいり、国王の巨大なワイン貯蔵庫のワインを飲んでいい気分になっていた。マルモンが防衛しようとしていたほかの建物も暴徒の手に落ちていた。興味深いことに、酒に酔った暴徒は破壊行動に走らず、パリの貴重な芸術作品や文化財を守ることに心を砕いていた。そして７月29日の午後には、パリは彼らのものになっていた。

　反乱がおさまると、シャルル10世は息子とともに王位継承の権利を放棄してイギリスに亡命した。シャルルに代わってオルレアン家のルイ＝フィリップが王位についたが、あくまでも立憲君主制のもとでの王だった。ほんとうの意味で都市の下層民が戦って勝利した初の革命である七月革命は、1789年にはじまった運動の最後の仕上げとして熱烈に歓迎された。すばらしき新世界がやってくるはずだったが──やってこなかった。

　ルイ＝フィリップは賢明にもシャルル10世の守旧的な政策からは距離をおき、絶対王政のなごりを一掃するブルジョワジーのビジネスマンという自分のイメージを作りあげた。彼は、下層民を「わが友」とよぶ国民の味方だとみられたがっていた。しかし、彼がいつも２組の手袋をもち歩いていたことも事実である。ひと

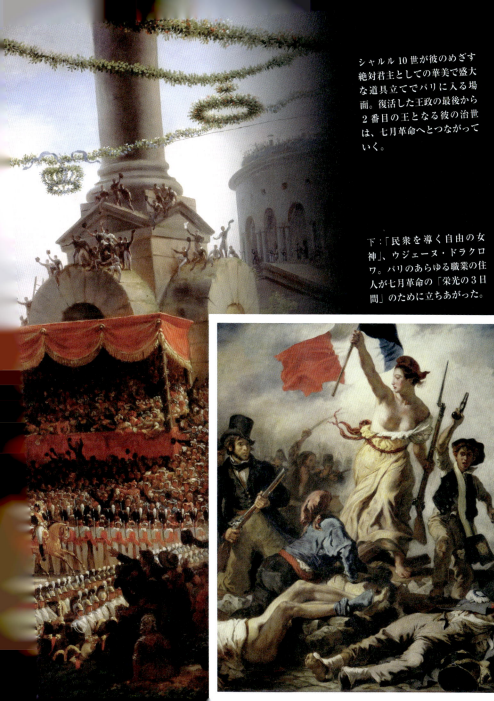

シャルル10世が彼のめざす絶対君主としての華美で盛大な道具立てでパリに入る場面。復活した王政の最後から2番目の王となる彼の治世は、七月革命へとつながっていく。

下：「民衆を導く自由の女神」、ウジェーヌ・ドラクロワ。パリのあらゆる職業の住人が七月革命の「栄光の3日間」のために立ちあがった。

右:「市民の王」として知られたルイ=フィリップは庶民の友というイメージを売り物にしていた。しかし彼は下層民と握手するときに着ける手袋を別に用意していた。

組は下層民と握手するときのため、もうひと組は商人やビジネスマンや貴族との握手用だった。

　下層民の側は、七月革命のあとルイ=フィリップを王に迎えたブルジョワジーの政治家に裏切られたと感じていた。市中には一触即発の雰囲気がただよい、暴力はいつも身近にあった。1831年の暴動では何百人もの死者が出たし、コレラ禍の終結後の1834年にも暴動が起きている。1835年には、コルシカから移住

帝政と反乱 149

してきた男によるルイ＝フィリップ殺人未遂事件が起きた。ちなみにこの男は、国王殺しをくわだてたものの処刑前の拷問をまぬがれた最初の犯人という栄誉（といえるかどうかは疑問だが）を獲得している。

> 作家たちが生活のために書いたパリの怒れる下層民についての小説は、ブルジョワジーを震えあがらせた。

　ルイ＝フィリップの問題は、上昇機運にのるブルジョワジーが栄えるような豊かな社会を作りだそうとしたことだった。当時のヨーロッパのほかの大都市と同様、パリも産業革命によってもたらされた中産階級の豊かさによって繁栄していた。バルザックが「文明の指導者、数ある父祖の地のなかでもっとも崇敬すべき場所」と描写したパリは、屋根のついたショッピング・アーケードと世界初の大型百貨店、美しい鉄道の駅と発達した公共交通システム、急増する美術品取引、偉大な科学研究施設、演劇、コンサート、劇場、それにもちろん多くのレストランとそこで提供される超一流の美食などを誇っていた。そこは「光の都」をのんびり歩きまわって人ごみのなかで酒を飲む「フラヌール（遊歩者）」とよばれる道楽者と、時代の産物である創造的エネルギーの中心

下：1832年に描かれた挿絵。ルイ＝フィリップが「出版の自由の工場」で女性の印刷工の口に手をあてている。

地だった。偉大な詩人シャルル・ボードレールは「フラヌール（遊歩者）」を当時の大都市の芸術家＝詩人と定義し、バルザックは「フラヌリー（遊歩）」を「目の美食」と表現している。

パリでは小説や新聞の発刊が相ついだが、これは1843年に発明された輪転機のおかげであり、全ヨーロッパに共通する現象だった。パリ市民は大量の印刷物の氾濫を歓迎したが、その理由の一部には彼らが自分について書かれたものを読むのが好きだったこともある。当時パリには26種の新聞があった。しかし印刷物の氾濫には陰の部分もあった。バルザックやウジェーヌ・シューなどの作家が生活のために書いたパリの怒れる下層民についての小説は、ブルジョワジーを震えあがらせていた。抑圧に対して蜂起しようと下層民によびかける新聞もあった。

新しい思想としての社会主義を標榜したヨーロッパでもっとも有名な初期の新聞は、カール・マルクスがケルンで発行した「新ライン新聞：民主主義の機関紙」である。マルクスがフリードリヒ・エンゲルスとともに書いた『共産党宣言』はヨーロッパ全土に大きな衝撃をあたえた。彼はパリの労働者にもう一度反乱を起こすようよびかけた。1848年、パリの労働者はそのよびかけにこたえ、ヨーロッパ中に波及する革命運動にくわわった。しかし1848年の革命は社会主義運動としては失敗に終わり、その年の終わりにはヨーロッパ各国に独裁者が現れることになる。

1848年革命

1848年革命が起こる前、パリは危機的な状態にあった。人口は100万人に達していたが、それだけの住人を支える基盤設備が整っていなかったのだ。パリ下層民の3分の1以上は、サン・ヴィクトールやサン・マルセルなど治安の悪さで有名な町はずれの地区にある5階建てのアパートに、ぎゅうぎゅうづめになって暮らしていた。シテ島はあいかわらず暗い横町と売春宿と都会の追いはぎからなるおそろしい迷宮のままだった。

貧しい住人は過密と飢えと失業に直面していた。1846年、47年と続けて作物が不作で食糧不足が起きていた。パリの成人人口の3分の1は失業していた。ルイ・ブランなどの活動家は「働く権利」を訴えたが、ルイ＝フィリップは改革にも一般大衆の救済にも抵抗していた。火だねは、燃えあがるきっかけをじっと待っていた。

> パリは戦闘状態に突入した。乗合馬車はバリケードに使われ、切り倒された木もバリケードになった。

きっかけとなったのは、政治活動家たちが資金を集めるために

上：1848年革命のさなかに炎上する王の馬車。このあと第二共和制がはじまる。

開く宴会を禁止するという1848年の法令だった。パリの下層民とブルジョワジーからなる群衆が外務省の外に集まってきた。別の群衆はバリケードを築きはじめた。そしてまもなく反乱側の群衆と王の軍隊との長い戦闘がはじまった。翌日、緊張に耐えきれなくなったひとりの兵士が外務省の外にいた群衆に向けてマスケット銃を撃ち、ほかの兵士たちもそれに続いた。その後に続いた大量殺戮で52人が死亡した。パリは一気に戦争状態に突入する。乗合馬車がバリケードがわりに置かれたり、切り倒された木で別のバリケードが作られたりする。ルイ＝フィリップは王位をすててイギリスへ逃亡した。1000年以上昔からあったフランスの王政は、またしてもその幕を閉じた。ルイ＝フィリップが逃走して何時間もたったあと、群衆はテュイルリー宮殿とパレ・ロワイヤルに突入して荒らしまわった。王家の家具や絵画などは窓から放り投げられ、玉座は町中を引きまわされたあげく、バスティーユ広場で燃やされた。フランス第二共和制の開始である。

　共和国は出版の自由、集会の自由、男性普通選挙権、1日10時間労働制を宣言した。だがこうした進歩的な政策はさておき、パリの貧しい下層民たちはあいかわらず空腹で、数か月たっても彼らの生活はほとんど変わっていなかった。失業者の数は18万

バルザック

オノレ・ド・バルザックは90編以上の小説を書き、パリの住人がもつ多くの偏見や先入観を記録している。この時代の多くの作家たちと同様バルザックもパリの陰の部分に嫌悪をいだき、パリには「パリ生まれの住人より地方出身者や外国人のほうが多い」と不満をもらしていた。だが彼自身も地方の出身であり、彼の外国人嫌いは19世紀のパリにおける「外国人嫌い」、とりわけイギリス人とアルジェリア人を嫌う一般的な風潮を示すものだった。しかしバルザックは、パリの下層民はアフリカ大陸の新しい植民地で発見された「野蛮人」とほとんど変わらないと考えていた。パリ生まれの下層民についての彼の次のような描写は、読者をおびえさせると同時に好奇心をそそってもいた。

「ぞっとするような恐怖をかりたてる見世物の一つに、パリ住民の概観がある。パリ住民は青白くやつれ、黄ばみ、褐色にくすんだ、見るも怖ろしい集団である。…ねじれ、ゆがんだ顔、顔の毛穴という毛穴から頭蓋につめこまれている精神、欲望、毒素がたちのぼっている。いや、顔というよりはお面である。弱さというマスク、力のマ

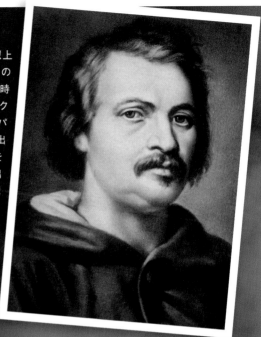

上:文筆活動に励んでいないときのバルザックは、社交界でも人目をひく粋な存在だった。彼は自分の才能をよくわかっていたようだ。

スク、悲惨のマスク、喜悦のマスク、偽善のマスク」[バルザック『人間喜劇』セレクション第3巻『十三人組物語』、西川裕子訳、藤原書店、2002年]

人を超え、彼らの多くは、いまや共和国政府を裏であやつるブルジョワジーに裏切られたと感じていた。6月にはパリの下層民はふたたび暴動を起こしたが、今回の暴動に中産階級は参加していない。6月23日、急造のバリケードが立てられ、暴動と市街戦がはじまった。しかし政府軍はこの暴動に対しては厳しい対応をとった。

帝政と反乱 153

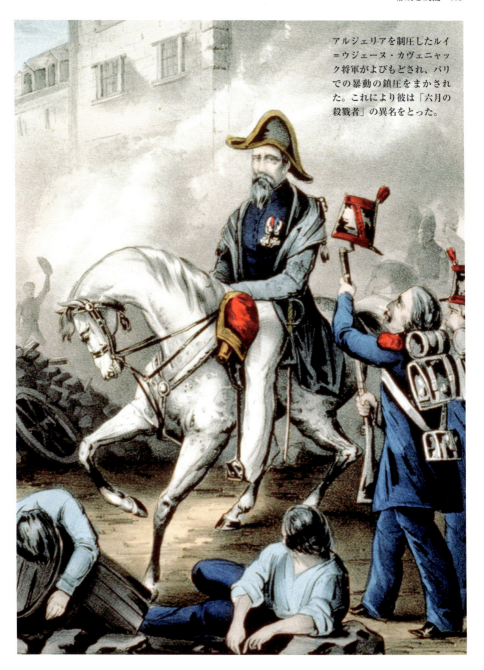

アルジェリアを制圧したルイ=ウジェーヌ・カヴェニャック将軍がよびもどされ、パリでの暴動の鎮圧をまかされた。これにより彼は「六月の殺戮者」の異名をとった。

アルジェリアを制圧してもどったばかりのルイ＝ウジェーヌ・カヴェニャック将軍が、この「赤色」暴動鎮圧の指揮をまかされた。3万の正規兵を率いた彼はバリケードに重砲を向ける。反乱側にほとんど勝ち目はなかった。3日間の戦闘で反乱側には1500人以上の死者が出た。死体はブランシュ通りに山積みにされ、あるいは倒れた場所でそのまま腐っていった。逮捕された1万人以上は、船でアルジェリアに送られたり、まとめて監獄に入れられたりした。

共和国の名前だけは存続していたものの、いまやフランスの真の支配者が軍であることは明白だった。12月に行なわれた大統領選挙に当選したのはナポレオン・ボナパルトの甥、ナポレオン3世ルイだった。彼は「自分はどの党派にも属していない」と強調し、叔父の時代の高揚した日々をふたたびもたらすと約束していた。1852年、大統領の任期を延長するための憲法改正を認められなかった彼は、クーデターを起こしてみずから皇帝の座についた。こうしてフランス第二帝政が開始されたのである。

第二帝政

ナポレオン3世は背が低くずんぐりして、どんよりした目をしていたとか、粗野で自分に自信がない人間だったとかいろいろいわれているが、魅力的でロマンティックで知性的だったともいわれている。1840年にナポレオン・ボナパルトの遺灰をセントヘレナ島からもちかえった政治家アドルフ・ティエールが、ナポレオンの甥ルイを「大ばか」と評したのも有名な話である。

しかし彼には彼なりの壮大な意図があり、パリにかんしても大規模な計画を胸にいだいていた。「アウグストゥスはローマを大理石の都市にした」から、わたしは第二のアウグストゥスになるとナポレオン3世は宣言した。彼はパリをいまのわたしたちが知る近代的なパリに変容させた。この改造計画を担当したのがジョルジュ＝ウジェーヌ・オスマンで、彼はパリにいくつもの大通りを誕生させた。「わたしたちは少しずつ、反乱とバリケードの場だった古いパリの中心部に裂け目を入れてゆき、足をふみこむこともできなかった入り組んだ路地の迷路に大きく開けた道を作っていった」と彼は語っている。

パリを開けた町にすること、すなわち路地やあばら家を中心部から除いてブルジョワジーが、ひいては資本がパリを自由に行き来できるようにすることがオスマンのねらいだった。さらに、大通りがあれば町のどこにでも軍隊を派遣でき、また大通りの幅をことさらに広くしておけばバリケード封鎖はむずかしくなる。

上：1858 年に作成されたパリの地図。赤線で示されているのが、第二帝政の時代にナポレオン 3 世とオスマンによって建設された大通りである。

　その結果、パリは 3 万基のガス灯が照らす明るく繁栄した都市へと変容した。大通りがあり、ブロックごとに集合住宅がならび、錬鉄製の黒い手すりがある都市景観が生まれたのだ。下層民がさらに中心から離れた町はずれに追いやられることで、中心部に住む裕福な住人は彼らの皇帝がもたらした社会的精神的な変化を存分に享受することができた。ナポレオン 3 世はルイ 14 世時代の祝祭的雰囲気を復活させようとしていた。フォンテヌブローの森ではふたたび狩りが行なわれるようになり、レースや羽根のついた帽子がもどってきた。きらびやかなホールではぜいたくな仮面舞踏会が開かれた。

　そのような舞踏会には性的な享楽もつきものだった。肌を露出したモデルが用意され、メインの会場の奥にある別室では性の饗宴が繰りひろげられることも多かった。パリの由緒ある伝統にしたがい、上流階級の肉欲は下層階級にも反映される。当時パリでは 3 万人ほどの売春婦がいて、ときには代金のかわりに一夜の芝居見物やレストランでのディナーの誘いを喜んで受けることもあった。芝居とは違う新しい娯楽としてキャバレーの人気も高まっていたが、いちばん有名な演目カンカン踊りのエロティックさについては、アルジェリア生まれだから下品だと見くだす意見もあった。

多くの市民が第二帝政下のパリの繁栄を享受する一方で、またしても下層民だけが、どうしてこうなってしまったのかと首をかしげていた。1789年、1830年、1848年の革命はどれも、新しい平等なフランス社会のはじまりを約束していたはずだった。だが蜂起が終わってみれば、ブルジョワジーだけが利益を得ている。そしていまこの新しいパリで、彼ら下層民はオスマンが作りだしたパリの町はずれの貧民街に追いやられている。そこは光り輝く中心街に対するパリの暗い陰の部分だった。パリ社会の表面下では怒りがふつふつと煮えたぎっていた。

パリ包囲戦

ナポレオン3世による第二帝政の絶頂を飾ったのは1867年のパリ万国博覧会だった。来場者は気球に乗り、ガラス張りの巨大な楕円形の展示場を上空から見ることができた。展示場のなかには時代の先端をいく産業上のかずかずの成果が披露されていた。だがこのわずか数年後には、ナポレオン3世が作りだした新しくきらびやかなパリが炎に包まれることになるのだ。

彼を絶頂からひきずり下ろしたのは、隣国フランスを攻撃する機会をねらっていたプロイセン首相オットー・フォン・ビスマルクだった。何度か武力をちらつかせ威嚇しあっているうちに、ナポレオン3世はビスマルクが用意した見えすいた罠にかかり、

下：1867年のパリ万国博覧会における楕円形のガラス張り展示場を描いたリトグラフ。

1870年7月16日、プロイセンに宣戦布告する。

そして9月1日には第二帝政が終わった。ナポレオン3世はセダンの戦いに敗れてプロイセン王ヴィルヘルム1世に降伏し、敵軍が接近しているパリを放りだして逃走したのだ。ナポレオンの降伏に対する国民の最初の反応は嫌悪、次いで怒りだったが、そのあとは歓びだった。帝政が終わったのだ！　暴徒はテュイルリー宮殿に押しかけて皇帝の胸像をたたきこわし、帝政のなごりをすべて消しさった。第三共和制の成立が宣言され、ビスマルクはパリ進軍を中止するだろうと思われていた。だがビスマルクは中止しなかった。9月15日、プロイセンをはじめとするドイツ軍がパリ市の門に到着した。

その数日後にはじまった包囲戦は4か月続いた。前線からパリにもどっていた40万のフランス軍は、1840年に政治家アドルフ・ティエールが建造したパリを囲む全長34キロの防壁の補強にとりかかった。この防壁のおかげで、パリは侵略者に対抗できたのである。

ビスマルクとヴィルヘルム1世はヴェルサイユ宮殿に司令部をおいた。ヴィルヘルム1世はその鏡の間でドイツ皇帝となる有名

下：1870年のヴィリエの戦いは、パリ包囲戦でフランス軍が包囲網突破をこころみた戦いのひとつである。9000人以上のフランス兵がこの戦いで命を落とした。

包囲下のメニュー、1870年

　ここにあげたのは1870年の末、パリのいくつかの高級レストランが提供した料理の一部である。「カフェ・ヴォワザン」ではクリスマスのメイン料理として鹿のソースをそえた狼のもも肉が供されている。

象のコンソメ
犬のレバーのグリル
細かくきざんだ猫の背肉、マヨネーズ添え
骨を抜いた犬の肩肉に豆をそえて
ロバの頭の詰めもの
ブラウンマスタードソースで煮た鼠のラグー
熊肉のチョップ、ペッパーソース添え

ラクダのロースト、イングリッシュ・スタイル
アンテロープのテリーヌ、トリュフ添え
カンガルー肉の蒸し煮
犬の脚肉、子鼠添え
ジュースに入れたベゴニア
ジュースに入れたプラム・プディング、
馬の骨髄とともに

な宣言をしたのである。パリの防壁のなかでは、包囲戦にそなえて20万頭以上の羊をふくむ物資の確保が進められていた。それでも、包囲された人口の必要を満たすには十分ではなかった。10月にはシャンゼリゼ大通り沿いの樹木が燃料にするために切りたおされ、馬の肉が食卓にのぼるようになっていた。

　パリ市内の軍隊が地方に残っているフランス軍と連絡をとろうとして何回か少人数による武力突破をこころみたが、すべて失敗に終わった。もう少し創意に富んだ脱出には気球が使われた。気球は包囲戦中の定期的な通信手段として200万通以上の手紙を外部に運んだが、数百人の乗客も運んだ。気球で運ぶ場合の費用は手紙1通あたり2サンチーム、伝書鳩を使う場合は1語あたり50サンチームだった。後者を利用する場合はまず手紙を大きな厚紙に書き、それを写真に撮って40×55ミリにプリントして折りたたんだものを鳩につけて送った。しかし伝書鳩を使う方法は気球を使う方法より成功率が低く、プロイセン軍が通信を妨害するためにハヤブサを採用してからはなおさらであった。

　パリ市民の創造力の発露は気球にとどまらなかった。伝えられるところでは、パリの売春婦たちは毒液に浸したピンをつねに身につけ、万一パリが陥落した場合はプロイセン軍の兵士たちがもっとも無防備な状態にあるときに使うつもりでいたらしい。武器についても、何であれ手に入る材料を工夫して作っていた。教会の鐘は溶かして大砲の鋳造に使われ、ブロンズとスズからはマスケット銃の弾薬筒が作られた。こうして作られた大砲の使用は戦

況を決する重大要素となり、12月には包囲軍に甚大な被害をもたらすことになる。

　プロイセン軍がパリを兵糧攻めにしようとしていることは明らかで、その作戦は効果を発揮しつつあった。馬が不足してきて、すでにメニューには犬や猫が登場していた。包囲下であろうとパリ市民の料理の美しさへの追求は止むことがなく、皿の中央に置かれたよく肥えた猫のまわりを小さな鼠のソーセージが囲んでいた。作家テオフィル・ゴーティエによれば、家で飼われているペットたちも「飼い主が自分を妙な目つきで見ていることに気づき、自分をなでている指の感触が肉づきを確かめる肉屋の指先のようだと感じるようになっていた」らしい。

> 鼠料理もまた一種の珍味となった。

　鼠の料理もまた、肉の形をわかりにくくする特別なソースを工夫することで一種の珍味となった。
　下水溝の鼠よりは醸造所の鼠のほうが上等だという一般的なコンセンサスはあったが、上手に作った鼠パイならどちらを使って

下：パリ包囲戦で重砲を配置するプロイセンの兵たち。プロイセン軍のねらいはパリの市民を震えあがらせることだったが、ねらいどおりには行かなかった。

も鼠とわからないほど美味しいのだった。ここでもまた、階級によって十分に食べられる者と空腹に苦しむ者との差が出ていた。上流階級の面々はレストランが動物園から仕入れた新鮮な肉を食べることができた。ラクダ、狼、アンテロープ、それに動物園の象カストールとポルックスがメニューにのったが、肉食獣は危険すぎてだれも近づかなかったので飢えたまま放置されていた。ところが社会の最下層に目を向ければ、下層民は中世の飢饉のときと同じように死体を掘りだし、骨でスープをとるしかなかったのだ。

パリをさらに追いつめるため、ビスマルクは大口径のクルップ鉄鋼砲による容赦のない砲撃を開始した。このクルップ社製の大砲は数年前の1867年、パリ万国博覧会で来場者を感嘆させた展示のひとつである。砲撃で市民を震えあがらせ、パリ市内にいる軍司令官に市民から降伏を迫らせようというのがビスマルクのねらいだったが、彼の思惑ははずれた。パリ市民は震えあがるどころか、それまで以上に奮いたったのだ。ただ、ブルジョワジーはだんだん心配になってきた。市内に降りそそぐ砲弾は彼らのビジネス、彼らの資産、彼らの金もうけの能力を破壊していたからだ。2月、彼らはプロイセンとの和平協定を仲介するよう国民議会に要求した。しかし包囲戦でいちばん苦しんできた下層階級は、ブルジョワジーと違って破壊された生活を簡単にもとにもどせるわけではない。もう二度と裏切られるのは御免だった。というわけで1871年春、下層民による新しい革命がはじまったのである。

パリ・コミューン

フランスの新しい共和制の大統領となったアドルフ・ティエールがプロイセンと結んだ休戦協定には、フランス国軍の武装解除がふくまれていた。しかし国軍兵士がモンマルトルの丘に残されていた200門の大砲の回収に来たとき、庶民はそれに抵抗した。彼らは、パリではなくヴェルサイユに本拠をおいたブルジョワジーによる新しい共和国政府に、パリの大砲を引きわたすつもりはなかった。群衆は怒れる暴徒となり、軍の将軍をふたり射殺したうえ死体をつるした。

軍隊はパリから撤退し、オテル・ド・ヴィルの階段上に64名の代表が集まって赤旗を掲げ、パリをコミューンの支配下におくと宣言した。コミューンのメンバーはさまざまな人のよせ集めで、国防軍のメンバー、ジャコバン派、アナーキスト、革命的女権拡張論者、それにポーランド人活動家ユロスラフ・ドンブロスキーをふくむ外国からの移住者もいた。コミューンは人民のため

左ページ：コミューンの代表者たちは市庁舎の外に集まった。この建物は数週間後には炎に包まれる。

処刑法

　議会軍が逮捕者を射殺したと知らされたコミューン側は、即座に報復を命じた。「人質に関する法令」を出して、ヴェルサイユ政府との共謀の罪で告発された者はだれでも、簡単な陪審団裁判をするだけで投獄できると定め、捕らわれているコミューン側の人間がひとり処刑されるたびにヴェルサイユ側の人質3人を処刑するとした。それに対抗してヴェルサイユ側は、いかなる囚人も逮捕後24時間以内に処刑する権利を軍事法廷にあたえる法律を成立させた。小説家エミール・ゾラは「ラ・クロシュ」紙に次のような文をよせた。

　「こうしてわれわれパリ市民は、おそるべきふたつの法の板ばさみになっている。コミューンがよみがえらせた容疑者にかんする法律と、国民議会がまちがいなく成立させるはずのすみやかな処刑にかんする法律である。彼らは大砲の撃ちあいではなく法令によってお互いを虐殺しあっている」

の真の革命を宣言し、即座にパン屋の夜勤禁止など労働者のための新しい法律を定めた。

　しかし、すぐさまヴェルサイユに進軍して共和国議会を支配下におくべきだったのに少し遅れたため、コミューン側は後手にまわってしまった。コミューンの国防軍がヴェルサイユに向かったときには、共和国正規軍はすでに再編成を終えて襲撃にそなえていたのだ。白みはじめていた空が明るくなったころ到着した2万7000のコミューン軍は、議会軍の砲撃に完全に圧倒された。パリに逃げ帰ったコミューンのメンバーは、逃げ遅れたコミューンの兵士を議会軍が射殺することはないだろうと考えていた。だが彼らはまちがっていた。議会軍兵士は、これは内戦であり、敵は捕えるのではなく処刑せよと命令されていたのだ。

　今度は議会軍がパリに向かって進軍する番だった。パリの防壁のなかでは市民たちが一種祝祭的な興奮に酔っていた。5月21日夜は、テュイルリー宮殿で1000人以上の音楽家によるコンサートが開かれていた。コンサートの終わりに国防軍のひとりの士官が、アドルフ・ティエールは前日にパリに入ると宣言していたのに来ていないから、ここにいる諸君全員を次の日曜のコンサートに招待しようと告げた。

　そのわずか数時間後、7万の軍勢が西の防衛線のすきまを越えて侵入してきた。この大軍は郊外のサン・クルーに住んでいたブルジョワジーたちの歓迎を受けたあと、中心部に向かって進軍をはじめる。対するコミューン側は進軍をさまたげるため急いでバリケードを設置しはじめる。

　それは絶望的な戦いだった。コミューン側には降伏しても助か

らないことがわかっていた。つまり死ぬまで戦うことになる。もっとも勇敢なメンバーはロワイヤル通りとコンコルド広場に設置された大きなバリケードの後ろに位置をとったが、まもなく攻撃軍は市内の主要な拠点を抑えた。コミューン派はしだいに孤立しつつあるいくつかの抵抗を続けている拠点に退却しながら町に火を放っていった。コミューン派の「ペトロルーズ（放火女）」とよばれる女性闘士たちが建物の地下室に火炎瓶を投げこんでいる

新聞記事

ロンドンの「タイムズ」紙はパリ・コミューンの鎮圧にかんするレポートを毎日発行していた。その内容はパリ通信員が電信で送ってくる数パラグラフの文章だった。以下に5月25日から29日のあいだに送信されたレポートの一部を紹介する。

「パリでまたしても火事が起きている。暴徒は石油をしこんだ箱をあちこちに置いてまわっている。街路の側溝には血が流れている。テュイルリー宮殿の壁は燃え落ちた。リヴォリ通りが燃えている。火曜日以来、ヴェルサイユ政府軍は捕えた者をすべて処刑している。記者はコミュニストの協力者が殺されるのを何度も目撃した。そのなかのひとり、身なりのいい若い男性は両手をしばられて頭を撃ちぬかれた…暴徒の処刑はつねに行なわれている。破壊行為はすさまじい。見たところパリの4分の1ほどは破壊されている。サンドニからの金曜日夜の至急電によると、パリはいまも大火が続いている。炎が空高くあがり数マイル四方を明るく照らしている。ここでは思いやりはなんの価値もない…コミューンのメンバーは頑強に抵抗を続けている。彼

下：コミューンによる暴力的な反抗はパリのかなりの部分を破壊する結果となった。

らはペール・ラシェーズ墓地で必死に戦っている。暴徒は昨日、彼らのもとに残っていたパリ大司教アベ・デュゲリと62人の人質を射殺した。残っている暴徒もいまは死ぬか降伏するしか道はない。ヴェルサイユ軍がはたらいたおそるべき残虐行為の噂が広まっている。彼らは武器を手にしている者は男も女も子どももすべて射殺したということだ」（「タイムズ」紙）

上：いったん奪取されると、コミューン側のバリケードは政府軍の大砲を設置する格好の台座になった。この写真はヴォルテール通りのバリケードを撮ったもの。

という噂も広まりはじめた。いまや議会軍の前進につれて黒煙の太い柱が空に向かって次々に立ちのぼっていく。パリは燃えていた。

5月25日にはパリの有名な建物の多くが炎をあげていた。テュイルリー宮殿もパレ・ロワイヤルも、裁判所も市庁舎も燃えていた。いまや議会軍の兵士たちは正規軍の制服を着ていない者は全員処刑していた。殺戮には重砲と破壊力の強い新兵器の機関銃も使われていた。戦闘で殺されなかった者はならばされ、銃殺された。ある神父は、何人かの女性がいっしょにしばられ、ならんで銃殺されるのを目撃したと書いている。

コミューン派の残党はペール・ラシェーズ墓地で最後の抵抗を試みた。バルザックやドラヴィーニュといった有名なパリ市民の墓のあいだで、何十人も殺された。生き残った者は墓地の壁の前にならばされて射殺された。この壁は現在「コミューン兵士の壁」として残されている。革命終結後の「血の一週間」とよばれる期間に銃殺部隊は大量の処刑を行ない、処刑された数は1万5000

人から2万5000人にのぼるとされている。

　悲惨な結果に終わったパリ・コミューンのあとには、「美しい時代」を意味するベル・エポックが訪れる。1871年5月の「血の一週間」に起きたおそろしいことを大急ぎで消しさる必要があったのだろうが、簡単に忘れられることではなかった。労働者階級の名のもとにあれほど多くの約束をしたパリ・コミューンはわずか72日間で倒れてしまった。革新をこころざす者にとっては、国にたてつくことの危険を知るための残酷な教訓だった。1789年から1871年までに何度も革命が起こされたわけだが、まちがいなく明らかになったことがひとつある。それは、フランスの実権をにぎっているのは人民ではなく国家だということだ。

第6章

光と陰の都市

　ベル・エポックはパリ・コミューンの暗い記憶を消しさり、淡く美しい色のかすみでパリを包もうとする楽観的でうわついた時代だった。とはいえ文化面でも産業面でも大変革の波が押しよせたパリで、その内部にひろがる亀裂は隠しようもなかった。そしてこの先に無残な戦争が起こると予見できた者もいなかった。

　ベル・エポックが世界中の人々に記憶されているのは、名高い芸術家たちがこの時代を記録したからである。偉大な印象派の画家たちはパリとフランスの美しい絵画を描き、それを世界に広めた。だがそれは、パリ・コミューンの灰の上に作られた時代である。

　ユゴー、ゾラ、フロベール、モネ、セザンヌ、ルノワールなど名だたる芸術家の多くはコミューンの嵐が吹き荒れるパリを脱出していたが、しだいに破壊のあとの残るパリにもどってきていた。破壊されたパリを見た彼らの第一印象はさまざまだった。女優サラ・ベルナールは「哀れなコミューン」と「胸がむかつく、恥ずべき平和」に呪いの言葉を吐き、手にふれるものはどれもこれも黒っぽく油じみた汚れがつき「煙のいがらっぽい臭い」がいたるところにただよっていると語った。

　小説家エミール・ゾラは、大砲の音がとどろき、砲弾が音をたてて彼のアパートの上を飛びかうパリにとどまって書いていた。そして家の周囲の建物が燃えはじめたとき、彼はパリを逃げ出した。パリにもどった彼は、自分のアパートのなかが何も変わっていないことに驚いた——鉢植えの植物さえぶじだった。彼はあの出来事すべてが「子どもを怖がらせるための趣味の悪い笑劇だったのだろうか」とまで考えたという。一方小説家ギュスターヴ・フロベールは、コミューン後のパリの住人のあいだに非常に緊迫した雰囲気が残っているのを見てとった。彼は「パリの住人の半

左ページ：1919年、フランス陸軍元帥のフォッシュとジョフルがシャンゼリゼで戦勝を祝った。第1次世界大戦下のパリは、1871年のパリ・コミューン蜂起のときほどの損害は受けなかった。

分は残りの半分の住人を絞め殺したいと思っている。残りの半分も同じように考えている。道を行きかう人々の目にそれを読みとることができる」と書いている。

画家エドゥアール・マネは「だれもが隣人に責任を押しつける。だがわたしたちの全員が起きたことに責任があるのだ」と語った。だが1871年に画家ベルト・モリゾに書いた手紙にはパリは生き返りつつあると書き「マドモワゼル、シェルブールにあまり長く滞在しないでください。みんなパリにもどりはじめています。それに、パリ以外の場所に住むことなんてできませんよ」と書いた。

> みんなパリにもどりはじめています。それに、パリ以外の場所に住むことなんてできません。

パリはすみやかに再建された。オスマンが建設した幅の広い大通りは修理を終えた。市庁舎にはルネサンス時代のデザインをもとにした新しいファサードがとりつけられた。そしてモンマルトルの丘の上には前衛的なデザインで評判が悪いバシリカ大聖堂、

下：ルノワール「ポン・ヌフ」、1872年。印象派の新しい画風があまりに急進的で理解されず、ルノワールはプロイセンのスパイの嫌疑をかけられた。

光と陰の都市　169

混乱した印象

　今日では印象派の絵画はパリの日常生活を描いた色彩豊かな表現ですぐにそれとわかるが、当初は非常に評判が悪かった。写実主義の原則をすて、その場で見たままの光と色彩を描こうとした印象派の作品は、しばしば完成した絵画ではなくスケッチだとみなされた。パリの芸術アカデミーは印象派の技法を完全に否定した。描く対象にも問題があった。まるで夢のような中流生活の描写は貧困層の窮状を無視するものだった。マルクス主義批評家のT・J・クラークは、印象派は「ブルジョワジーだけのスタイル」ではないのかと問いかけた。

　ピエール・オーギュスト・ルノワールは、描いていた絵のせいで政治問題にまきこまれたことがある。1871年のある日、彼がセーヌ河畔で絵を描いているところへコミューンのメンバーがやってきて、彼の絵を見た。メンバーたちはその絵が芸術だとは信じられず、ルノワールはパリの地図を描くプロイセンのスパイにちがいないと決めつけた。そしてルノワールを逮捕し、銃殺しようとした。だが危ないところでパリ・コミューンの警視総監ラウル・リゴーが通りかかった。リゴーは第二帝政時代にルノワールとともに当時の警察から隠れたことがあったのだ。彼はルノワールと抱きあって旧交をあたためたのち解放し、すぐにパリを離れるための通行許可証を出してくれた。

サクレ・クールが建造された。サクレクールはコミューン崩壊後の和解の象徴として作られたものだったが、労働者階級からみればパリの下層民に対するブルジョワジーの勝利の象徴である。これはコミューン後のパリがかかえる矛盾だった。パリは光り輝く豊かな都市として生まれかわることによって、都市としてのアイデンティティを見つけようと苦闘していた。しかしすばらしい未来を夢見つつも、パリは過去に汚点を残していた。印象派の画家たちはこの幻想的でロマンティックな光景をすばらしい色のきらめきで描き出したが、現実の政治の世界はそれとは違い、もっと暗い色調を呈していた。

ベル・エポックの政治

　パリの政治状況は急速に変化し19世紀末ヨーロッパのほかの地域にも影響をおよぼした。社会主義的なコミューンが崩壊したあと、パリでは王党派が勢力をもりかえした。1870年代末には、いまにも王政が復活しそうない勢いだった。次に左翼が復活をとげた。共和国政府は国民議会をヴェルサイユからパリに移し、投獄されていたコミューン戦士をはじめて解放した。1885年にはパリは町をあげて市民のヒーロー、ヴィクトル・ユゴーの逝去をいたみ、それとともにふたたび左翼運動が活発になった。ユゴーをたたえるためにパリ市民は飲んだくれ、売春婦はシャンゼリゼ

1885年に行なわれた左翼の偉大なヒーロー、ヴィクトル・ユゴーの葬儀のようす。大規模な行列と儀式とならんで、酒に酔っての乱痴気騒ぎも繰りひろげられた。売春婦はユゴーに敬意を表し、無料で仕事をしたということだ。

わたしは告発する！

エミール・ゾラの「わたしは告発する！」は、アルフレッド・ドレフュスの有罪判決におけるフランス陸軍の隠ぺい工作を糾弾するため、ある新聞によせた有名な公開状である。この公開状を発表したことによりゾラは名誉棄損で有罪となり、3000フランの罰金と1年間の禁固刑を言いわたされた。ドレフュス本人が晴れて無実の身になったのは1906年のことである。

「一人の不幸な人間、『汚らわしきユダヤ人』が人身御供にされた、このドレフュス事件が、こうした巣窟に投げかけた容赦なき日の光を前にして人は戦慄を禁じえないのだ。ああ、この事件にふんだんに動員された狂気と愚鈍、けたはずれの想像力、低劣な警察の手口、異端審問と専制の精神といったら！ そのあいだ、数人の金モール組が国民を軍靴でふみにじり、国家事由などという虚偽と冒涜の口実のもと、国民の真実と正義の叫びを喉もとで押し殺しているのだ！…世論を血迷わせ、錯乱にいたらしめるまで退廃させておいたうえで、その世論をいまわしき所業の遂行のために利用することは犯罪である。醜悪なる反ユダヤ主義の陰にかくれて、貧しく、つつましい民衆に毒を浸透させ、反動と不寛容の情念をあおり立てることは犯罪である。人権の国、自由にして偉大なるフランスも、この反ユダヤ主義の病から回復しないかぎり余命は長くないであろう。憎しみの業に愛国心を利用することは犯罪である。最後に、人間の科学全体が、真実と正義の間近な完成をめざして努力を重ねているときに、サーベルを近代の神に見立てようとすることは、明らかな犯罪なのである」［エミール・ゾラ「私は告発する！」、ゾラ・セレクション第10巻『時代を読む──1870-1900』、小倉孝誠、菅野賢治訳、藤原書店、2002年］

右：ゾラの「わたしは告発する！」はドレフュス事件に対する大衆の広範な反応を巻きおこし、結果としてゾラは名誉棄損罪で逮捕されることになった。

の芝生で無料のサービスをしたということだ。

しかしそのわずか2年後には好戦的なナショナリズムが頭をもたげてくる。ジョルジュ・ブーランジェ将軍が国民議会議員に当選したとたん、プロイセン打倒を訴えたのだ。ブーランジェの好戦性に危険を感じた政治家ジョルジュ・クレマンソーは、ブーランジェの愛人をベルギーに追放した。ブーランジェの賛同者たちはエリゼ宮へ軍を進めクーデターを起こすよう訴えたが、彼は愛人のところへ行くことを選んだ。そして1年後、彼は愛人の墓で自殺した。

極右勢力が起こしたもっと奇怪な事件が1894年のドレフュス

事件である。これは世界的なスキャンダルとなり、パリにおける反ユダヤ主義の危険な高まりが注目されることになった。フランス陸軍のユダヤ人将校アルフレッド・ドレフュスは、軍の機密を秘かにドイツに売りわたしたとして告発されたが、それは事実ではなかった。ドレフュスの罪を証明する証拠はフランス軍の新しい大砲の技術明細を記した手紙だった。手紙はゴミ箱から発見され、筆跡はドレフュスのものにまちがいないと鑑定された。有罪を立証する正当な証拠は何もないまま、ドレフュスは公衆の面前で「位階剥奪」という不名誉な儀式を行なわれたのち、スパイ行為の罪で終身刑に服するためディアブル（悪魔）島へ送られた。数年後、ジョルジュ・ピカール中佐が、ドレフュスが書いたとされる手紙が偽造されたもので、それはフェルディナン・エステラジー大尉の仕業だったという事実を発見した。ところが上層部はその証拠を受けいれず、逆にピカールを収監してしまう。

　ドレフュス事件はパリのあらゆる階層の人々を二分し、多くの反ユダヤ主義者の存在を明らかにした。続いてフランスはカトリック国家なのか、すべての市民が平等な権利をもつ共和国なのか、というフランスのアイデンティティにかんする激しい議論が新聞などで展開された。人権を擁護する論陣を張った知識人のひとりがエミール・ゾラで、彼はジョルジュ・クレマンソーが社主をつとめる「ロロール（L'Aurore）」紙に、反ユダヤ主義とドレフュス裁判の茶番を厳しく非難する「わたしは告発する！」と題する有名な公開状を発表した。その結果ゾラは命の危険を感じるような多くの脅迫を受けただけでなく、名誉棄損の罪で収監されるのを避けるためイギリスにのがれることを余儀なくされた。

アナーキストの攻撃

　ドレフュス事件はパリ社会の中心に巣くう根ぶかい人種差別意識ばかりでなく、法を無視して市民を弾圧する国家の体質が変わっていないこともあばき出す結果となった。この体質を最大限に示したのが、下層階級の抗議行動に対する暴力的な抑圧である。１９世紀末の国民議会の多数派は新しく誕生した保守的な共和党員という人種であり、労働者のストライキに対する暴力的な抑圧を警察に命じたことからも、彼らの社会主義への嫌悪感は明白だった。

　パリに住む労働者階級にとってベル・エポックは中産階級のものであり、下層民には全然かかわりがないように思われた。彼らの生活は苦しいままだった。中産階級がセーヌの岸辺の雰囲気にひたり、シャンパンの一夜を楽しんでいるかたわらで、労働者階

上:レストラン「パヴィヨン・ダルムノンヴィル」で乱闘を引きおこしたアナーキストを描いたパリの新聞「ル・プティ・ジュルナル」の挿絵。

右ページ:サン・ラザール駅爆破事件のあと、アナーキストのエミール・アンリの逮捕を知らせる「ル・プティ・ジュルナル」紙。この犯罪によりアンリはギロチンに送られた。

級はふつふつと怒りをたぎらせていたのだ。

　一方で議会の保守派メンバーは、労働者階級の不満がつのってパリ・コミューンのような暴動が突然また起こるのではないかとおそれていた。その心配は、アナーキストがある判事と検察官の家を爆破したことで現実のものとなる。ねらわれたふたりは、メーデーの抗議行動をしていた群衆に騎馬警官隊が突入して暴力的に鎮圧した事件のあと、抗議行動の参加者に過酷な刑罰を課した人物だった。爆破犯はギロチンに送られたが、パリの労働者の多くは彼を大義に殉じた英雄とみなした。

　その少しあと、労働者がストライキを決行中だったある鉱山会社の事務所に爆弾が送られてきて、不審な荷物を調べていた5人の警官が爆死した。いまやアナーキストはパリを席巻する新しい

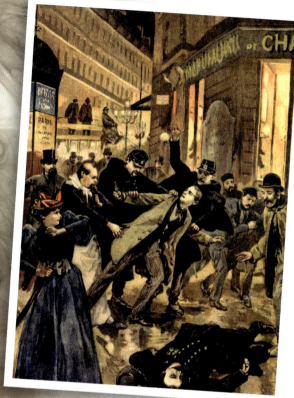

上：1892年に「ル・プティ・ジュルナル」紙にのった挿絵。アナーキストによる爆破事件で命を落とした警官。

恐怖だった。次にだれがねらわれるか予測がつかない彼らの暴力行為のねらいは、資本家と社会秩序を吹きとばし、そのかわりに新しい自治組織としてのコミューンを作り出すことだった。

　オーギュスト・ヴェランという若いアナーキストが国民議会の会議場に爆弾を投げ入れ、数人の議員を負傷させたことで、心配は急速に恐怖に変わった。ヴェランはギロチンに向かいながら「ブルジョワ社会に死を！　アナーキズムばんざい！」と叫んだ。この派手な殉教的行為は不満をいだく労働者階級ばかりでなく、当時の政府に批判的なカトリック保守派や反ユダヤ主義者、王党派などさまざまな極右勢力にも共感をあたえた。左翼勢力への支持層も広がった。詩人のステファン・マラルメ、画家のカミーユ・ピサロも無力な人々の声を代弁するという意味でアナーキズムに引かれていた。

　テロへの対抗策として、警察はアナーキストを阻止するための新しい権限を求めた。そして、アナーキズムの理論を印刷することを禁じ、「悪事をなす団体」をいっさい禁止する法律が成立した。警察のスパイがベルヴィルやメニルモンタンなど労働者階級が住む物騒な界隈にあるアナーキストのたまり場に必死の潜入をこころみているとき、新たな爆弾事件が続けざまに起こってパリは大きくゆるがされた。

　最初の爆弾はサン・ラザール駅に近い人気のカフェ、テルミヌスで爆発し、死者1名、負傷者20名を出した。次はサン・ジャック通りで爆発して歩行者ひとりが死亡した。第3の爆弾はアナーキストがマドレーヌ教会に入るときに偶然彼のポケットのなかで爆発した。第4の爆弾はレストラン、フォワイヨの常連客の目をつぶした。

　カフェ・テルミヌスと鉱山会社の2件の爆弾事件で告発されたのはエミール・アンリという男だった。罪のない人々を殺害

した罪でギロチン刑を宣告された彼は、裁判官に向かって「罪の
ないブルジョワなんていない」と言った。アンリはもっとも有名
なアナーキストの爆弾犯、一般にはラヴァショルの名で知られて
いるフランソワ・クラウディウス・ケーニヒシュタインの影響を
受けたにちがいない。路上で口論したり乱暴したりしていたラ
ヴァショルは、パリ・コミューン弾圧後のアナーキズム運動にかか
わるようになった。ラヴァショルにまつわる伝説は実際より誇張
されているようだが、彼は5人を殺害し、数人の判事の殺害を計
画したといわれている。いずれにしても彼にちなんだ歌が作ら
れ、「敵を一掃する」という意味の「ラヴァショレ（ravacholer）」
という動詞ができたことは事実だ。

　結局アナーキストの脅威は1890年代末にはしぼんでいき、議会
は安堵感に包まれた。そして二分された共和国というイメージを
ナショナリズムと娯楽で一掃しようとした。要するに、フランス
の偉大な文化と産業の成果を示す博覧会を開こうということにな
ったのだ。これは一種の賭けだった。1889年の万国博覧会のため
に建造したエッフェル塔は、フランス人を驚嘆させもしたが怒ら
せもしたからだ。このモニュメントはフランスの芸術家や知識人
からは「座薬」とか「金属製のアスパラガス」とかいわれてさん
ざん悪評にさらされた。この塔はフランス革命の100周年を記念
して作られ、20年ほどの耐用年数しかない仮設建造物だったのだ。
しかし1900年の万国博覧会会場を見下
ろす歩哨として立たせると、市民の態
度はがらりと変わった。彼らのプライ
ドは大きくふくらみ、パリを世界の文
化の中心地と考えるようになったの
だ。

> パリの住人は、彼らの町を世界の
> 文化の中心地と考えるようになっ
> た。

　たしかに19世紀のことは忘れて新
しいページをめくってもいい頃だった。展示品のなかにはディー
ゼルエンジン、エスカレーター、トーキー映画など誇るに足るも
のがたくさんあったのも事実だった。鉄とガラスで作られたある
展示館は5000個以上の豆電球で照らされ、夜は息をのむほどの美
しさで人気を博した。電気による照明は町を変容させた。便利さ
と消費という快楽に新しい魔法の光を投げかけた。ボンマルシェ
百貨店やさまざまな洋装店、アンヴァリッドにあるパテ社の映画
館、パリの地下鉄、大通り沿いに次々に開店したカフェやレスト
ラン、オペレッタからキャバレーのムーラン・ルージュでのカン
カン踊りまでなんでもありの、けばけばしく、洗練され、ちょっ
ときわどい夜の娯楽などが人々の心を魅了した。パリの下水道で

1900年のパリ万国博覧会会場とエッフェル塔。1899年の万国博覧会開催に合わせたエッフェル塔の建造は、パリ市民を驚嘆させたが怒りもまねいた。

さえ、驚くべき技術の粋として観光客の注目を集めた。

　表向きの明るいパリの裏側には犯罪と売春が巣くう暗い世界があった。その中心はモンマルトルとベルヴィルあたりだったが、しだいにパリ外縁の「郊外(バンリュー)」とよばれる貧民街へと広がっていた。郊外はパリ市中の家賃上昇のせいで押し出された下層階級と移民たちの領域であり、何世紀ものあいだパリ中心部で隆盛をきわめていた貧困と不満の新しい温床となっていた。そして赤いスカーフを巻き、ナイフをもち歩くアパッシュとよばれる乱暴なストリートギャングが、彼らの不満を無防備な中産階級に向けていた。

　飛び出しナイフと折りたたみ式のナックルダスター［指をとおしてこぶしにはめる武器］をしこんだ「アパッシュ・リヴォルヴァー」という拳銃を武器に、アパッシュは1900年代初頭のパリの

ラ・ラヴァショル

　1890年代のパリで労働者階級が愛唱したリフレイン「ラ・ラヴァショル」は「ラ・カルマニョル」という歌のメロディーに合わせて歌われた。

「パリの町には
よく太ったブルジョワがいる
からっぽの腹をかかえた
貧乏人がいる
ブルジョワは欲張り
音よ響け、音よ響け
ブルジョワは欲張り
音よ響け
爆発の音よ…
ブルジョワは全部ぶっとばす
あいつら全部ぶっとばす！
裏切り者の判事どもがいる
腹の出た資本家どもがいる
警官の野郎どもがいる
でもこいつら悪党どものためには
ダイナマイトがある
音よ響け、音よ響け
爆発の音よ！」

上：アンリは裁判官に言った。「罪のないブルジョワなんていない」

アパッシュの記事

アメリカの男性誌「ナショナル・ポリス・ガゼット」の1905年のある号に、パリのアパッシュにかんする一般市民の気持ちを要約した匿名記事が掲載された。

「憲兵がしっかり治安を維持している理想の町パリには、世界のどの町の通りよりも安全でない通りがいくつか存在する。パリには大胆不敵な悪党がいるからだ。15年前、パリの無法者を題材にした歌は非常に目新しかったので大ヒットした。それらは当時知られていなかった『ふつうとは違う』地区、すなわちほとんど警察の目がとどかない城壁とそのむこうの郊外の知られざる生活についての歌だった。パリの住人にとってそれはまったく自分たちとは違う、遠い世界だった。いま、悪漢たちはパリの中心まで出てきた。…バスティーユ広場は彼らと警察との決戦の場となり、想像を絶する激闘が繰りひろげられた。ロケット通りでは20人ほどの悪漢が2グループにわかれ、ナイフとピストルを武器に戦っていた。仰天した付近の商店主たちの要請で出動した8人の警官が争いを止めようとした。

結果はいつもどおりだった。悪漢たちはすぐさまお互いの違いを忘れ、『官憲』と戦うという共通の大義のもとに団結したのだ。悪漢たちが大胆不敵にふるまう理由のひとつは、人道的すぎる警察の規則である。悪漢はナイフもピストル好き勝手に使うのに、警官は窮地に追いこまれてやっとリヴォルヴァーや銃剣を抜くのだ。…パリのど真ん中にあるバスティーユ広場は丸1時間というもの血だらけの戦場と化したが、血を流したのは警官たちだった。10軒以上のたまり場のバーからアパッシュ（悪漢たちは面白がってこう名のり、このよび名が定着している）の援軍が出てきた。…最初に出動した8人の警官のうち6人は最終的にサンタントワーヌ病院に運ばれたが、全員がからだのどこかに銃弾を受けていた。非番の警官、私服警官、警部、兵士、消防士たちが応援にかけつけなかったら、この戦いはアパッシュの勝利で終わっていたことだろう。傷を負った9人のアパッシュは逃げる仲間に置きざりにされ、路上に転がっていた」（「ナショナル・ポリス・ガゼット」、1905年10月21日号）

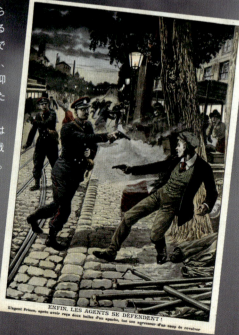

右：中心市街地で暴力ともめごとが頻発するなか、アパッシュのひとりに発砲する警官。

路上のやっかい者になった。ひと
りのアパッシュが獲物を前からつか
まえ、もうひとりが後ろから首を絞め
る。なによりおそろしいのは、アパッシュが
遠い郊外のすみかから裕福な人々のいるパリの中心
部まで進出してきて悪事を働くと決めたらしいことだ
った。

　敵対するライバル集団どうしによる路上の乱闘は、現代の
郊外に住む不満をかかえた若者による21世紀版暴力行為の先駆
けといえる。しかしアパッシュが暴れまわった1900年代初頭の郊
外は、発展しつつあった自動車産業がパリに広くもたらしたいわ
ゆる第2次産業革命と一般に結びつけられるようになった。

　この産業革命により、工場労働者に求められる知識や技能が
変化した。すなわちフランスの第1次産業革命における繊維産
業にかかわった人々にかわり、機械化された製造工程における
非熟練工場労働者の必要が増したのだ。自動車、製鉄、化学な
どの産業は都市エリアの外、郊外地区の近辺に工場を建設した
ので、その地区に多くの賃金労働者が流入することになる。ジ
ャーナリストのオクターヴ・ミルボーは、郊外にはアイデンテ
ィティがない、として「［それは］もはや都市ではないが田舎で
もない。ここでは何も終わらず何もはじまらない」と書いた。
パリの建築物の華麗さと、郊外に建てられた灰色の陰気な労働
者用アパート街との明白すぎる対比について書いた手厳しい文
章も現れた。

分裂した首都

　アパッシュの台頭はパリにおける政治的分裂の深刻化を象徴
していた。パリは多くの点で「彼ら」と「わたしたち」という
考え方に立ちかえっていた。「彼ら」には労働者階級だけでなく、
移民、ユダヤ人、その他の外国人もふくまれていた。これは当
時ヨーロッパ中に広範にみられた徴候である。19世紀後半のほ
かのヨーロッパ列強と同様、フランスもアフリカにおける植民
地争奪戦にくわわっていた。そして植民地を支配する超大国は、
彼らの技術がすぐれているのは知性がまさっているからだと主
張していた。

　ヨーロッパ人は人種的にすぐれているという考え方は1889年
の万国博覧会で積極的に示された。博覧会では原色の民族衣装
を身に着けたアフリカ原住民の族長や部族民が「暗黒大陸」か
ら来ためずらしい見世物のように扱われていた。この種の展示

上：アパッシュ・リヴォル
ヴァーは3つの武器をコンパ
クトにまとめ、ポケットに隠
しやすくしたもの。ポケット
のなかで拳銃が暴発しないよ
う、薬室から弾薬を抜いてあ
ることが多かった。この銃は、
至近距離で発射すれば命を奪
うこともできた。

上：右翼政治家ポール・デルレードがパリの路上でナショナリズムをかきたてている場面。

は1900年の博覧会にもみられた。こちらは「アメリカに住むアフリカ出身のニグロの展示」という社会学的なテーマで、企画したアメリカ人法律家トマス・キャロウェイは「この展示は思慮深い人々にニグロの可能性を納得させるのに非常に有効」だと説明した。それにしても、アルジェリア原住民に対するフランス人の非道な行ないは、100年以上前にフランスの革命家たちが宣言した「人は自由かつ権利において平等なものとして生まれ、生存する」という理念に矛盾していたように思われる。

パリの学校では、黒人は白人よりおとるというヨーロッパ最新科学の主張を子どもたちに教えていた。パリはノーベル賞を受賞した科学者夫妻、ピエール・キュリーとポーランド人の妻マリーを大いに誇りに思ったが、市内には外国人に対する不信が広がっていた。これは一部にはヨーロッパ全体に浸透していた国粋主義によるもので、かならずしもフランスだけのことではない。たとえばオットー・フォン・ビスマルクは普仏戦争時のアルザス＝ロレーヌ地方併合を、その地方の住民は「民族」的にドイツ人だという理由で正当化している。

しかしパリでは意見が完全に一致していたわけではなかった。ドレフュス事件はパリ社会がいかに分裂していたか、そして偏見がいかに根深く存在していたかを如実に表した。言論界の細分化は1898年の選挙結果からも見てとれる。国民議会は王党派80名、急進社会党74名、中道共和派254名、社会党57名、ナショナリスト15名に有名な反ユダヤ主義者4名という構成だった。パリおよびフランスにおけるこうした国のアイデンティティにかかわる問題は、しだいにキリスト教会の事情にもまきこまれることになる。

ダーウィンの進化論や不可知論［人は神の存在を証明することも反証することもできないとする説］にもとづく社会主義による反論にさらされるようになっていたカトリック教会は、ドレフュス

事件にさいして完全に冷淡な態度をつらぬいた。聖母被昇天修道会が新しく発行した新聞「ラ・クロワ」はドレフスを擁護した社会主義者や反キリスト教的共和主義者には断固反対の立場で、カトリック教会の態度を支持していた。カトリック教会は王党派や軍の高官たち——イエズス会士の教育を受けていた——とも手を組み、人類はみな同じという共和党的見解に反対するものとして、フランス人の「人種」にかんするナショナリズム的見解をおしすすめる側にまわったのである。

　この右翼ナショナリズムは一定の支持を得たが、議会の多数派は共和党だった。ナショナリスト政治家ポール・デルレードによるクーデターの試みは失敗したが、共和党はそうした動きに対抗するために急進社会党を結成し、ジャン・ジョレス率いるフランス社会党とともに議会における左派勢力を結集した。彼らはまず国会で「ラ・クロワ」紙と聖母被昇天修道会の活動禁止を議決し、政教分離政策に着手したのである。

　それ以後フランス政府は教会に——宗派をとわず——国費を支給せず、また教育の内容に教会が関与することを許さなくなった。しかし信仰の自由は法で定められている。こうしてあの激烈をきわめた宗教戦争からほぼ5世紀、フランス革命から1世紀以上がすぎたこのとき、新しい共和党政府はフランスの政教分離をなしとげたのだ。

大戦

　ヨーロッパ列強間の外交的な緊張はあきらかに高まっていたが、多くのパリ市民にとって第1次世界大戦の勃発は衝撃だった。1914年に起きた2件の暗殺事件があやういバランスをくずし、パリ市民に危険が切迫していることを知らせた。第1の事件はサラエヴォでオーストリア皇太子フランツ・フェルディナントがセルビア人アナーキスト、ガヴリロ・プリンツィプに暗殺されたもので、よく知られているように、これによってヨーロッパ各国の軍が動きはじめることになった。オーストリア＝ハンガリー帝国とその同盟国ドイツはセルビアに宣戦布告、セルビアの昔からのうしろだてであるロシアおよびその同盟国フランスとイギリスもオーストリア＝ハンガリー帝国に宣戦布告した。

> 多くのパリ市民にとって第1次世界大戦の勃発は衝撃だった。

　第2の暗殺事件は社会党のリーダー、ジャン・ジョレスが標的だった。彼は国会でやみくもにロシアに追随してドイツとの戦争

ドイツ軍によるベルギー砲撃のあと、パリのリヨン駅にたどり着いた難民たち。ドイツ軍の重榴弾砲はベルギーの防御を簡単に破った。

光と陰の都市　185

にくわわってはならないと訴えた。「わたしたちは世界戦争をはじめるつもりなのですか」とジョレスは国会で問いかけた。だがこの発言が、彼の運命を決したのだ。7月31日、カフェ・デュ・クロワッサンで食事中だったジョレスは、狂信的ナショナリストの若者に背中を撃たれた。すると今度は、ジョレスの死によってあいた穴に武闘派のナショナリストが入りこむことになった。だがいずれにしても、弁舌をふるう段階はもはや終わっていた。戦争がはじまったのだ。

　オーストリア＝ハンガリー帝国軍がセルビアに侵入して、パリは目覚めた。突然、戦争に対する熱狂がパリを包んだ。パリの男たちは大挙して軍に志願した。そのなかには70歳の作家アナトール・フランスをはじめ軍務に適さない人々もかなりいた。ドイツ語で書かれた看板は壊された。北駅には、出征していく兵士を見送るために大勢のパリ市民が群がっていた。軍楽隊の音楽が町を満たしていた。光の都の若者たちがドイツ野郎をやっつけに行って、アルザスとロレーヌを共和国にとりもどしてくるのだ。新聞は簡単に勝てると書いていた。兵隊たちはクリスマスまでに帰ってくるだろう、と。

　興奮と愛国心の高揚は、パリ市内ががらんとして見すてられた

下：社会主義指導者ジャン・ジョレスの葬儀。ジョレスがドイツとの友好を訴えたことはフランスのナショナリストを激怒させ、彼は狂信的なナショナリストのひとりによって暗殺された。

ようになると消えてしまった。劇場も店もカフェも午後8時には閉まり、灯火管制のおかげで「光の都」が「暗闇の都」になった。飛行船による爆弾投下にくわえて初の飛行機による爆撃もはじまった。実際の被害は軽微だったが、空から死が襲ってくる恐怖による心理的ダメージは大きかった。空爆による死傷者が実際に出たというニュース——ふたりの死者と19人の負傷者が出ていた——は永久に発表を禁止された。しかしドイツ軍はフランス軍の敗北を告げるちらしを飛行機からばらまいていた。

前線に目を移せば、フランス軍の装備はナポレオン軍のころのものから最新のものに完全には変化しきっていなかった。フランス軍の高い士気と根性があれば、それだけでドイツ軍の力を圧倒できると考えていたのかもしれない。しかしドイツ軍との装備の差は決定的だった。たとえば兵器を見れば、フランス軍の大砲

撤退の布告

1914年9月3日、パリ市民に向けてふたつの布告が出された。ひとつめは政府からである。

「国民の生活を危険から守るために、公的機関は一時的にパリを離れるべきである。卓越した指揮官のもと、勇気と熱意に満ちたフランス軍は首都とその愛国的市民を敵の侵入から守ってくれるであろう。…軍当局からの依頼により、政府はその本部を国全体との緊密な連絡をたもつことのできる場所に一時的に移転させる。…尊敬すべきパリ市民の諸君に、おちついて、不屈の精神をもち、冷静であることを求める必要がないことは承知している。彼らはいまも毎日そうであるし、それはもはや伝統といっていいほどだからである」

ガリエニ元帥による第2の宣言は、第1の宣言ほど人心を鼓舞する口調ではなかった。

「パリ防衛軍および市民の諸君。共和国政府は国家防衛に新しい刺激をあたえるため、パリを出ていった。わたしは侵略者からパリを防衛する任務をゆだねられた。

わたしはその任務をまっとうする所存である。

パリ防衛軍指揮官、ガリエニ」

右：ジョゼフ・ガリエニはすでに退役していたが、パリ防衛軍の指揮官になるために復帰を要請された。

上:「ディッケ・ベルタ」はそれまでに作られた武器のうちでは最大の大砲。これがあったためにベルギーの防衛線は短期間で突破された。

310門に対しドイツ軍は3600門を擁していた。フランス軍の高官たちはわずか数年前に機関銃の導入を却下したばかりだったが、その機関銃によって緒戦の形勢は決まってしまった。軍服でさえ、フランス軍のものは昔ながらの明るい青のケピ帽［頭頂部が平らな円筒形の帽子］と上着に赤のズボンという標的になりやすい派手さだったのに対し、近代的なドイツ兵の軍服は戦場にとけこむグレーだった。戦法も変化していた。フランス軍は剣をふりかざし胸当てを太陽の光にキラキラ輝かせながら進む騎馬の将校連を先頭に1.6キロも走って敵陣につっこんだが、そこで待ちかまえていたドイツ軍の機関銃部隊にまとめてなぎ倒されてしまった。

　ドイツ軍にはもっとおそろしい新兵器があり、それはこれまでにない破壊力をもっているという報告もとどいていた。何年も前からこの戦争にそなえて秘密裏に開発されてきたその武器とはクルップ社の巨大榴弾砲「ディッケ・ベルタ」で、800キロの砲弾を発射でき、射程距離はなんと13キロもあった。しかも砲弾には遅動信管がついていて、敵陣に到達するまで爆発を遅らせることができた。この巨大な砲を移動させるには36頭の馬が必要だ

上：ドイツ軍の飛行機が爆弾を落とすようすを見るため外に出てきたパリ市民。当時はまだ飛行機がめずらしかった。

った。しかし２門のディッケ・ベルタは、難攻不落といわれていた国境沿いのベルギー軍の要塞を簡単に落としたのである。ベルギーの防衛線を破るとドイツ軍は猛スピードでフランスへ、そしてパリへと進軍してきた。

　パリに流れこんできたベルギーからの難民によって、戦争の現実がもたらされた。「ディッケ・ベルタ」の噂がパリ市民の恐怖心をいっそうあおった。１機のドイツ軍機がサン・マルタン運河に爆弾を落としてふたりを死亡させたうえ、「降伏するしか道はない」と書いたちらしをまいていった。そして突然、パリの郊外にドイツ軍の騎馬兵が姿を現したのである。

　いまやパリはパニックにおちいった。退役軍人のジョゼフ＝シモン・ガリエニがパリ防衛のためによびもどされた。彼は見通しについてまったく楽観していなかった。彼は個人的意見として、パリがドイツ軍を相手にもちこたえることは不可能だと政府に告げていた。そして政府はフランス銀行の準備金をもってすぐにパリからほかの場所へ移るべきだと進言していた。政府が彼の助言にしたがうと、陸軍大臣アレクサンドル・ミルランは彼に、あくまでパリを守ってほしいと簡潔に告げた。つまり、建物や橋を壊しても、最後のひとりになるまでパリを守れということである。のちにガリエニは、自分は最後まで残って死ぬことになるだろう

と悟ったと述懐している。

> ミルランは、ガリエニがあくまでもパリを守ることを期待していると簡潔に告げた。

政府はパリを去るにあたって、「パリの町と陣地の塹壕（ざんごう）との防衛をできるかぎり強固にしてから行く」と市民に告げて市民を安心させようとした。これほど真実からかけ離れた言い草もないだろう。パリは完全に無防備であり、政府もガリエニもそれを知っていた。アドルフ・ティエールが建造した防壁は破損しており、大量の難民が流入したことで、包囲された場合の食糧の備蓄は3週間以上はもちそうになかった。さらに悪いことに、パリを守るための兵力もなかった。ガリエニはドイツ軍の包囲に耐えるには最低でも追加の3師団が必要だと訴えたが、総司令官ジョゼフ・ジョフルが送りこんだのは前線帰りの生き残りで、疲れきって統率のとれていない兵士の集団だった。

パリはパニックにおちいり、行き先のある者は町を逃げ出し、そうでない者は必死で買いだめに走っていた。たくさんの羊と牛が運びこまれた。1870年のドイツによる包囲戦のときの鼠パイを、多くの市民が覚えていたからだ。暴力事件も頻発した。外国なまりのある人間はドイツのスパイだと決めつけられたからである。ノートルダムやエッフェル塔のような主要な建物の周囲には大急ぎで機関銃がならべられた。市内にある3000門の小型砲の弾の通り道を邪魔しないよう、植えてあった木もとりのぞかれた。市の防衛線が破られたらすぐに橋を破壊する準備も整えられていた。士気は上がらず、アッティラからパリを守った守護聖女の聖ジュヌヴィエーヴに、もう一度野蛮人からお守りくださいと祈る市民も多かった。

マルヌの奇跡

聖ジュヌヴィエーヴが聖なる守護をあたえたのだとしたら、それは「マルヌの奇跡」の形をとっていた。発端はあるドイツ軍将校の死体とともに見つかった血まみれの地図だった。それはドイツ軍の攻撃計画を記した地図で、それによるとドイツ軍は直接パリに入るのではなく、パリの南にまわってから東に向かい、スイス国境に陣を張っているフランス軍を攻撃する予定だった。重大なのは、その作戦だとドイツ軍は側面をパリの北東部に完全にさらすことになる、ということだった。まさにそこしかないという場所だ。ガリエニはもてる軍の総力をあげてそこをたたくことにしたのである。

上：ガリエニは600台のルノーのタクシーに兵士をマルヌまで運ぶよう要請した。1914年以降、これらのタクシーは「マルヌのタクシー」の名で知られるようになった。この写真では最後尾の2台がそれである。

　問題は輸送手段だった。ガリエニにはフランス兵をドイツ軍が進むマルヌ川の南まで実際に運ぶ手段がなかったのだ。だが彼はふと名案を思いついた。タクシーを使うのだ。そういうわけでパリの600台のタクシー軍団がパリの守護者を運ぶために雇われた。1台に5人が乗っていった兵たちは、マルヌ川支流のあるウルクで戦闘に参加した。兵士の多くにとってマルヌまでの60キロは初の自動車体験だった。そしてこれは結構高くついた。マルヌまでの往復運賃がすべて政府に請求されたのだ。総額7万フランの出費だった。真っ赤なルノーのタクシーが6000人以上の兵士を前線まで運ぶ光景を見て、ガリエニは「うむ、これはすくなくともありふれた光景ではないな！」と言ったと伝えられている。

　マルヌにおけるガリエニの働きにくわえてジョフルが率いる軍とイギリスからの援軍の力もあり、ドイツ軍は大きく後退することを余儀なくされ、戦闘の初期段階の形勢は大きく変わることになる。しかしその代償は大きかった。フランス軍の25万の死傷者のうち、8万人は戦死者だった。ドイツ軍も同程度の損害を報告している。マルヌの会戦によって、迅速かつ決定的勝利をおさめるというドイツ軍の希望はくじかれた。だがこのあとには、イギリス海峡からスイスまで伸びる西部戦線での4年におよぶみじめで血まみれの塹壕戦が続く。パリでも全市をあげて戦争状態が続くのである。

日常生活

マルヌの会戦のあと、パリには静けさが訪れ、町の生活は平常にもどったかのように見えた。劇場が再開され、コンサートが行なわれ、ダンス、音楽、カフェ文化がふたたびパリの生活の中心を占めるようになっていた。一定の制限はあった。クロワッサンとブリオッシュは一時的に禁止され、役所からは各家庭が週に一度ずつ夕食を抜くようにとのお達しもあった。

状況は1870年の包囲戦当時とは大きく異なっていた。パリ市民は「この程度ならいいじゃないか」というような気分になっていた。町からわずか240キロのところで戦闘が行なわれていても、彼らがそれを実感するのは、休暇や治療のためにおそろしい塹壕のなかから一時的にパリにやってくる戦争に疲れた兵士を目にするときだけだったのだ。難民や移民も大量にパリに流入していた。アフリカやインドシナ半島をふくむフランス植民地からの移民が弾丸や戦車を作る工場に採用され、フランス生まれのフランス人は前線に送られていた。外国人は全般的に疑いの目で厳しくみられていた。

ナショナリズムは依然もりあがりを見せ、ドイツ人を「野蛮人」

下:前線から休暇でもどってきたフランス兵たち。第1次世界大戦中のパリは、兵士の休息と癒しの地となった。恐怖と塹壕から遠く離れた別世界である。

マタ・ハリ

第1次大戦中のもっとも有名なスパイは、マタ・ハリのよび名で知られるオランダ人女性マルガレータ・ツェレである。彼女はフランス人実業家エミール・ギメの愛人として社交界に出入りしていたが、それ以前はエキゾティックな踊りのダンサーをしたり、サーカスで馬の曲乗りをしたりしていた。第1次大戦がはじまるとツェレはドイツ人に機密を売るようになり、ひんぱんにマドリードのドイツ大使館まで行っては報告していた。H-21とよばれるスパイについてのマドリード大使館からの通信を傍受したフランス情報部はツェレの行動を察知した。ツェレににせの軍事機密をもらしてみると、マドリード大使館からその情報がドイツへ送られていたため、フランス情報部はツェレがH-21だとの確信を得た。彼女はスパイ罪で死刑を宣告され、1917年10月15日、ヴァンセンヌ城の堀のなかで銃殺された。

右：戦時のヨーロッパでスパイとして名をはせる前、マタ・ハリはレディー・マクレオドと名のってプロのダンサーをしていた。

「赤ん坊殺し」「異常性愛者」「人肉食い」などとよんで蔑視した。市民はスパイ行為にかんして疑心暗鬼になり、外国人はよくスパイの嫌疑をかけられた。だが一方で、ナショナリズムと戦争の組みあわせはフランス語を話すパリ市民に一体感をもたせる効果もあった。ずいぶん久しぶりのことだが、この当時は階級間の敵意が姿を消していた。もっとも、この連帯感は長くは続かない。

1917年になるとフランス全土が不満に包まれる。前線では軍内部で反乱が起こり、パリ市民も終わりの見えない戦争に嫌気がさしてきたようだった。政治も不安定になっていた。物価が上昇し、パリの労働者は彼らの損失に対する補償を要求していた。5月には衣料品業界で働く女性たちがストライキを起こし、それは銀行、レストラン、工場その他に拡大していった。ほとんどのケースで賃上げは認められたが、戦争妨害の罪で投獄されたストライキ指導者もあった。

経験豊富な政治家ジョルジュ・クレマンソーが、緊張を緩和して戦争を終結させるという政策を掲げて首相となったが、パリはふたたびドイツ軍の空爆を受けるようになった。国内に革命が起

こったロシアが戦線を離脱したことで、ドイツは全精力を西部戦線に集中できるようになっていた。1918年1月、ドイツ空軍の新型ゴータ爆撃機からなる4編隊がパリ郊外に200発以上の爆弾を落とした。

空爆は3月まで続き、パリ市民はそのたびに地下鉄の駅に避難した。だがそこでも死者が出ることはあり、満員のボリヴァル駅に逃げこもうとしたパリ市民60人が圧死した。

パリ砲

ここまでドイツ軍はまだ、そのもっともおそろしい兵器、「パリ砲」とよばれるパリの破壊だけを目的として開発された長距離砲を使っていなかった。ディッケ・ベルタと同じくクルップ社が製造したパリ砲は重さ1トンの砲弾を長さ34メートルの砲身から上空42キロの高度まで打ちあげ、130キロ先まで到達させる能力があった。この到達高度はナチ・ドイツがV2ロケットを開発するまで

上：ドイツ空軍の新型ゴータ爆撃機が破壊した町の写真。飛行船による爆撃がふつうだった当時としては、飛行機は驚異的な兵器だった。

は世界最高だった。パリ砲は重さが230トンもあったので鉄道軌道にのせて運ぶ必要があり、パリから約112キロ離れたクシーの森にはじめて設置された。

それから140日間続くことになる砲撃がはじまったとき、パリ市民は驚愕したということだ。頭上には飛行船も爆撃機もいないのに、砲弾がどこからともなく飛んできたのだから。最初に人的被害を出した砲弾はセーヌの岸に着弾し、8人の死者と10人ほどの負傷者を出した。しかしドイツ軍は、パリ砲の着弾地点を正確にコントロールすることはできなかった。ねらいはほとんどいつもルーヴルだったが、そこには1発もあたらなかった。しかし実際に建物にあたったときの破壊力は決定的だった。ある運命の日曜日、ミサの最中だった聖ジェルヴェ教会に命中したたった1発の砲弾は75人の命を奪ったのである。しかしパリ砲はドイツ軍の運命を変えることはできなかった。1918年8

月初め、新しく同盟にくわわったアメリカ軍の助勢を得たイギリス軍がついにドイツ軍の防衛線を破った。10月にはドイツ軍は総くずれとなり、11月11日、大戦は終結した。

　休戦協定成立後しばらくはパリをお祭り気分が包んでいた。しかし時がたち、いろいろ考えているうちに、ほとんどの市民はこの結果を喜べなくなっていた。塹壕からもどってきた痩せおとろえた兵士たちの多くは、1900年の博覧会用に作られた建物で少しずつ回復していた。かつては何千個もの電灯が輝き、世界中の人々を魅了したこのガラスと鉄で作られた建物は、最新の産業技術の到達点のひとつだった。それがいまでは戦場のほこりとすすにおおわれ、そのなかであれほど誇り高かったパリの男たちがいまは衰弱し、ストレッチャーに横たわっている。140万人以上のフランス人男性が命を失ったが、これはひとつの国が戦争で失った人命としては過去最高だった。そしてこの戦死者の数をあざわらうかのように、1918年にはスペイン風邪の大流行が起こって1週間で1800人近くのパリ市民の命を奪ったのである。

　1914年から1918年の4年間に起きたようなことがふたたび起こるとは、想像もできなかった。だがもちろん、この4年間はまもなく起こるはるかに壊滅的な戦争、ヨーロッパの平和のもろさと侵略者を止められなかった各国指導者の無能さを露呈することになる戦争の前奏曲にすぎなかった。第2次世界大戦は光の都に長い影を落とし、パリ市民の最良の部分と最悪の部分とをむき出しにするだろう。全世界的な殺戮がベル・エポックの夢と希望を消しさってしまうだろう。

左：多くの命を奪ったスペイン風邪の大流行から身を守るため、パリ市民にマスクの着用を勧めるふたりの男性。スペイン風邪は第1次大戦終結後のパリを席巻した。

第7章

戦争と平和

第1次世界大戦後のパリは打ちひしがれ、傷ついていた。市民のあいだには激しい対立が生じていた。外国人嫌悪と反ユダヤ主義が表面化するにつれ、革命の理想だった自由・平等・博愛はきびしい試練に直面することになる。一方、フランスの仇敵は兵力をたくわえていた。今度ばかりはだれも、ドイツ軍の危険からパリを守ってくれないだろう。

1920年代30年代のパリは外国人に対する不安の泥沼にはまりこんでいた。ロシア人、ポーランド人、アルメニア人、北アフリカ出身者にムッソリーニのファシスト政権からのがれてきたイタリア人がそろって1920年代にパリに移住し、同じころユダヤ人もさまざまな国から移ってきていた。パリの人口をもとにもどすためには、これも必要なことだった。先の大戦でパリは何万という男性を失っており、外国人の流入のおかげでその穴を埋めることができたのだ。大戦前、パリの人口に占める外国人の割合は5パーセントだったが、1930年には9.2パーセントになっていた。これを一種の侵略と見るパリ市民も多かった。

外国人は「メテック（よそ者）」とよばれたが、これはドレフュス事件のさいにナショナリストの詩人シャルル・モラスが使いはじめた移民の蔑称だった。1930年代のパリでは、犯罪の多発、失業者の増加など悪いことはなんでもかんでもよそ者のせいにされた。1929年のウォール街の株価大暴落に起因するパリの財政破たんまで彼らのせいにされたのだ。「フランスをフランス人の手に！」という叫びが高まり、外国人に対する暴力行為がたびたび起こるようになった。

反ユダヤ主義の声が、1789年の革命の理想を語る左派の人々のなかでさえ高まっていた。フランス共産党の機関紙「リュマニテ」は、1920年代にパリを襲ったコレラの流行は移民に責任があるというプロレタリアの俗説をいち早く記事にした。ユダヤ人

左ページ：1940年6月14日、フランスの首都パリはドイツ第三帝国の手に落ちた。この7日後、ヒトラーは生涯に1度だけのパリ訪問を行なう。

上：1939年に撮影されたパリのユダヤ人街。この1年後、パリ在住ユダヤ人の権利を制限する一連の法律が、ナチ・ドイツの占領軍によって施行される。

はみんな資本家で貸金業者だと決めつける新聞もあり、ふつうのパリ市民が「ユダヤ人問題」について議論するのも日常的な光景だった。

当然のことだが、1933年からはヒトラー政権下のドイツを脱出してパリにやってくるユダヤ人の数が増えていた。パリの反ユダヤ主義者はこの増加に対抗すべく立ちあがる。ヒトラーの名を大声で唱えながらナチ式の敬礼をする若者たちによるユダヤ人暴行事件が何件も報告された。作家ポール・モランはある週刊紙にパリは新しいエルサレムになりつつあると書き、パリに押しよせるユダヤ人を「海賊」あるいは「くず」とよんで「いまやわが国以外の国はどこでも害虫を殺している。…西欧精神の復活を志しているのは自分だけだとヒトラーに自慢させておくのはやめよう！」と書いた。

パリの政治家たちはすばやく反応して人種対立をあおり、「危機にひんしているフランス」を外国人侵入者から守ろうと大衆に訴えた。そして1936年、ドレフュス事件を思い出させる新たな政治スキャンダルが政府をはげしくゆさぶり、政権の存続を脅かすことになる。

右派の反乱

パリの右派勢力をがぜん活気づけたそのスキャンダルは、スタヴィスキー事件とよばれている。ウクライナ出身のユダヤ人金融業者アレクサクドル・スタヴィスキーによる詐欺事件を政府が隠ぺいしたとされる事件である。価値のない債券を投資家に売りさばいた罪で告発されたスタヴィスキーの公判が19回も延期され

アメリカの侵略

パリの住人はすべての外国人を同じように見ていたわけではない。1920年代にパリにやってきたアメリカ人の作家、知識人、音楽家、画家たちは国籍による差別を受けなかった。フランス通貨のフランが弱かったため、ガートルード・スタイン、F・スコット・フィッツジェラルド、アーネスト・ヘミングウェイ、ドロシー・パーカー、ヘンリー・ミラー、コール・ポーターなどのアメリカの有名人にとってパリは格好の滞在場所だった。1927年にはパリに2万5000人から4万人ほどのアメリカ人移民がおり、ワイン、セックス、モンパルナスやモンマルトルのキャバレーに代表されるジャズ・エイジを享楽していた。彼らによって「黒人音楽」に対する好奇心もかきたてられた。アフリカ系アメリカ人のダンサー、ジョセフィン・ベイカーは先端が上を向いたバナナを腰のまわりに下げた露出の多い衣装でジャングルの木を登るような振りつけのダンスをして観客を熱狂させた。ホアン・ミロ、サルヴァドール・ダリ、ジェームズ・ジョイス、ジョージ・オーウェルらアメリカ以外の国から来た芸術家、作家たちもそこにくわわり、「狂騒の20年代のパリ」の住人となっていた。そこへ突然1929年のウォールストリートの株価暴落が起こり、大恐慌が続く。パリに滞在していた著名人はまたたくまに去っていった。パーティーは終わったのだ。

上：エキゾティックなダンサー、ジョセフィン・ベイカーは、1920年代のパリで黒人文化に対する好奇心を高める先陣をきった。

上：反ユダヤ主義の新聞「リーブル・パロール」の宣伝ポスター。フランス社会に対するユダヤ人の脅威を警告している。1892年に創刊されたこの新聞は、ドレフュス事件以後多くの読者を得ていた。

ており、これは政府内に彼を守ろうとする縁故者がいるからにちがいないという疑いの声が多数あがっていた。名ざしされた縁故者には検察官およびスタヴィスキーの義理の兄弟であるカミーユ・ショータン首相もふくまれていた。スタヴィスキーは自殺死体で発見されたが、隠ぺいをはかった政府による殺人を疑う声も多かった。そのわずか数日後にショータン政権は倒れ──18か月のあいだに倒れた5番目の政権だ──、エドゥアール・ダラディエが率いる共和党系連立内閣が成立した。しかしスタヴィスキー事件に対する世間の怒りは、その程度ではとてもおさまらなかった。

下院会議場へのデモ行進をはじめた右派同盟のメンバーにとって、スタヴィスキーは第三共和制の中心に巣くう腐敗を代表するたちの悪い「よそ者」だった。右派同盟はパリの右派諸団体の中核をなす正統なグループである。メンバーには王党派の行動部隊「カムロ・デュ・ロワ」、反ユダヤ主義の「アクション・フランセーズ」、反共産主義の「愛国青年同盟」や「ソリダリテ・フランセーズ」がふくまれていた。彼らは黒いベレーをかぶりひざの上まである軍靴をはいて「フランスをフランス人の手に！」のスローガンを叫んでいた。しかし右派同盟のなかでもっとも目立っていたのはフランソワ・ド・ラ・ロック大佐が率いるクロワ・ド・フー（火の十字団）だった。ド・ラ・ロック大佐はムソリーニの信奉者で、腐敗した政府の一掃を約束していた。

1936年2月6日、ド・ラ・ロックはデモ隊を率いてコンコルド広場に向かったが、そこで武装した警官隊ならびに左派のデモ隊とにらみあうことになった。時を待たず乱闘が起こる。群衆に銃弾が撃ちこまれ、騎馬警官が突入し、戦闘は長く続いた。1870年以来ひさしぶりの暴徒による政府転覆がもう少しで実現するところまで行ったのだが、結局は警官隊が秩序を回復した。4万のデモ隊のうち16名が死亡、600名が負傷し、警官隊からも1000名の負傷者が出た。

多くの支持者がいたにもかかわらず、右派による革命は実現しなかった。逆に左派勢力が反撃に転じ、社会党のレオン・ブルムと共産党のモーリス・トレーズが同盟して人民戦線を結成した。そのメンバー50万人が参加したゼネストののち、人民戦線は1936年の下院選挙で地すべり的な圧勝をおさめた。「人民戦線ばんざい！」「コミューンばんざい！」の叫びが広がるなか、ついに労働者による革命が成功してコミューンが成立するかに

見えた。しかしそれは幻想だった。人民戦線の下で一時的に労働
者の権利は改善されたが、まもなくストライキの長期化、インフ
レの増大、そして底の見えない景気の低迷が起こる。そして
1939年、世界は永久に変わってしまうのだ。

第2次世界大戦

　1939年、フランス革命150周年記念の年のパリの夏、とくに変
わったことは何もなかった。国内政治では人民戦線の人気が頂点
をきわめ、フランの価値はまだじわじわと下がりつづけていた。
ドイツ人の連続殺人犯が熱狂する群衆の前でギロチンにかけられ
た。公衆の面前でこの処刑が行なわれたのはこれが最後となっ
た。マーガレット・ミッチェルの『風と共に去りぬ』のフランス
語版が夏休みの読書用として店頭にならんでいた。
　そして9月1日、ヒトラーがポーランドに侵入した。ヴェルサ
イユ条約の効力が低下したのちに、イギリスとフランスがとった
対独宥和政策が裏目に出たのだ。同盟国側はドイツに宣戦布告し
た。最初のショックから立ちなおると、パリ市民の生活は平常に

『虫けらどもをひねりつぶせ』

　強硬な反ユダヤ主義者とされている作家ル
イ＝フェルディナン・セリーヌは、激しい論
調の時評集『虫けらどもをひねりつぶせ』で
スタヴィスキー事件当時のユダヤ人に対する
世間の偏見を描いた。
　「スタヴィスキー事件の進行中にもずっと、
世界中の各新聞編集部に、ある命令が伝えら
れていた。この命令は日に日に重要となって
いったにちがいない。至上命令だ…各新聞は
この偏執狂のちびユダヤを、トルコ人だの、
裏切った外国人だの、不良外人とか、東洋の
スパイとか、ポーランドの詐欺師、散髪屋、
無国籍者、歯医者、パラシュート乗り、女
衒、脊髄癆患者、タラ漁師などとよんだ…要
するになんでもいいのだ…注意をそらし、は
ぐらかせるためなら…ただし、そのものずば
りの《ユダヤ人》という単語は絶対にダメだ
…だけども、こいつはまさにそれだった…こ

の男は、まさにユダヤの力で、これらすべて
の詐欺を成功させたのだ…ユダヤ人は自分た
ちのリーダーを人目にさらすようなことはし
ない…陰で策略をめぐらせる…やつらがひと
に見せるのはあやつり人形…おどけ者や《ス
ター》だけ…ユダヤの情熱、かくも足なみの
そろった激しい情熱は、シロアリの巣がもつ
情熱だ。この害虫が増加するにつれ、すべて
の障害は打ち破られ、弱められ、少しまた少
しと、芯にいたるまで粉ごなにされてしまう
…おぞましく、腐った汁と顎からの唾液の、
最悪で糞まみれのマグマに分解され…ついに
はすべての破滅へと追いやられる、決定的な
崩壊へ、ユダヤ的な空虚へと」［ルイ＝フェル
ディナン・セリーヌ『虫けらどもをひねりつぶ
せ・セリーヌの作品第10巻』、片山正樹訳、国
書刊行会、2003年］

上：1936年のスタヴィスキー事件に抗議する右派のデモ隊が、行進後にキオスクに放火したところ。

もどった。1940年、パリの春はそれまでで一、二を争う暖かさで、眠気をさそう空気がパリをおおっていた。

　それでも戦争中であることを思い出させる変化はいくつかあった。午後10時には外出禁止令が発動された。アルコール禁止の日ができた。ケーキ屋は週に3日しか店を開けなくなった。マジノ線［独仏国境の要塞線］の防衛にあたる兵士たちの食糧が配給制になったらしいという噂も伝わっていた。マジノ線はコンクリート製の要塞と砲座がならぶ長大な地帯で、要塞と要塞は地下トンネルで結ばれ、フランスのスイス国境地帯からベルギーまで続いていた。第1次大戦時にはドイツ軍はあらかじめベルギー経由でフランスに侵入していたが、マジノ線はその線に沿って作られてはいなかった。これは中立的な同盟国ベルギーを刺激しないためという外交的ジェスチャーのように見えたが、万一ドイツと戦う場合、フランスではなくベルギー領内で戦闘を行ないたいという目論みもあったようだ。

　フランス軍将校の多くは（シャルル・ド・ゴール大佐もふくめて）この戦略には欠点があると感じていた。簡単にいえば、これは第2次大戦でも第1次大戦と同じような戦闘、すなわち長い塹

上：1939年、パリ東駅の徴募所に意気も高く集まったフランスの徴集兵たち。

壕線に沿って対面しつつ互いに相手の塹壕を奪いあう消耗戦を繰りひろげることを前提としていた。しかしヒトラーは早くも1937年、スペインの町ゲルニカに激しい空爆を行ない、塹壕戦など眼中にないことを明示していた。ヒトラーは空軍の援護をうけつつ機動力の高い陸軍機甲部隊が攻撃する電撃戦を計画していたのだ。その攻撃は暴力的で迅速かつ効果的であり、連合軍が組織的な反撃に出る前に終わっていた。

　そういうわけで5月にはナチ軍はオランダ、ベルギーを難なく突破し、フランスに攻め入っていた。パリも塹壕を掘り、サント・シャペルのステンドグラスをはずしてしまいこみ、ルーヴル美術館の貴重な美術品をリストアップして梱包しその一部はトラックでロワール渓谷に運ぶ、などの準備を整えていた。6月になると、パリにとどまると約束していた政府は、数日間のドイツ軍による空爆のあとさっさと逃げ出してパリを「非武装都市」にしてしまった。守ってくれるはずの軍隊のいないパリはパニックにおちいった。市民は大挙してパリを脱出しはじめた。徒歩の人、車、馬、家畜、荷車、乳母車、そして手にもてるかぎりの、あるいは車を押して運べるかぎりの荷物の長い行列が続いた。6月

14日にドイツ軍がパリに入ったとき、残っていたのは住人の3分の1だけだった。6月17日、ヴィシー政権の首相となったフィリップ・ペタンはラジオで「非常に残念だが、われわれは敵対行為の停止を余儀なくされた。戦闘行為を止めなければならない」と伝えた。1940年6月21日、フランスは対独停戦協定を結ぶ。その3日後、ヒトラーは生涯ただ1度だけのパリ訪問を果たした。いまやパリはドイツの手に落ちたのだ。

新しい町

　パリの無血占領にかんして多くの市民を驚かせたのは、あっというまに平常に近い生活がもどってきたことだった。最初の数週間でカフェ、劇場、映画館が再開され、マキシムなどのレストランは新しい客を迎えはじめ、ファッション関係の店も営業を再開した。ココ・シャネルはナチの将校とともにリッツホテルに居を定めた。パリから避難していた市民たちは、おもにナチの命令によって遠い道をもどってきた。ナチはホテルを接収して住居とし、ドイツ語の道路標識をかかげ、おもだった建物からかぎ十字の長い旗をたらした。ドイツ人とパリ女性とのオープンな親密関係も記録されている。

　パリにいるナチ党員は行ないをつつしむようヒトラーの厳命を受けていた。パリ市民に臆病で不道徳という印象をもっていたヒトラーは、パリのドイツ化が穏便に受けいれられ、いろいろな意味で西洋文明の粋を無傷のまま保持したいと考えていた。もちろん西洋文明の粋というのは定義の問題であり、ルーヴル美術館の収蔵品の500点以上は不道徳だとして燃やされてしまった。数年前までパリに住んでいたジョアン・ミロの作品も燃やされた。

　ヒトラーのパリ占領政策の一環として、住人は拡声器をとおしてさまざまな指示を受けた。毎晩9時から翌朝5時までは外出禁止令が出た。ドイツ国に敵対する行為はいっさい許されない。攻撃や破壊行為、妨害行為はすべて死刑。ドイツのさまざまな部局がそれぞれパリの住みよさそうな建物に本部を置いた。ヘルマン・ゲーリング、ヨーゼフ・ゲッベルスなどナチの高官も自分用にオフィスを徴発した。建物のひとつはペタン率いるナチの協力政府、ヴィシー政権の「大使館」とされた。この政府は基本的にパリ以外の行政に従事した。フランス人には憎まれ、ナチには軽蔑されていたヴィシー政府はやがて市内のもっとも好ましくない人物たちの除去に協力

> パリの住人は拡声器をとおしてさまざまな指示を受けた。

上：ドイツ軍が接近すると、パリの住人は町を脱出するためモンパルナス駅に殺到した。

するようになる。とくにいみ嫌われていた建物のひとつはソーセ通り11番地のゲシュタポ本部とされたホテルで、尋問室からの悲鳴が建物の外からも聞こえたという。

　ナチは彼らの人種政策を隠そうとしなかった。しかしパリ市民が市内のユダヤ人迫害に進んで協力したことは、彼らにとっても予想外のことだった。ヒトラー親衛隊の将校で拷問好きのサディスト、クルト・リシュカを局長として大パリ圏のナチ宣伝局本部が開設されると、市内の多くの新聞がナチの方針の支持にまわった。1938年のベルリンにおけるユダヤ人襲撃事件「水晶の夜」で3万人のユダヤ人を強制移送したさいの責任者だったリシュカが、今度はパリの「ユダヤ人問題」を解決する責任者となった。彼はフランスに住む8万人のユダヤ人の強制移送とそれに続く処刑の指揮をとった。そのうち4万3000人はパリから送られた。

　リシュカは短いニュース映画を活用して彼の反ユダヤ宣伝活動をはじめた。ニュース映画はユダヤ人、フリーメイソン、共産主義者、ロマ（ジプシー）、ホモセクシュアル、黒人その他もろもろの「よそ者」がフランスの崩壊をもたらした元凶だと映画館の観客に伝える内容だった。「ユダヤ人の危険」とか「堕落をもたらすやつら」などの映画は、ヨーロッパ社会転覆をたくらむ小賢

パリ1日旅行中におなじみの観光名所で建築家アルベルト・シュペーア（左）、彫刻家アルノ・ブレーカー（右）と写真に納まるヒトラー。ヒトラーはすべてのドイツ兵に1回はパリを訪問させると約束していた。

上：パリ占領中にシャンゼリゼ大通りを駈足で進むドイツ騎兵隊。

しい目をしたユダヤ人を描いた風刺漫画だった。

「ユダヤ人とフランス人」と題した展示会もこれに似たテーマを扱っていた。この展示会はおもに人類学者で「ユダヤ人の見分け方」という記事を書いたジョルジュ・モンタンドンの仕事にもとづくものだった。20万人以上が訪れたこの展示会の全体テーマは、軍隊、映画、経済、文学などの面でフランス人の生活を崩壊させるユダヤ人の悪影響をあきらかにするというものだった。それを見た観客がこの先ユダヤ人を見分けられるように、ステレオタイプなユダヤ人のイメージも紹介されていた。フランスのユダヤ人はよくリヴィエラの豪邸に隠れているなどという説明もあった。

迫害がはじまる

1940年には反ユダヤ宣伝活動とともにユダヤ人の権利を制限する一連の法律も制定された。ユダヤ人は特定のレストランや公共の場所への出入りを禁じられ、電話と自転車の使用を禁じられ、弁護士や医者として開業したり自分の店をもったりすることもできなくなった。ヴィシー政府も迫害にくわわり、委員会を設立して1万人以上のユダヤ人の市民権を剥奪した。

ナチはパリにおける迫害を、フランス当局の積極的な協力を得ながら進めることにした。パリ警察は1941年、「犯罪者」が対象だと言って初のユダヤ人大量摘発を行なった。これに先だつ

ユダヤ人に死を

　作家ジャン・ドローが編集する「オ・ピロリ」はナチに協力的な新聞で、身近にいるユダヤ人を告発する手紙を編集部または当局に送るよう読者に訴えていた。出版における反ユダヤ主義を禁ずる1939年4月のマルシャンドー政令がヴィシー政権によって廃止されたことでこれが可能になったのだ。パリの日刊紙、週刊紙の多くがユダヤ人迫害を支持するなか、「オ・ピロリ」紙は「ユダヤ人問題はすべてのユダヤ人を例外なくすみやかに逮捕、移送することで解決されるべきだ」と最初に提案した新聞だった。以下に引用するのは1941年の「オ・ピロリ」紙に「ユダヤ人に死を!」の見出しで掲載された記事である。

　「ユダヤ人に死を!　いつわりの、醜い、汚い、いまわしい、黒人の、雑種の、ユダヤ人に!…ユダヤ人は人間ではないのだから。やつらは悪臭を放つ獣なのだ…われわれは自分の身を守る。害悪と死から、つまりユダヤ人から!…ユダヤ人に死を!　極悪の、二枚舌の、ロシアのユダヤ人に死を!　ユダヤ人の言い分に死を!　ユダヤ人の暴利に死を…そうだ!　何度でも言う!　何度でも言おう!　死だ!　ユダヤ人に『死』を!」(「オ・ピロリ」1941年)

下：1941年、第三帝国がはじめてユダヤ人を一斉検挙し迫害をはじめたときの写真。

　1941年8月、パリの若い共産主義者たちによるデモが警官隊との乱闘に発展し、発砲にまでいたっていた。この事件への対応策として、ヴィシー政府は共産主義者を処刑できるよう法律をあらため、デモを組織したアンリ・ゴトロとサミュエル・チズルマンは銃殺されている。

　だがこの報復はまだほんの序の口だった。8月20日に、ナチは共産主義者の温床といわれていた11区で起きたデモはユダヤ人のしわざだとして、ユダヤ人の大量摘発を行なったのである。道路と地下鉄の駅を封鎖したのち、ヴィシー政権配下の2500人の警官隊が占領下のフランスに住むすべてのユダヤ人が記載されたナチ

の「ユダヤ人登録カード」をもとに18歳から50歳までのユダヤ人男性を逮捕しはじめた。警察には路上で見つけたすべてのユダヤ人を逮捕する権限があたえられていた。登録のリストにあるユダヤ人が見つからなければ、かわりにいちばん近い身内のユダヤ人男性を逮捕することも許されていた。

2日間のうちに4230人のユダヤ人男性が逮捕され、パリ北東郊外のドランシーという町に送られた。そこには近代的な公共住宅を目ざして建設に着手し未完成のままになっていた高層アパート群があり、それが収容所に転用

> 警察には路上で見つけたすべてのユダヤ人を逮捕する権限があたえられていた。

されたのだ。1942年から1944年のあいだに、7万人近いユダヤ人がドランシーからヨーロッパ各地の強制収容所に移送された。その大部分は、ホロコーストの中心人物のひとりアドルフ・アイヒマンの秘密指令によって、占領下ポーランドにあるアウシュヴィッツ強制収容所に送られたのである。

ドランシーは抑留されたユダヤ人を待ちうける数々の恐怖の幕開けだった。1941年8月、最初の抑留者はなにがなんだかわからないまま送りこまれてきた。自宅で逮捕された人は身のまわり品

下：このパリのレストランに貼られた注意書きはユダヤ人の入店を禁止したもの。

上：「ユダヤ人とフランス」と題する展示会のポスター。フランスの人類学者ジョルジュ・モンタンドンの研究にもとづく反ユダヤ主義的な内容の展示会だった。

逮捕されたユダヤ人は、ピティヴィエやボーヌ・ラ・ロランドなどパリ以外の場所にある収容所に向けて汽車で移送された。もっとも悪名高い収容所はドランシーにあった未完成の高層住宅だった。

> ドランシーは抑留されたユダヤ人を待ちうける数々の恐怖の幕開けだった。

をバッグにつめる時間があったが、運悪く路上で逮捕された人々は何も持たずにやってきた。ドランシーでは寝具などもまともに支給されず、毛布はなくマットレスもほとんどなかった。ほとんど全員がむき出しのコンクリートの床の上で寝かされたのだ。

ドランシーの収容者は2週間に1度家族に手紙を書くことが許されていたが、面会や本の差し入れは禁止だった。ほかにもいろいろなルールがあったが、それはどこにも書いてなかったので、知らずに破ってそうと言われるまでわからないのだった。ヴィシー政権下の看守たちの残虐さはあっというまに伝説の域に達した。反ユダヤ主義を誇る彼らは、収容者を警棒で殴ることを大いに楽しんだ。一時ドランシーに収容されていた女性に対しても同じだった。ある収容者は、看守が4歳の少女を警棒で強く殴りすぎて意識不明にしてしまったと語っている。

「ブタ箱」に入れる刑罰もあった。3メートル×4メートルの部屋に30人を押しこめるのだ。横になることはもちろん座るだけのスペースもなく、トイレがわりのバケツが1個あるだけ。た

下：ドランシー収容所に着いた最初のユダヤ人。ここにはナチの強制収容所で広く使われた「点呼」などのさまざまな責め苦が彼らを待っていた。

連帯の星

　パリに住むユダヤ人が身につけるよう強制された黄色いダビデの星のマークは、非ユダヤ人の市民を二極化するという不思議な結果をもたらした。フランス人の敵とされるユダヤ人を明白に区別できると喜ぶ人もいたが、宣伝映画や「ユダヤ人とフランス人」の展示会でずいぶんおそろしげに描かれていたユダヤ人が、じつは自分と何も変わらないと気づいた人も多かったのだ。黄色い星はフランス共和国の自由・平等・博愛の価値観に反すると考えた人もあった。地下新聞は黄色い星をつけた人への連帯を訴えた。路上で励ますような笑顔を向けられたり、見知らぬ人から思いがけない親切を受けたりしたと語るパリのユダヤ人もいた。さらに一歩ふみだして自分も黄色い星をつけることにした非ユダヤ人もいた。そのような人たちは星のマークに「仏教徒」「ズールー教徒」「ゴイ」（イデッシュ語で「非ユダヤ人」の意味）などと書きくわえることも多かった。だがこの一瞬の閃光は、あっというまにふみ消されてしまった。星を着けているのを見つかった人は逮捕され、罰せられた。バスでドランシーに送られたまま二度と帰らない人もいた。

右：1942年7月から、パリに住むすべてのユダヤ人は衣服に黄色いダビデの星のマークをつけることを義務づけられた。

とえば台所当番のときに野菜をひとつ盗んだ罰なら2日間、建物内で煙草を吸ったら1か月間のブタ箱入りだった。

　ナチの強制収容所で広く行なわれていた悪名高い責め苦のひとつに点呼があり、ドランシーにもこれがあった。名簿が読みあげられるあいだ中、どんな天候であっても収容者は何時間も立っていなければならない。看守の機嫌によってはこれがもう一度くりかえされることもあった。点呼に出ることは義務であって、体調が悪くて立てない者はストレッチャーで外に運ばれた。

　だがこれらはすべて食べ物さえあれば耐えられた、とある収容者は語っている。ドランシーでは最初のうちは澄んだスープが小さな椀に2杯とパン150グラム、皮つきの野菜200グラムが支給されていた。だが戦争が続くうちにしだいに量が減り、日常的に餓死者が出るようになった。

　ドランシーの規則のなかでもとくに厳守を求められていたもの

上：急造の簡易設備で洗濯をするドランシーの収容者たち。

のひとつに、ナチ親衛隊のテオドール・ダンネッカー大尉が訪問中に窓の外を見てはならないという規則があった。ダンネッカーは、ユダヤ人絶滅に対する彼の容赦ない姿勢にいたく感銘を受けたアイヒマンがじきじきに、パリにおけるユダヤ人問題の最終的解決を監督するために採用した27歳の男だった。パリ市民にユダヤ人排除の必要性を納得させるのがクルド・リシュカの使命だったのに対し、実際の行動を託されたのがダンネッカーだった。彼はパリのユダヤ人2万8000人を逮捕し移送する計画を「春の風」作戦とよび、これがドイツ帝国支配下のヨーロッパ諸都市における絶滅作戦のモデルとなることを望んでいた。

ダンネッカーの計画にとって1941年8月の大量検挙は第一歩にすぎず、ドランシーの収容能力の少なさが彼をいら立たせているようだった。さらに彼が結婚のためにベルリンに帰っているあいだに、ドイツ軍の手で体調の悪い数百人の収容者が解放されていたことも気に入らなかった。「春の風」作戦を加速する必要がありそうだった。

1942年7月、ユダヤ人の権利にかんする新しい布告が出された。ユダヤ人による主要道路、映画館、図書館、公園、レストラン、カフェへの出入りをいっさい禁止とし、買い物は午後3時から4時のあいだ以外は禁止、という内容だった。その時間帯には

商品がほとんど残っていないことをナチはよく知っていたのだ。さらに6歳以上の子どもも全員衣服にダビデの黄色い星のマークをつけなければならなくなった。そうしておいて、ダンネッカーはふたたび一斉検挙を命じた。今回は前回よりはるかに対象の人数が多く、女性と子どももふくまれていた。

ヴェル・ディヴ大量検挙事件

1942年7月16日午前4時、緑色のパリの市バスと青の警察のヴァンが市内でもっともユダヤ人が多く住むいくつかの地域に向けて進みだした。拘留の対象となるユダヤ人のリストを手に2、3人ずつ組んだヴィシー政府の警官が900チーム出動していた。警察は人民戦線から乱暴者を採用することで人員を補強していた。そして警官たちはユダヤ人を確認したら抵抗、弁解、健康状態などいっさい考慮せずに逮捕するよう厳命されていた。逃亡をはかる者がいれば、バスなどの近くで待機する武装警官が発砲することになっていた。後日ある警官は「少しでも逃亡のきざしがあれば、群衆に向かって発砲するよう命令を受けていた。そのために軽機関銃が用意してあったんだ」と語っている。

警官のチームは玄関のドアをドンドンたたいたり、斧でたたき

下：1942年の一斉検挙のあと冬季自転車競技場（ヴェル・ディヴ）に収容されたユダヤ人たちを撮影した数少ない写真の1枚。

こわしたりした。犠牲者の反応はさまざまだった。携行を許可されている「毛布、セーター、靴1足、シャツ2枚」をかばんにつめて静かに家を出る者もあれば、泣き叫んで警官の足もとに身を投げだし、つれていかないでくれと懇願する者もあった。1940年の検挙時と同じで、リストにある人物が見つからなければ別の人物をかわりにつれていった。突然の不幸に耐えられない者もあった。100人以上が、つれていかれるよりはましだと考えて自殺した。

　逮捕された1万3152人のユダヤ人のうち7500人が冬季自転車競技場（ヴェロドローム・ディヴェール）通称ヴェル・ディヴに収容された。その後収容者は8160人まで増えたが、うち約4000人は子どもだった。残りのユダヤ人はドランシーに収容された。ドランシーはいまや移送を待つユダヤ人の一時的な収容所になっていた。つまりそこで死ぬか、そこから別の強制収容所へ送られるかのどちらかで、長くいる場所ではなくなっていた。7月16日の一斉検挙による逮捕者のうち、879人は7月19日にアウシュヴィッツ行きの家畜トラックに乗せられ、そのうち375人はそのままガス室に送られた。1942年7月19日から11月11日までのあいだに2万9878人のユダヤ人がドランシーから送りだされ、そのほとんどは到着後すぐに殺された。

ダンネッカーの失敗

　ナチは「春の風」作戦を失敗とみなした。ダンネッカーは検挙をとおして2万8000人をパリから移送する用意をしていたが、その半分以下の人数しか逮捕できなかったのだ。多くの対象者が検挙の噂を聞きつけて前夜のうちにパリから逃げ出したものと思われた。アイヒマンはダンネッカーが失敗したと判断し、1942年末に彼をベルリンによびもどした。ただしパリからのユダヤ人移送は1944年まで続いた。以下に引用するのは1942年にダンネッカーがヴィシー政府警察のルネ・ブスケ署長にあてたメモで、検挙数を増やす方法を提案する内容である。

　「最近行なわれたパリ在住の市民権のないユダヤ人の検挙作戦では約8000の成人と約4000の子どもしか確保できなかった。しかしドイツ帝国輸送省は現在4万人のユダヤ人を移送するだけの列車を用意している。現状では子どもの移送は不可能であるので、移送対象のユダヤ人の数はいちじるしく不十分である。したがってさらなる検挙作戦を即座に開始されたい。目標達成のためには、ドイツ、オーストリア、チェコ、ポーランド、ロシア出身で市民権をすでに失っているユダヤ人にくわえ、ベルギーおよびオランダ国籍のユダヤ人を考慮に入れてもよいであろう。しかしそのようなユダヤ人の数は決して十分とはいえないので、フランスとしては1927年以降にフランスに帰化した者、あるいは1919年以降に帰化した者ですら検挙対象にくわえるしかない」（「アドルフ・アイヒマンの公判資料」1961年）

上：ピティヴィエはパリのユダヤ人がアウシュヴィッツなどの死の強制収容所に送られる前に一時的に入れられる収容所だった。小説家イレーヌ・ネミロフスキーもそのひとりだった。

　ヴェル・ディヴの環境は過酷だった。12個あったトイレはすぐにつまり、収容者たちは壁に向かって用を足すしかなかった。屋根と壁に囲まれたスタジアムは風が通らず、すぐに耐えられないほどの熱気と悪臭が充満した。水の供給もとだえ、食糧は赤十字が配る水のようなスープだけで、それすらも全員には行きわたらなかった。

　そのうちスタジアム全体にヒステリー状態が広がった。ある赤十字の看護婦は「横になるだけのスペースがないので人々はお互いの体の上にのって重なりはじめた。子どもも大人も泣き叫んでいた。正気を失ったように見える人もあった。奇妙な衣類の束が観覧席から落ちてくるのも見えた。でも近づいてみれば、それはみずから命を絶った人々だとわかった」と報告している。

　ヴェル・ディヴでの収容は5日間続いた。その間には赤ん坊が生まれたり、女性が流産したり、多くの人が脱水症状で死にかけたりした。2、3日したところで、パリの消防士たちが安全確認のためにヴェル・ディヴに派遣されてきた。何をすべきかわからないままやってきた彼らは、なかに入ってみて驚愕した。多くの収容者が彼らに押しよせ、助けを求めたり、愛する人への手紙を託したりした。こうしてヴェル・ディヴから何百通もの手紙がひ

そかにもち出されたのだ。なかには命令に反してホースを収容者に向けて放水し、つかのまの恵みの水をあたえた消防士もいた。

7月19日から22日のあいだにヴェル・ディヴの収容者たちは列車に乗せられ、パリの南、ピティヴィエとボーヌ・ラ・ロランドの収容所へ移送された。大部分はそこからアウシュヴィッツに送られるのだが、ダンネッカーでさえアイヒマンの許可を受けずに幼い子どもを強制収容所に送ることは躊躇した。だからピティヴィエとボーヌ・ラ・ロランドの大人の収容者を送ってしまうと、あとには子どもだけが残ることになった。子どもたちを母親から引きはなすのはヴィシー政府の看守の仕事であり、看守たちは警防と小銃の台尻を使ってそれをこなした。

7月末、アイヒマンはピティヴィエとボーヌ・ラ・ロランドの子どもを移送するようダンネッカーに指示した。ほとんどはドランシーに送られた。ひと部屋に120人が押しこめられた子どもたちは、数枚の汚いマットレスの上に折りかさなって寝た。食事に出たキャベツスープのせいで全員が下痢を起こしたため、そのマットレスもすぐにべたべたになった。夜には120人の子どもが一斉に目を覚まして泣きだすことも多かった。数日後に子どもたちは強制収容所に送りだされ、次の子どもたちがやってくる。だれも戻ってはこない。

9000人のパリ市民がダンネッカーの「春の風」作戦に協力したといわれる。よくいわれることだが、この残虐非道な犯罪についてフランス社会は長いあいだ適切な対処を避けてきた。1995年、フランス大統領ジャック・シラクはユダヤ人検挙にヴィシー政府が果たした役割を謝罪した。そしてとりこわされたヴェル・ディヴがかつてあった場所から数メートル離れたところに壁を築き、8160人の犠牲者にささげる銘板を掲げたのである。

抵抗

大っぴらにドイツ人に協力した人々にとっても、占領下の生活は容易ではなかった。1940年から41年にかけての冬は食糧不足が深刻だった。ナチは自分たちの食糧を確保するため、フランス人への配給を1日あたり1300カロリーまで減らした。配給券が配られ

> 配給券は配られても食べ物が手に入る保証はなかった。店にも品物がなかったのだ。

ても、食べ物が手に入る保証はなかった。店に品物がないことも多かったのだ。冬をのりきるために鳩やウサギを育てはじめる住民もいた。まもなく食品以外の日用品も思い出のなかだけのぜい

占領下における助言

　ジャン・テクシエが書いた『占領下における助言』はナチに対する消極的な抵抗をするための33の助言を記した小冊子で、パリ中の郵便受けに押しこまれていた。内容は決して声高でも暴力的でもなかったが、このパンフレットは暗闇のなかにひとすじの光をもたらしたようだ。

- 彼らは侵略者だ。ていねいな態度をとること、でも友だちにはならないこと。あわてて親切にしないこと。彼らは結局お返しなんかしてくれない。
- ドイツ語で話しかけられたら、わからないと身ぶりで知らせて相手の出方を見よう。フランス語で話しかけてきても、彼のフランス語を理解する義務はない。
- 彼らはあなたたちの面目を傷つけるために行進するのだ。そっちは見ないで店のショーウインドウを見よう。
- ドイツ人が火を貸してほしいと言ってきたら、煙草を差しだそう。相手が仇敵であっても、火を貸すのを断わった人間は歴史上ひとりもいない。
- 優雅な無関心を示すこと。だが怒りは大切にとっておくこと。いつかそれが必要になるからだ。思い違いをしないこと。彼らは旅行者ではないのだ。

（ジャン・テクシエ『占領下における助言』）

たく品と化し、革が姿を消して靴底は木材で作られた。

　時とともにドイツ軍占領下のパリに平等はないことがわかってきた。パリの町もその市民もドイツ帝国にとっては利用しつくし、用がすんだらすてる資源にすぎなかった。ユダヤ人でなくてもパリ市民が二流市民の地位にあることは明らかだった。ジャック・ボンセルジャンという若いフランス人技師が夜遅くにドイツ軍の兵士とけんかをしたときのことだが、ボンセルジャンはクリスマスイヴの日にモン・ヴァレリアン要塞で銃殺されてしまった。これをきっかけに多くのパリ市民がドイツ帝国に対する抵抗をはじめた。女性たちは禁止されたにもかかわらず、ボンセルジャンの処刑を知らせる張り紙の下に花束を置いた。それがとりのぞかれれば、さらに多くの花が飾られた。

　1941年にヒトラーがソ連に宣戦布告すると、より直接的な行動が行なわれるようになった。この宣戦布告により、ヒトラーは親ソ連派だったフランスの多くの共産主義者を敵にまわしたのだ。多くの若い共産主義者たちは社会主義国家の誕生を熱烈に信じており、その実現のためなら暴力もいとわなかった。そのような若き共産主義者のひとりだったピエール・フェリクス・ジョルジュは、地下鉄のバルベス・ロシュシュアール駅で列車を待っていたナチの将校アルフォンス・モーザーを背後から射殺した。駅

にいた群衆はジョルジュのまわりに人垣をつくって守り、逃走を助けた。抵抗運動がはじまったのだ。

レジスタンスの小グループがパリのあちこちで活動をはじめていたが、その多くはロンドンのシャルル・ド・ゴールおよび彼が率いる自由フランス政府と連携していた。ド・ゴール派のレジスタンスグループのひとつ「人類博物館グループ」は、パリ市民が占領軍に対して全般的に無関心で臆病なことに危機感をいだいていた。1942年、彼らは有名な「レジスタンス」紙を発刊し、侵略者に対し立ちむかうよう市民によびかけた。ジャーナリストのジャン・テクシエによる小冊子「占領下における助言」などのように上手な抵抗の方法を指南する出版物もあった。しかしヴィシー政府は1942年に「人類博物館グループ」に対する潜入捜査を行ない、メンバーは処刑された。ドイツ帝国とその協力者が警戒の目を光らせるなかでの抵抗活動はまさに命がけの仕事だった。

1943年、大戦の形勢がヒトラー不利にかたむきはじめると占領軍に対するレジスタンス活動が活発になった。フランス義勇遊撃隊（FTP）などの共産主義グループはドイツ人およびヴィシー政府に対する一連の暗殺や妨害活動をはじめた。ソ連との戦争に敗れたヒトラーは共産主義者を目の仇にして、パリの共産主義者にも迅速で容赦ない報復をはじめた。第2次大戦中に処刑されたパリのレジスタンス闘士は1万1000人にのぼるが、その多くはモン＝ヴァレリアン要塞で処刑された。それにくわえて5000人が絶滅収容所に送られている。

連合国軍によるフランス進攻の可能性が高まるにつれ、多くの対独協力者が連合国側にねがえった。いみ嫌われていたヴィシー政府の準軍事組織で、パリのレジスタンスと戦ったりユダヤ人の移送に協力したりしていたフランス民兵団のメンバーのなかにもねがえる者が出てきた。もっとも移送自体はパリが解放されるまで続くのだが。いまやドイツ軍のありったけの兵力が最前線に配置されているので、3万人を擁する民兵団はパリの治安維持を一手に引きうけていた。青い上着を着てベレー帽をかぶった彼らは、ゲシュタポよりはましなファシストという評価を受けていた。しかし1944年には彼らの命運もつきる。パリの解放がはじまったのである。

パリ解放戦

ナチに対する反乱の先陣をきったのは、警察官による1944年8月のストライキだった。戦後の自分たちの立場を守るために多くの警官が参加したのだから皮肉なものである。しかし警官以外

戦争と平和　221

上：先頭を歩いているジョゼフ・ダルナンはヴィシー政府の対独協力者のリーダーのひとりで、民兵団を組織し、のちにナチ親衛隊の将校となった。1945年に処刑された。

の労働者もそれにくわわり、まもなく路上での乱闘がはじまった。パリの古くからの伝統にのっとり、左翼が支配的なベルヴィル、メニルモンタン、サン・マルセルなどの地区では道路の敷石がはがされ、バリケードが築かれた。自然発生的なパリ市民による蜂起がはじまったのだ。

　ディートリヒ・フォン・コルティッツ将軍が指揮するドイツ軍は戦車と装甲車を市内の重要拠点に配置した。コルティッツは直接ヒトラーと連絡しあっていた。ヒトラーはその狂気の度を深め、どんな犠牲をはらってもパリを守り抜けと命令していた。同時に、もしそれが不可能ならパリを破壊しろとも。この命令を遂行するため、コルティッツは海軍の魚雷と高性能爆薬を満載した破壊用トラックを、パリのもっとも貴重な建築物につっこませるべく準備をしていた。ヒトラーはさらに史上最大の自走式大砲であるカール・ゲラート（カール自走臼砲）の投入も提案していた。カール・ゲラートは第1次大戦時のパリ砲の伝統を引きつぐもので、2.5トンの砲弾を9.5キロの距離まで飛ばすことができる。ワルシャワ攻略では実際に使用され、1発で建物ひとつをまるごと吹きとばす能力があった。だが幸いなことに、パリで発射される

ことはなかった。

　ドイツ軍がパリの支配権を回復することはできなかった。コルティッツの手もとにある兵力は、市民の蜂起を鎮圧するには絶望的に不足していた。駐屯軍の1万6000という数はレジスタンス側の人数とほぼ同じだったが、武器と弾薬が必要量の4分の1しかなかった。いまやパリ市民は占領軍に対するやみくもな憎しみに駆られており、彼らに対する暴力行為は伝染性をおびて広がっていった。なにげないようすで歩道を歩いている市民が、少人数で歩いているドイツ人グループが背中を向けたとたんに拳銃を取りだして一気にかたづけることもあった。ドイツ軍の車の下に火炎瓶を投げこむ者もいれば、バルコニーからそれを見て声援をおくる者もいた。

　やがてレジスタンスの闘士たちがバリケードで囲んで要塞化したシテ島のいくつかの建物から、三色旗がぶら下げられた。その間に、連合国軍のノルマンディ上陸の報を聞いたシャルル・ド・ゴールはパリに向かって急行していた。ド・ゴールは、ナチが撤退したあとのパリに共産主義者がコミューンを設立することをおそれていた。たしかにそれは共産主義者がめざしていたことだった。ド・ゴールは連合国ヨーロッパ遠征軍最高司令官だったアメリカの将軍ドワイト・D・アイゼンハワーに、自分にフランス機

下：1944年8月19日にレジスタンスのメンバーがパリに残っていたドイツ軍兵士を攻撃し、パリ解放戦がはじまった。この戦闘で1000人近いレジスタンスの闘士が命を落とした。

戦争と平和　223

左：レジスタンスのリーダー、ジョルジュ・ビドー（左）とともに解放後のパリを行進するシャルル・ド・ゴール。その後ビドーは2度首相に選ばれるが、ド・ゴールのアルジェリア政策に反対したため亡命を余儀なくされた。

甲師団をあたえてパリを解放させてくれるよう説得していた。アイゼンハワーはそれに同意し、第4アメリカ師団をその任務の援助につけた。

　一方のドイツ軍はペタンらヴィシー政府の要人をふくむ主要な協力者をともない、さらに運べるだけの最後の戦利品をもってパリからの脱出にかかった。パリ陥落にさいし、ヒトラーはすべての建築物を破壊せよとの命令をくりかえした。「完全ながれきの山にしないかぎり、パリを敵の手にわたしてはならない」と彼は命じた。伝えられるところでは、ヒトラーは破壊が完了したかどうか確認するためコルティッツに直接電話して「パリは燃えているか？」と叫んだそうである。また一説によればヒトラーが「パリは燃えているか？」とたずねたのは国防軍最高司令部作戦部長のアルフレート・ヨードルだったということだ。のちにコルティッツは、ヒトラーが正気を失っていることは明らかだったので、その命令には従わなかった」と語っている。伝説では、コルティッツは命令を実行するかわりにホテル・ムーリスで昼食を終えて

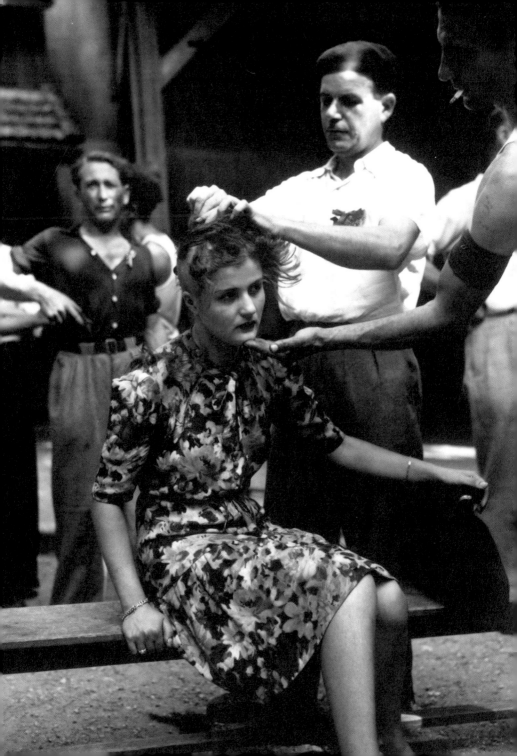

から、外に出て降伏したということである。

　8月25日、ジャック＝フィリップ・ルクレール将軍率いるフランス軍が南からパリに入った。アメリカ軍でなくフランス軍の手でパリを解放することはド・ゴールにとって大きな政治的意味があった。彼はパリの救世主として、そしてフランス共和国暫定政府のリーダーとしてパリに入ることになる。共産主義コミューンはできないだろう。ともあれ、パリはふたたびフランス人の手にもどったのである。

報復の嵐

　ナチ協力者に対する報復はパリ解放直後からはじまった。「残酷な報復」として知られる復讐行為は、1790年代の恐怖政治以後は絶えてみられなかった狂気をおびた残酷さでもって、ナチ協力者の疑いをかけられた人々に対する処刑、公衆の面前で恥辱をあたえる行為、あるいは暴力的行為として現れた。まず標的となったのはスパイ、警察への密告者、民兵団のメンバー、そしていわゆる「性的協力者」つまりナチ党員と性的関係をもった女性たちだった。

　パリ市民のグループは性的協力者の女性を捕えると衣服をはいで乱暴し、頭髪を剃りあげた。暴徒がその女性の肌にかぎ十字を書いたりその焼印を押したりすることもあった。頭髪を燃やされてタールと鳥の羽をべたべたつけられる女性もあれば、もっと別の方法でなぶり者にされる女性もあった。占領中ナチとともに上流生活をしていたアルレッティという有名な性的協力者のひとりは、路上をひきずりまわされ、両乳房を切られたということだ。協力者として罰せられた女性は2万人にものぼるが、一説によればほんとうに協力者だった女性はそのうち半分もいなかった。

　髪を剃られた性的協力者の女性は頭部を隠すためにターバンをつけるようになったが、それ自体が協力者であるしるしともなっていた。ラーフェンスブリュックなどの強制収容所から生還した女性たちもシラミ駆除のために髪を剃られ、ターバンを着けるようになったのはなんとも不愉快な偶然だった。もうひとつ意外だったのは、ナチ将校向けの娼館で働いていた売春婦たちは、自分の仕事をしただけだという理屈で髪を剃られなかったことだ。

　「残酷な報復」が路上の暴徒による非公認の暴力行為だったのに対し、法にもとづいた対独協力者の粛清は法廷で行なわれた。フィリップ・ペタンは1945年の裁判で国家反逆罪に問われ、死刑を宣告されたが、のちに終身刑に減刑された。多くの場合、こうした公判を待つ協力者たちはドランシーやヴェル・ディヴに収

左ページ：**性的な対独協力者、つまりドイツ人と性的関係をもったフランス女性たちに公衆の面前で恥辱をあたえている場面。衣服をはぎとったり、焼印を押したり、タールを塗って羽根をつけられたりすることもあった。**

上：ヴィシー政府主席でかつては戦争の英雄だったフィリップ・ペタンはナチに協力した罪で死刑を宣告された。しかし彼は1951年に獄中で死亡した。

容されていた。1944年から1945年のあいだに30万件の対独協力者裁判が行なわれ、6763人が国家反逆罪または類似の罪で死刑を宣告されたが、実際に処刑されたのは791人だけだった。それに対し「残酷な報復」で殺された人数は1万人ぐらいあったと考えられている。

非公式に殺された人々の死体の多くはセーヌ川に投げこまれたが、しだいに浮き上がって川岸に集まってきた。それはパリの最初の主パリシイ族のいけにえの死体がそうだったのと同じだった。死体の多くは両手を後ろ手にしばって石灰岩が結びつけてあったが、その多くは死体を沈めておくには重さが足りなかったらしい。この処刑のやり方は、最初に武器をとって占領軍に立ちむかった共産主義グループ、フランス義勇遊撃隊（FTP）のしるしとしておそれられていた。FTPは占領中ナチの病院として使われていた「ジョージ・イーストマン歯科診療所」の地下で、対独協力者の秘密裁判を独自に開いていたのだ。ほかにも街角や駐車中のトラックの陰で私的な人民裁判が開かれていた。

この報復と粛清の嵐のなかでいったいどれほどの無実の人が殺されたか、知るすべはない。だれが噂のせいで、他人の悪意のせいで、あるいはたんなるうさ晴らしのために殺されるのかも知りようがない。私的制裁のレベルでは、処刑された人の裁判に対独協力の法的な定義が適用されるはずもなかった。パリは偏執的な熱に浮かされていた。リストがいくつも作成され、ロベスピエールの恐怖政治のときと同じで、自分の家のドアがいつたたかれるかとだれもがおびえていた。まだ占領下で暮らしているかのように感じる人も少なくなかった。

パリのもっとも深い闇

　いくら報復しても、結局パリの住民はこれで終わったという区切りを感じることはできなかった。パリ市民の名のもとに行なった数々の残虐行為に嫌気がさすばかりで、不当に命を奪われた犠牲者に対する罪の意識ばかりが残った。パリ市民の協力者にせよナチにせよ、あきらかに有罪だと思われる人々が罰せられることなくパリを去ったことに怒りをおぼえる市民もあった。そのうち新聞にアウシュヴィッツなどの強制収容所で行なわれたおそるべき残虐行為の記事や写真が掲載されるようになると、パリ市民は何万人ものパリのユダヤ人が一斉に検挙され、死に向かって送り出されたことについて、自分も共犯だったこと、何もしなかったこと、無関心だったことに思いいたり、深く考えこむことになった。大戦の前、パリには広く激しい外国人嫌悪と反ユダヤ主義があった。報復の大虐殺が終わってみれば、パリ市民はその思想をもっとも極端な形で支持した集団の協力者を処刑したことになる。パリはこのとき、おそらくそれまででもっとも深い闇に包まれていた。そしてその闇を、パリはあまりにも簡単に忘れてしまったのではないだろうか。

第8章

現代のパリ

　第２次世界大戦後のフランスは植民地帝国時代の過去がもたらした新しいタイプの暴力に悩まされることになる。植民地の独立への動きが、首都パリの路上闘争につながったのだ。２１世紀にはイスラム過激派の暴力行為が遠く離れた異国の地の出来事としてだけでなく、パリ内部の困難な問題をかかえた地区からも起こっている。

　現代に目を向ければ、「呪われたパリの歴史」はおそらく1958年の５月危機、すなわちアルジェリアの首都アルジェでフランス軍の将軍たちが起こしたクーデターからはじまったといっていい。軍部と一部の政治家は、４年におよぶアルジェリア独立戦争において彼らが行なってきた反乱軍鎮圧に、本国が党利党略から介入していると感じていた。そこでアルジェリアをフランス領にとどめておきたい将軍たちは、アルジェリア駐屯軍の空挺部隊に、コルシカ島を攻略したのちパリ降下作戦を開始するよう命じた。一方パリでは、ド・ゴールの復帰を望む「復活作戦」グループが政府の実権をにぎり、ド・ゴールに復帰を求めた。５月24日にはコルシカが血を流すことなくクーデター側の手に落ち、その報に接した国民議会は急ぎ票決してド・ゴールの復帰を決めた。第２次世界大戦の偉大なヒーローが、今度はアルジェリア問題を完全に解決することを期待されていた。

　アルジェリア独立戦争は1954年、フランスの各植民地で独立運動が進行するなかで起こった。脱植民地化のプロセスは楽しいものではなかった。激しい闘争をへて、フランスはインドシナ、モロッコ、チュニジアの植民地を失う。しかしアルジェリアは簡単には手放さなかった。フランスは第２次世界大戦末期、アルジェリアに自治権の拡大を認める約束をしていた。しかしそれが実現されなかったため、アルジェリアの民族解放戦線（FLN）はゲリラ戦を開始する。アルジェリアの独立をめざす武装組織であ

左ページ：2015年のテロリストの襲撃のあと、赤・白・青の３色の灯りに照らされるエッフェル塔。タワーブリッジやエンパイアステートビルなど、世界中のいくつもの建築物が同じ色を灯した。

上：アルジェリア独立戦争に対する政府が関与に抗議して、配達用トラックをひっくり返す退役軍人と学生たち。

るFLNは「イスラムの国アルジェリア」樹立を望んでおり、フランス本国に戦争をもたらすと公言していた。したがって市街戦を主とする独立戦争はアルジェの路上だけでなく、パリの路上でもFLNのテロという形で行なわれたのだ。

　すでに1954年時点で、パリ警察とアルジェリア人との関係は緊張をはらんでいた。戦後の労働力不足を補うため、1947年から1953年のあいだに何万人ものアルジェリア人移民がパリに入っていたが、アラブ人のナショナリズムが広がることをおそれるパリ市民も多かった。1950年代初頭には北アフリカのアラブ人の連帯を訴える路上デモが暴力にまで発展することが何度かあった。1953年には、そのようなデモの最中にアルジェリア人グループが射殺される事件もあった。

　パリ警視総監モーリス・パポン（のちにナチ占領下でユダヤ人の強制収容所移送に関与した罪で投獄される人物）は国家警察内に暴徒制圧部（BAV：Brigade des Agression et Violence）を作った。このグループでは人種差別主義と暴力が奨励されており、メンバーは「例のやつ」とだけよぶ強化警棒を装備していた。これで殴れば致命傷をあたえられる強力な武器である。BAVは同じくおそれ嫌われていた共和国保安機動隊（CRS）と行動をとも

紛糾するアルジェリア問題を解決するため、意気揚々と復帰したド・ゴール。その仕事を達成するため、ド・ゴール大統領は君主に近い権力をみずからにあたえた。

にすることが多かった。

暴力行為は警官隊とアルジェリア人活動家とのあいだだけでなく、郊外のとくに警官もほとんど近よらない18区のグット・ドール地区あたりに住むアルジェリア系のさまざまなグループ間でも起こっていた。1950年代にはパリ路上の戦闘で60人の警官が死亡、数百人が負傷している。

67歳のシャルル・ド・ゴールが1958年に大統領に復帰したときの状態はこのようなものだった。しかしアルジェ駐屯の将軍たちがアルジェリア民族解放戦線（FLN）に対する武力鎮圧にゴーサインが出ることを望んでいたのだとしたら、その期待ははずれた。ド・ゴールは結局アルジェリアの自治を推進するのだから。

パリにおける新たな蜂起

ド・ゴールが復帰した年にはアルジェリア民族解放戦線（FLN）のパリにおける暴力行為が激化した。これはアルジェリアにおける戦闘の激化に呼応したものだ。ド・ゴールは首都アルジェに飛び「諸君の言うことはよくわかった」とあいまいな宣言をしたものの、フランス側の敵対行為が止むこともなかった。

君主の憲法

ド・ゴールは1946年に劇的な仰々しさでフランスのリーダーの座を去り、国家を第四共和制の手にゆだねた。だがその基盤は不安定で、ド・ゴールが復帰するまでに26の政府が成立しては辞職していった。ド・ゴールは復帰の条件として6か月間の非常大権と大統領に君主なみの権限をあたえる新憲法の制定を要求した。新憲法のもとでは大統領は国民議会の解散権をもち、国民投票によって直接国民に訴えることができ、全権を掌握することができる。あるジャーナリストがド・ゴールは市民の自由を侵害する権力をもっていると非難したとき、彼は腹立たしげにこう言い返した。

「わたしがいままでにそうしたことがあるか？　まったく逆だ。わたしは国民の自由がなくなったときに、それを回復したのだ。わたしが67歳にもなって独裁者への道をふみだすと本気で考える人間がいるのかね？」

ド・ゴールに遠慮なく反対意見を告げる好敵手でアルジェリア戦争に批判的だった哲学者ジャン＝ポール・サルトルは、それに対してこう発言した。

「67歳で独裁政治を押しつけることなど考えてもいないとド・ゴールが本気で言っているなら、簡単な選択肢が残っている。権力をすてること。そうでなければ独裁者になるしかない。なぜなら結果を決めるのは状況だからだ。…状況がどうであれ、彼自身の偉大さのなかに閉じこめられた彼の孤独は、彼が共和国の指導者となることをさまたげる。あるいは結局同じことだが、彼がリーダーとなる国が共和国でありつづけることをさまたげるのだ」

上：1958年の抗議行動で警官隊の暴行を受けるデモ参加者。この時代のデモの参加者たちは、警官の手で重傷を負わされたり殺されたりする危険があった。

　一方1958年のパリでは7000人の警官たちがデモをしていた。警官たちは、アルジェリア人の抵抗を抑えるだけの力があたえられていないと感じていたからだ。極右の国会議員ジャン＝マリー・ル・ペンに扇動された2000人のデモ隊は「フェラガ（アルジェリア独立派のパルチザン）に死を！　セーヌにぶちこめ！」と叫びながら国会議事堂まで行進した。2か月後、FLNの爆弾攻撃で4人の警官が死亡した。その報復として警視総監のモーリス・パポンはアルジェリア人5000人の逮捕を命じ、逮捕者をヴィシー政府がかつてユダヤ人収容に用いたヴェル・ディヴなどの施設に拘留した。

　1961年の8月から10月のあいだにFLNが11人のフランス人警官を殺害したため、パポンは「イスラム教徒のアルジェリア人労働者」「イスラム教徒のフランス人」「アルジェリアのイスラム教徒のフランス人」のすべてに、午後8時半から翌朝5時半までの夜間外出禁止令を出した。この命令は茶番めいたしろものだった。パリに住む15万人のアルジェリア人はフランス市民と認められており、フランス人の身分証をもっていたからだ。FLNはパリに住むすべてのアルジェリア人に抗議の行進に参加するよう

現代のパリ　235

よびかけた。1961年10月17日、3万人から4万人のアルジェリア人の男性、女性、子どもたちが武器をもつことなく国会議事堂に向かって行進した。その参加者に対して警官がふるった暴力はほかのパリ市民を震撼させるものだった。パポンは1万人の警官を動員してパリに出入りするすべての道をデモのあいだ封鎖し、参加者1万1000人を逮捕した。逮捕された参加者はいくつかの収容施設に送られ、殴られ、医療も食糧もあたえられずに数日のあいだ拘留されていた。拘留者のなかにはアルジェリア人との連帯を示すためにデモに参加したモロッコ人とチュニジア人もふくまれていた。

　一方5000人ほどのデモ参加者はヌイイー橋で武装した警官隊に足止めされていた。警官隊はこの参加者の群れに発砲し、強化警棒をふり上げて突入した。抗議が暴動化すると警官たちは参加者をセーヌ川に投げこみはじめ、大勢を溺死させた。

　暴動がおさまるとパポンは警官隊の行動の隠ぺいにかかり、抗争中に警官が殺したアルジェリア人はふたりだけだったことにしてしまった。彼は後日、ほかの死者はすべてアルジェリア人の手によるものだと法廷で証言したのである。1998年、政府のある委員会は48人のアルジェリア人が警官によって殺害されたと調査結果を報告したが、死亡者を200人とする報告もある。いずれにせよ、パリ市民は多くの水死者が出たことを知った。いわゆる「パリの戦闘」のあと数週間は、膨張した死体がセーヌ川の水面に浮かびあがり、岸へと打ちよせられたのである。

　暴力はさらに続く。1962年2月にはアルジェリアをフランスにとどめておこうとする極右の準軍事組織「秘密軍事組織（OAS）」に反対するFLNのデモに参加していた9人が、またしてもFLNのデモ隊に突入した警官隊によって殺害された。デモ隊と警官隊のもみあいは何千人もの参加者が逃げこんだ地下鉄シャロンヌ駅の構内で起きたものだった。そして同じ1962年、アルジェリア戦争は終結した。アルジェリアはド・ゴールによって独立を認められたのである。

左ページ：1962年、地下鉄シャロンヌ駅で殺された9人の葬儀にやってきた何千人もの人々。警官隊がデモ隊に突進してもみあいになった結果だった。

> その後の数週間は、膨張した死体がセーヌ川の水面に浮かびあがった。

移民の流入
　1962年のエヴィアン協定はアルジェリアの独立を承認し、フランスのすべての植民地の脱植民地化につながるものだった。新しい本国帰還法のもと、経済の急成長により不足してきた労働力

ド・ゴール暗殺計画

秘密軍事組織（OAS）は1954年から1962年にかけて行なった一連のテロで約2000人の死者を出した。その標的になった有名人には民族解放戦線（FLN）の支援者ジャン＝ポール・サルトルやシャルル・ド・ゴールもいた。ド・ゴールの暗殺をはかった犯人のなかでもっとも有名なのは元空軍中佐のジャン・バスティアン＝ティリーである。1962年8月22日、バスティアン＝ティリーと数人の仲間がパリ郊外のプティ・クラマール付近を走行中のド・ゴールの車に機関銃の弾丸を撃ちこんだ。だがド・ゴールも彼の妻もトランクに入れてあったひな鶏も奇跡的にぶじだった。シトロエンDSの車体を14発の弾丸がつらぬき、2本のタイヤも撃たれていたが、それでも急いで走らせて逃げることができた。バスティアン＝ティリーはフランスで銃殺刑に処せられた最後の死刑囚となったが、彼は裁判で暗殺の失敗はテロリストたちの「腕前が悪かった」せいだと述べた。襲撃現場付近の歩道には200発以上の使用ずみの薬きょうが見つかっていた。このエピソードはのちに、1971年に発表されたフレデリック・フォーサイスの小説『ジャッカルの日』に使われることになる。

上：極右の秘密軍事組織（OAS）に抗議してデモ行進する人々。OASはド・ゴール暗殺もくわだてた。

を補うために多くの移民がフランスに流入してきた。

第2次世界大戦後はイタリア人、ドイツ人、ロシア人、ポルトガル人など移民全般のパリへの流入が増えていたが、それにインドシナ、チュニジア、モロッコ、西アフリカ、北アフリカなど旧植民地の出身者が続いた。20世紀末までにパリの人口の13パーセントを外国人が占めるようになり、多くの地区がそれぞれの出身国の文化を反映するようになった。13区はベトナム人、カンボジア人が多いチャイナタウンとして知られ、トルコ人は9区、ユダヤ人は3区と4区にまたがるマレー地区、北アフリカ出身者は18、19、20区とそこから外縁に広がる郊外に多く居を定めている。何百ものモスクも建てられている。

しかし住宅の供給は十分ではない。1950年代までの25年間、パリでは新しい住宅が建設されていなかった。パリのアパートの

革命的な落書き

5月の抗議行動のあいだ、学生たちはパリのあちこちに革命的なスローガンを落書きした。過去の革命のスローガンを借用したものもあったが、テレビニュースのおかげで以前よりはるかに多くの人々の目にふれた。何百ものスローガンは社会に対する広範な不満を示していたが、変化をめざす強い目的意識を示すまでにはいたっていない。学生たちはむしろ1870年のパリ・コミューンと同様に、社会を根底からくつがえす革命を望んでいたようだ。そしてそれこそド・ゴールがおそれたことだった。スローガンの例をいくつかあげておく。

下：1968年の落書き。「現実的になれ。不可能を要求しろ！」と書いてある。

- 現実的になれ。不可能を要求しろ！
- 道路の敷石の下は――砂浜だ！
- 国民議会がブルジョワの劇場になるなら、ブルジョワの劇場は国民議会になるべきだ。
- すべての権力は腐敗する。絶対的な権力は絶対に腐敗する。
- 教授諸君、あなたたちはあなたたちの文化と同じくらい老いぼれだ。あなたたちのモダニズムとは警察の近代化だ。
- バリケードは道路を封鎖するが、進むべき道を開く。
- 最後の資本家が最後の官僚の腸で絞首刑になるまで、人類は幸福になれないだろう。
- 俺はグルーチョ・マルクシストだ。
- 礼拝堂の影のなかで、どうやって自由な思考ができる？

80パーセントには浴室がなく、55％にはトイレがなかった。多くの移民はビドンヴィルとよばれるスラム街の段ボールやベニヤ板や波板トタンの家に住むしかなかった。政府は対応策として、郊外に大型の低所得者向け住宅を建設する計画をたてた。そのような住宅は大きな市場から遠くて交通の便も悪く、店舗や娯楽設備もほとんどない場所に建てられており、すぐに北アフリカからの移民専用のようになった。

1960年代の移民の増加にくわえ1950年代の移民のベビーブームもかさなって、郊外は成長ブームにわいた。しかし1970年代に入

上：1950年代のビドンヴィルとよばれるスラム街の誕生は、政府による郊外の低所得者向け住宅の建設計画に直結した。

ると急に景気が悪くなった。パリの脱工業化がすすみ、失業者が増えたのだ。その頃から郊外での住宅建設計画は移民とその子弟をとらえて離さない「貧困のわな」として批判の対象となった。1980年代には郊外に入居した北アフリカ出身の移民の2世が成人に達した。警察による人種差別や貧困と絶望の果てしない連鎖に怒りをおぼえる郊外の住人たちは、自動車を燃やしたり、警官を襲撃したりと、自分たちの居住エリアにさまざまな社会問題を起こしはじめた。世紀末に向けて事態はますます悪化していく。

1968年5月

　1960年代に多くの移民をパリに招きよせた「栄光の30年」とよばれる30年間の好景気により、パリには新しくパリ大学ナンテール校も誕生した。しかし「モデル大学」のレッテルにもかかわらず、実際のナンテール校のキャンパスは郊外に作られた生気のない暗い場所だった。パリの中心部から遠いため、おもに中流の白人からなる学生が通学するには不便だった。さらに定員が多すぎ、時代遅れの保守的な伝統にしたがった運営がなされている

上：1968年5月、パリの路上闘争で警官と交戦する学生たち。衛星放送のおかげで抗議行動の映像が瞬時に世界中にとどくようになっていた。

という問題もあった。

1968年3月22日、学生たちはこうした問題すべてに抗議して突然ナンテールの大学本部を占拠した。1789年、1848年、そして1870年の革命精神をよびさまされた彼らは、教育制度の全面的な改革を要求していた。大学当局はそれに対し大学の閉鎖でこたえた。パリのカルティエ・ラタンにあるソルボンヌの学生はこの行動にひそむ革命の臭いをかぎつけ、ナンテール校閉鎖に抗議するデモを計画した。5月3日に実施されたこのデモは完全武装の警官隊に迎えられた。ソルボンヌの建物に向かって行進していた20万人以上の学生の列に、警棒をふりあげた共和国保安機動隊（CRS）が襲いかかった。急遽バリケードが作られて乱闘が開始されが、警官隊がソルボンヌのキャンパスを占拠することでこの戦闘は終わった。

700年の歴史をふりかえっても大学が閉鎖されたのはこれが2回目で、1回目はナチ占領下のことだった。大統領復帰10年目を迎えていたド・ゴールにとって、これは象徴的な意味で打撃だ

った。さらに悪いことに、抗議行動は拡大し、より暴力的になり、ついには政府を転覆するおそれまで出てきた。しかも全世界のメディアがそれを見守っている。衛星放送によってデモの映像を瞬時に世界中に伝えることが可能になっていた——同じ1968年にワルシャワやローマやロンドンやアメリカで起きた学生による同種の抗議行動のときもそうだった。

5月10日にも大きな動きがあった。大勢の群衆がセーヌ左岸に集まっていた。CRSがデモの進路をふさいだことで、デモは暴動となった。いつものように敷石がはがされ、バリケードが作られる。機動隊に向かって火炎瓶が投げられる。自動車がひっくり返されて燃やされる。店のショーウインドウが割られ、バスのタイヤが裂かれ、車体はひっくり返される。破壊行為が続くなか、ヘルメットをかぶった赤十字の救護メンバーが催涙ガスの煙幕をくぐって何百人もの負傷者に応急手当をしてまわっていた。血まみれの学生の映像や、敷石を武器に立ち向かうデモ参加者に警棒をふるう警官の映像が放送されて、世界中の視聴者に衝撃をあたえた。

デモ参加者が何百人も逮捕収監されたのをうけ、5月13日に

下：1968年、労働総同盟（CGT）のメンバーがストライキに突入した。これはフランス史上最大のゼネラルストライキに発展する。

上：ド・ゴール支援のため三色旗をふりながらシャンゼリゼ大通りを行進する反革命行動の参加者。ド・ゴールはこのあと行なわれる総選挙で圧勝する。

はその解放を訴えるデモが行なわれた。政府は逮捕者を釈放しソルボンヌの再開を発表することで、デモ隊側を懐柔しようとした。しかし抗議行動を止めることはできず、さらに労働者も抗議行動に参加してきた。5月20日には1000万人以上のフランス人労働者がストライキに突入したが、これはフランスの全労働者の3分の2に相当する数である。労働者の要求には賃上げ、労働条件の改善にくわえド・ゴール大統領の退任もあった。これに対しド・ゴールは、フランスは内戦の危機にあり「まひ状態におちいる寸前である」との警告を発した。その間にもデモ隊はパリ証券取引所を襲撃して火を放った。数時間して火事が消しとめられたあと、ド・ゴールがフランスを出てドイツへ向かったことが判明した。

　ド・ゴールは最後の頼みの綱は軍隊であることを承知していた。彼はライン川に向かい、そこに駐屯していたフランス軍の指揮官たちに支援を要請したのである。支援の確約を得たド・ゴールは、ラジオを通じて国民議会を解散し6月23日に総選挙を行なうと発表した。そして労働組合側に、ストライキを中止して仕事にもどらなければ非常事態宣言を出すと伝えた。まもなくデモ隊側に、軍の戦車がパリに向かって移動しているという噂がとどいた。

さよなら、60年代

　パリに革命が起きる最後の望みが総選挙でのド・ゴールの圧勝によって消えたように、1960年代の反体制文化はそれを支えたジャニス・ジョプリン、ジミ・ヘンドリクス、ジム・モリソンなどアメリカのポップ歌手の死によって終わった。ジム・モリソンは亡くなる前しばらくパリに住んでいた。そこで彼はロックスターの看板をおろし、詩人としてスタートしようとしていた。彼が1971年7月3日、ボーレイ通りのアパルトマンのバスタブで、おそらくヘロインの過剰摂取によって亡くなったことはよく知られている。解剖が行なわれなかったので、死因について確かなことはわからない。3年後には、ジムの死亡時に同じアパルトマンにいた唯一の人物で彼のパートナーだったパメラ・カーソンも過剰摂取で死亡した。ジム・モリソンはペール・ラシェーズ墓地に葬られており、いまも彼の墓はパリでもっとも多くの観光客が訪れる名所のひとつである。

右：ペール・ラシェーズ墓地にあるジム・モリソンの墓は手入れがゆきとどき、訪れる人も多い。

　結局80万人の市民がド・ゴール支持を表明し、三色旗をふりながらシャンゼリゼ大通りを行進する反革命行動をしたことによってド・ゴールは救われた。1968年5月の騒乱は革命にいたらなかったのだ。労働者は職場に、学生は大学にもどった。6月23日の総選挙で、ド・ゴールはフランス選挙史に輝く大差をつけて勝利した。しかし、彼が歓呼の声に包まれるのはこれが最後となった。この翌年、ド・ゴールは死去したのである。

新たなテロ

　1980年代になると、1982年のユダヤ料理店ゴールドバーグへの手りゅう弾による爆破テロ、1983年のパリ＝マルセイユ間の列車爆破テロなど、パリにおけるイスラム系テロリストによる新たな活動がはじまる。1986年にはシャンゼリゼのショッピングセンター、市庁舎、ルノー自動車の本社ビルなどでさらに数件の

爆破テロがあり、そのうちタチデパートの爆破では7人の死者が出た。

　1995年になるとテロ攻撃はさらに激化する。7月25日には地下鉄サン・ミシェル駅が爆破され、死者8人と負傷者80人が、10月6日には地下鉄メゾン・ブランシュ駅でガスボンベ爆弾が破裂して負傷者13人が出た。さらに1996年12月のポール・ロワイヤル駅における爆破テロでは4人の死者が出た。これらのテロを行なったのはアルジェリアのイスラム過激派「武装イスラム集団（GIA）」である。当時GIAはアルジェリアにイスラム主義国家を樹立しようとして政府と戦っていた。その内戦が重大局面にさしかかるなか、パリで大規模なテロ活動をすることでアルジェリア政府を支持するフランスに恐怖心をあたえようとしたのである。GIAの指導者カーレド・ケルカルはポール・ロワイヤル駅爆

下：1982年、パリのレストラン、ゴールドバーグがテロリストに爆破されたあと一帯を封鎖する警官たち。

破事件のあとフランス警察に追いつめられ、射殺された。

このようなテロ攻撃により、パリのフランス人とアルジェリア移民との緊張はさらに高まった。1990年代はパリの人種問題にかんしては重苦しい時代だった。右派の国民戦線の人気が高まり、ほかの市民からは頻発するテロとの関係を疑われている北アフリカ出身の郊外の住人のあいだにもその支持者が増えていた。

1998年、フランスの人種問題にかんしてひとつの画期的な出来事があった。スタッド・ド・フランスで開かれたサッカーのワールドカップの決勝戦で、意外にもフランスチームがブラジルチームに勝ったのだ。キャプテンのジネディーヌ・「ジズー」・ジダンはたちまちヒーローになった。凱旋門の正面に彼の姿が「ありがとう、ジダン」の文字とともに映し出された。100万人のあらゆる境遇のパリ市民が勝利を祝うため自然発生的に路上に出て、ひと晩中大声で国歌ラ・マルセイエーズを歌い、シャンパンに酔いしれた。しかしジダンはアルジェリアからの移民の家系で、マルセイユの郊外育ちなのだ。メディアがしばしば「フランスの危機」とよんだ10年間のあと、この「ジダン効果」は寛容という文化をもつフランスの新しい時代のはじまりとして歓迎されたのだった。サッカーのフランス代表チームはこの博愛精神の先頭に立っていた。この「レインボーチーム」ともよばれるチームの選手の多くは移民の子孫なのだ。ユーリ・ジョルカエフはアルメニア、リリアン・テュラムはグアドループ、パトリック・ヴィエイラはセネガル、そしてジダンはアルジェリアという具合である。国民戦線のジャン＝マリー・ル・ペン党首がガリア系の白人選手がほとんどいない偽ナショナルチームだと言っただけのことはある。

しかしアメリカの９・11テロ事件の直後にフランスチームとアルジェリアチームが戦ったとき、サッカーを通じて人種や植民地の問題らかんする和解ができるという期待は消えうせていた。試合には最初から暴力的な気配がただよい、ジダンをふくむフランスチームの選手はイスラムの大義に対する反逆者だと糾弾された。アルジェリアの観客はスタンドで「オサマ・ビン・ラディンばんざい」と叫び、試合終了のホイッスルが鳴る15分前にピッチになだれこんだ。そのあと行なわれたフランスの大統領選挙では、ジャン＝マリー・ル・ペンが17パーセントの票を得ている。

そしてさらに悪いことが起きた。2005年、アルジェリア人が多く住むパリ郊外のクリシー・ス・ボワでの数夜にわたる暴動だ。ふたりの10代の少年が警官に追われて変電所に隠れ、感電死するという事件のあと、若者の集団が車に火をつけたり投石したりして警官との闘争にくわわったのである。内務相ニコラ・サルコジ

現代のパリ　245

がその場所を訪れたときに石やびんを投げつけられたことで、郊外の住人と国家との険悪な関係はさらに悪化した。サルコジ内務相はクリシー・ス・ボワの住人に対し、犯罪が多発する郊外地域は「高圧洗浄機できれいに掃除すべきだ」とほのめかし、暴動に参加する烏合の衆は「人間のクズだ、カスだ」と言い放った。

　暴動が続いたためサルコジは共和国保安機動隊（CRS）を鎮圧の応援に送りこんだが、暴動はパリ南部のグリニー地区などほかの郊外にも飛び火し

> 暴動は14夜続いたのち、徐々に鎮静化しておさまった。

た。暴動は14夜続いたのち、徐々に鎮静化しておさまった。ふたりの死者と2888人の逮捕者、そして2億ユーロの経済的損失が出た。暴動がはじまってからはじめて行なった演説でジャック・シラク大統領は、郊外地区を徹底的に再開発し、そこに住む若者に新しい機会を提供すると約束した。しかし2016年現在、

ダイアナ妃の死

　20世紀末のパリで、もうひとつ歴史に残る出来事があった。イギリスのウェールズ公妃ダイアナの交通事故死である。イギリス人のアイドルだったダイアナの車を追いかけるゴシップカメラマン、いわゆるパパラッチをふりきるために猛スピードで車を走らせていた運転手アンリ・ポールが運転を誤ったのだ。チャールズ皇太子と離婚したダイアナは、恋人のドディ・ファイド、運転手ポールとともにこの事故で死亡した。検証の結果、事故はポールの飲酒運転と重過失によるものとされた。しかしドディの父親でオテル・リッツ・パリやロンドンのハロッズを所有するモハメド・アル＝ファイドはイギリス諜報部MI6とエディンバラ公フィリップがダイアナを暗殺したのだと主張した。ダイアナ妃の死はイギリスを悲しみで包み、3200万人以上の人々が彼女の葬儀のテレビ中継に見入った。

右：1997年、アルマ橋トンネル内で撮影されたダイアナ妃の車の残骸。

パリ郊外の住人たちはそこを訪れるジャーナリストに、ほとんど何も変わっていないと告げている。

戦争状態にあるパリ

　2015年、パリで現代になって最悪のテロが2件あった。1月には銃をもった3人の男が、週刊の風刺新聞「シャルリ・エブド」の編集者と、ユダヤ食品スーパーにいた買い物客を殺害した。そして11月には9人のテロリストによるパリ同時多発テロが起こったのである。手りゅう弾、カラシニコフ突撃銃、爆発物をしこんだ自爆用ベルトで武装した9人のテロリストは、パリのカフェ、レストラン、バタクラン劇場を襲撃して130人の命を奪った。大統領フランソワ・オランドはこの襲撃のあと「フランスは戦争状態にある」と言って非常事態を宣言した。このテロ攻撃により、パリに住むフランス生まれのイスラム過激派の問題、公民権を奪われた若者たちの過激化の問題が浮かびあがってきた。

　19区で育ったアルジェリア移民2世のサイード・クアシとシェリフ・クアシの兄弟は、あまりに冒涜的で死刑に値すると考え

下：郊外のクリシー・ス・ボワで続いた暴動の5日目の夜、敬意と正義と宗教的寛容を要求する参加者たち。

る人々もあった預言者ムハンマドにかんする風刺漫画への怒りをこめてシャルリ・エブドを襲撃した。地元のモスクの指導者から過激思想を教えこまれた兄弟はシリアの過激派テロリストグループにくわわろうとして逮捕されたことがあった。ふたりはフルーリ・メロジ刑務所で、やがて仲間となる郊外のグリニー育ちのマリ移民2世アメディ・クリバリと、のちに彼らの指導者となる国際テロリストのジャメル・ベガルに出会ったのだ。2011年、サイード・クアシはアラビア半島でテロリストグループのアルカイダとともに訓練を受け、そのグループに紹介されたベルギー裏社会の密売人からパリでカラシニコフとロケットランチャーを購入した。

上：シャルリ・エブドの事務所下の道路を封鎖する警官と科学捜査チーム。テロリストは黒のシトローエンで逃走する前にここで警官をひとり射殺した。

2015年1月7日、クアシ兄弟はシャルリ・エブドの事務所を襲撃し、朝の編集会議中だったスタッフ11人を殺害した。ふたりは襲撃のさいイエメンのアルカイダのメンバーと名のり「預言者ムハンマドの復讐だ。われわれはシャルリ・エブドを殺した！」と叫んでいた。その後ふたりは外にいた警官ひとりを射殺し、用意してあった逃走用の車で走りさった。その2日後、ふたりはパリのはずれの印刷工場に人質をとって立てこもっているのを発見された。警官隊が包囲するなか、工場の建物から逃走しようとしたふたりは無数の銃弾を浴びて死亡した。同じころポルト・ド・ヴァンセンヌのユダヤ食品スーパーでは3人目のテロリスト、アメディ・クリバリが人質をとって立てこもり、4人を殺害していた。

11月13日金曜日

10か月後、さらに大きな惨事が起こる。11月13日金曜日の夜、3つのグループに分かれたテロリストがパリで同時多発的にテ

ロを開始したのだ。午後9時20分、第1のグループのターゲットはサッカーのドイツ対フランス戦が行なわれていたスタッド・ド・フランスだった。8万の観客のなかにはフランス大統領フランソワ・オランドとドイツ首相アンゲラ・メルケルもいた。爆発物をしこんだ自爆用ベルトを装着した3人のテロリストはスタジアムに入ることができず、建物の外でベルトを爆発させた。これにより観客ひとりが死亡した。数分後、スタジアムからはパリを縦断した先の11区で黒い車に乗ったテロリストがカフェやレストランに向けて発砲、店外に座っていた常連客を射殺した。これにより死者39名、負傷者28名が出た。スタジアムで使用されたものと同タイプの自爆用ベルトの爆発がここでも1件あった。

9時40分、収容人員1500のバタクラン劇場に3人のテロリストが侵入。満員の劇場ではイーグルズ・オヴ・デスメタルというバンドのライブの最中だった。3人は「アッラーフ・アクバル（アッラーフは偉大なり）」の叫びとともにホールに銃弾の雨を降らせ、観客に向けて発砲し、手りゅう弾を投げ、無差別の殺傷を行

バタクラン劇場の内部

惨劇の当日、劇場内にいたフランスのラジオ局「Europe1（ウロップ・アン）」の記者ジュリアン・ピエルスは、次のように語った。

「カラシニコフのような自動小銃を持った2、3人の男が、顔を隠すこともなく観客に向かって無差別に撃ちはじめた。…10分から15分くらいそれが続いた。猛烈な勢いで撃ちまくったから、劇場内は完全にパニックになった。四方八方からみんな一斉にステージめがけて走ったよ。まさに殺到した。僕自身もふみつけられた。大勢が撃たれるのを見た。テロリストにはたっぷり時間があった。すくなくとも3回は銃に再装填していた。彼らは顔を隠していなかった。承知の上でやっていたんだ。とても若かった。いたるところに死体があった。血の海だった」

左：バタクラン劇場のコンサートにおける犠牲者を追悼する記念碑を訪れたイーグルズ・オヴ・デスメタルのメンバー、ジェス・ヒューズとデイヴ・キャッチング。

なった。2か所の非常口から外に出て建物の屋根に上ったり、トイレや事務所に隠れたりして助かった人もいた。

　銃撃を20分続けたあと、武装警官が外に終結するのを見たテロリストは100人ほどの生存者を人質にとった。人質のひとりは犯人がフランス語で「オランドが世界中のムスリムに危害をくわえたせいだ！」と叫ぶのを聞いたということだ。その後イスラミック・ステート（「イスラム国」、IS）がこの襲撃を指示したことを認め、フランス軍がシリアとイラクのISをターゲットに空爆を行なったことに対する報復だと発表している。午前0時20分、フランス国家警察捜査介入部（BRI）が建物に突入した。彼らが突入時に使用した全身を隠す金属製の盾には27か所の弾痕があった。のちに警官たちは、建物に入ったときには水中を歩いているのかと思ったが、じつはそれは血の海だったと語った。3分以内にテロリストは死んだ。そのうちのひとりは自爆ベルトを爆発させて死んだ。89人の命を奪って、彼らのテロ攻撃は終わった。

未来へ向かって

　ユダヤ食品スーパーに立てこもっていたテロリストのアメディ・クリバリは、包囲していた警官に射殺される前、静かに自分のサンドイッチを作りながら「ぼくはフランスで生まれた…彼らが外国でムスリムを攻撃していなければ、ぼくはいまここにはいなかっただろう。今何が起こっているのか、あなたたちに知ってほしい。ぼくみたいなやつはまだたくさんいる。こういうことをするやつはもっとたくさん出てくるだろう」とある人質に語った。

　怖ろしいことに、彼の言ったとおりになった。10か月後、フランスはまたテロ攻撃を受けた。2016年7月14日、オランド大統領が前年11月に出した非常事態宣言を解除するはずだったその日に、ISがニースの町にテロ攻撃をしかけたのだ。革命記念日の花火を見に集まっていた群衆にイスラム過激派のトラックがつっこみ、84人を死亡させた。そのわずか12日後、ISへの忠誠を表明するふたりの10代の若者がノルマンディの教会を襲撃し、85歳の神父の喉を切り裂いた。

　フランスにおけるイスラム過激派の攻撃で教会が標的になったのはこれがはじめてである。聖なる場所に血が流れるのも何世紀かぶりのことだった。何世紀も昔のカトリックとプロテスタントの宗教戦争の教訓から政教分離の原則が定められたのだが、それはいまもフランスの重要な政策である。フランスでカトリック教会と国家との分離を定めた政教分離法が制定されたのは1905年のこと、カトリック熱が高まり、聖母被昇天修道会の新聞「ラ・

上：ニースで革命記念日の花火大会のあと群衆につっこむためにテロリストが使ったトラック。フロントガラスの弾痕を見れば、警官隊が運転手を止めるために正面から撃ったことがわかる。

クロワ」がフランス人の「人種」を強調することで、人間はすべて平等に生まれるという共和制の理念に反したからだった。

現代に目をうつせば、2004年に制定されたイスラム教徒の生徒が学校で頭をおおうスカーフを着用することを禁止する法律や、顔を隠す衣装——イスラム教徒の女性が全身をおおうニカブやブルカ——の着用を全面的に禁止する2010年の法律は、「ライシテ」とよばれるこの政教分離政策が根拠になっている。国はこの「ライシテ」が宗教にこだわらない人間どうしの一体感を生み、あらゆるくいちがいを埋める秘策だと信じてあくまでも推進しようとしている。だが一方では、スカーフなどの禁止はイスラム教徒だけを差別するもので、むしろ宗教間の憎しみを激化させるという意見もある。

政教分離法があったればこそ、法で認められた権利を行使して「シャルリ・エブド」の漫画家は預言者ムハンマドをからかいの対象にできた。2015年の襲撃事件のあとパリでそして世界中で、何千人もの人々が「わたしはシャルリ」のスローガンをかかげ、連帯の意を示した。これを言論と表現の自由を守るためのスローガンとみなしたメディアは多かった。しかしそれはフランス人の真の価値観を示すものではなく、襲撃の原因を移民の受けいれそ

のものにあるとする右派の主張を擁護するものだと指摘する声も
あった。ことさらに挑発的な姿勢でアラブ系の人々を戯画化する
ことで、「シャルリ・エブド」の風刺漫画は右派によって培養さ
れてきた憎悪という菌の培養皿に、さらに増殖のための養分をあ
たえているとまで指摘する発言もあった。

　たしかに右派といわれる人々は文化的・宗教的差異をうまく利用
する。父親のジャン＝マリー・ル・ペンを行きすぎた反ユダヤ主義
者として追い出し、みずから国民戦線の党首となったマリーヌ・
ル・ペンは11月のテロ事件のあと支持者を増やしている。ル・ペ
ン党首は、ムスリムの文化によってフランスのアイデンティティが
そこなわれていると主張し「移民の流入を止めるべきだ」と発言し
ている。左派の人々は、長い歴史をとおしてパリを悩ませてつづけ
てきた移民に対する憎悪の叫び声が、寛容と博愛という共和国の理
念を圧倒するかもしれないことに愕然とするばかりだった。

　さらにいえば移民受けいれ反対の主張は、テロ攻撃を行なった
犯人の多くはじつは市民権をもつフランス人だという事実を見の
がしがちである。パリの「リベラシオン」紙が「フランスの子ど
もたち」とよんだシャルリ・エブド襲撃犯の移民2世はパリで生
まれ、社会の片すみで生きてきた。クアシ兄弟の弁護士は彼らを
パリ郊外で過激思想に染められた「共和国の迷い子」とよんだ。
シェリフ・クアシは自分を「ゲットーのムスリム」とよんでいる。
彼は孤児院で育ち、教育をほとんど受けておらず、夢も希望もも
てない仕事をして生きてきた。郊外育ちの子どもやそのまた子ど
もたちは自分がフランス人だとは感じられず、将来が見えないま
まとり残されていると感じている。彼らの多くは、移民としては
じめてフランスへやってきた祖父や父親の世代と同じ苦しみと戦
っていると感じている。

　その昔、アルジェリアなどのフランス植民地からの移民は労働
力不足を補うためにパリに招きいれられた。そして仕事がなくな
ったとき、自分たちは郊外つまり地理的にも象徴的にも周縁であ
る場所にすて置かれたと彼らは感じた。シャルリ・エブドの襲撃
以来、脅威は内からやってくることが明白になった。いまやテロ
と無縁の場所などない。フランスのパ
スポートをもつアルジェリア人が自由
の都パリのオフィスで大量殺人を犯し
たのだ。右派の人々の目から見れば、
フランスに住むイスラム教徒は全員が
脅威と映る。共和国の価値観が危機に

> 多くの殺人犯はパリのスラムで生
> まれ育ったのだ。

ひんしているのは明らかだ。これは異教徒に対する聖戦の名のも

シャルリ・エブドのスタッフに対するテロ事件はパリを大きな悲しみで包んだ。「わたしはシャルリ」のスローガンは連帯の意志表示として世界中で使われた。

上：2015年のテロ事件以後、国民戦線党首のマリーヌ・ル・ペンの人気が高まっている。ルペンはテロ事件の原因は移民受け入れ政策とイスラム教にあると主張している。

とに行なわれる冷酷な殺人だ。高齢の神父が自分の教会の祭壇で殺害されることさえある——という主張も出てくる。これはイスラム教に対する新しい宗教戦争だ、報復の十字軍を出そうとまでいう声も聞こえる。しかし殺人行為はとうとつに現れるわけではない。多くの殺人犯はパリのスラムで生まれ育ったのだ。彼らはフランスの一部でありながらフランスの敵だ。彼らは植民地時代の不当な待遇に、そして彼らの心のふるさと中東で行なわれている西洋諸国による超近代的な戦争に復讐したいのだ。なかにはイスラム教徒の国を作りたいという者もいるが、あきらかに大部分は、排他的でない社会を作ることができなかったフランスという国の犠牲者だった。

歴史は続く

　当然ながらパリの長い歴史は反乱と暴動をくりかえし経験してきた。そうした多くの争い——左派と右派、君主と臣下、カトリックとプロテスタント、住人と侵略者、国家と市民が繰りひろげてきた——にくわえてパリはいま、イスラム主義と移民がいだ

てきた積年の恨みという沸騰寸前の問題をかかえている。革命後の1790年代の恐怖政治とはまったく異なり、おそらく規制の秩序にとってはより対処のむずかしい新しいタイプのテロが出現している。パリは激しい怒りと憎しみで爆発寸前である。はたして「光の都」は自由・平等・博愛の理想を犠牲にすることなくテロに勝利することができるだろうか？

上：ノルマンディ、サンテティエンヌ・デュ・ルヴレの教会でテロリストに殺害されたジャック・アメル神父のための追悼行事。テロリストのひとり、19歳のアブデル・マリク・プティジャンの身分証は彼がフランス市民であることを示している。

参考文献

Andress, David, *The Terror: Civil War in the French Revolution* (Little, Brown, 2005)

Barclay, Steven (Ed.), *A Place in the World Called Paris* (Chronicle Books, 2004)

Baxter, Jon, *Paris at the End of the World* (Harper Perennial, 2014)

Bernier, Olivier, *Fireworks at Dusk: Paris in the Thirties* (Little, Brown, 1993)

Braudel, F., *The Identity of France* (Collins, 1988)（フェルナン・ブローデル『フランスのアイデンティティ』、桐村泰次訳、論創社）

Bull, Marcus (Ed.) *France in the Central Middle Ages* (OUP, 2003)

Collins, James, *The State in Early Modern France* (Cambridge University Press, 2009)

Cobban, A., *A History of Modern France* (Pelican, 1970)

Cooper, Artemis; Beevor, Antony, *Paris: After The Liberation 1944-1949* (Penguin, 2004)（アントニー・ビーヴァー／アーテミス・クーパー『パリ解放 1944 ‐ 49』、北代美代子訳、白水社）

Doyle, William, *The Oxford History of the French Revolution* (OUP, 1989)

Drake, David, *Paris at War 1939-1944* (Harvard University Press, 2015)

Duby, Georges, *France in the Middle Ages, 987-1460: From Hugh Capet to Joan of Arc* (Blackwell, 1991)

Drinkwater, J. F., *Roman Gaul: The Three Provinces* (Croom Helm, 1983)

Fraser, Antonia, *Love and Louis XIV: The Women in the Life of the Sun King* (W&N, 2007)

Goubert, Pierre, *The Course of French History* (Routledge, 1988)

Hobsbawm, Eric, *The Age of Revolution: Europe, 1789-1848* (Abacus, 1988)（E・J・ホブズボーム『市民革命と産業革命──二重革命の時代』、安川悦子／水田洋訳、岩波書店）

Horne, Alistair, *Seven Ages of Paris* (Pan Books, 2002)

Hunt, Lynn, *Politics, Culture, and Class in the French Revolution* (University of California Press, 2004)（リン・ハント『フランス革命の政治文化』、松浦義弘訳、平凡社テオリア叢書）

Hussey, Andrew, *Paris: The Secret History* (Penguin, 2007)

James, Edward, *The Origins of France: Clovis to the Capetians 500-1000* (Palgrave Macmillan, 1982)

Jenkins, Cecil, *A Brief History of France: People, History and Culture* (Robinson, 2011)

Jones, Colin, *Paris: Biography of a City* (Penguin, 2006)

Jones, Colin, *The Great Nation* (Penguin, 2002)

Knecht, R. J., *The French Wars of Religion 1559-1598* (Longman, 1996)

McAuliffe, Mary, *Dawn of the Belle Epoque* (Rowan & Littlefield, 2011)

Piggott, Stuart (Ed.) *France Before the Romans* (Thames and Hudson, 1974)

Price, Roger, *A Concise History of France* (Cambridge University Press, 1993)（ロジャー・プライス『フ

ランスの歴史』、河野肇訳、創土社）

Price, Roger, *A Social History of Nineteenth-Century France* (Hutchinson, 1987)

Roberts, Andrew, *Napoleon the Great* (Penguin, 2015)

Robert, Cole, A *Traveller's History of Paris* (Cassell, 1994)

Roche, Daniel, France in the Enlightenment, (Harvard University Press, 1992)

Rosbottom, Ronald C., *When Paris Went Dark* (Back Bay Books, 2015)

Roux, Simone, *Paris in the Middle Ages* (PENN, 2003)（シモーヌ・ルー『中世パリの生活史』、杉崎泰一郎監修、吉田春美訳、原書房）

Russell, John, *Paris* (B T Batsford Ltd, 1960)

Schama, Simon, *Citizens: A Chronicle of the French Revolution* (Viking, 1989)（サイモン・シャーマ『フランス革命の主役たち 臣民から市民へ〈上・中・下〉』、栩木泰訳、中央公論社）

Sutherland, D., *France, 1789-1815: Revolution and Counterrevolution* (Harpercollins, 1985)

Tocqueville, Alexis de, *The Old Regime and the French Revolution* (Doubleday, 1995)（A.ド・トクヴィル『アンシァン・レジームと革命』、井伊玄太郎訳、講談社学術文庫。アレクシス・ド トクヴィル『旧体制と大革命』、小山勉訳、ちくま学芸文庫）

Todd, E., The Making of Modern France (Blackwell, 1991)

Tombs, Robert, *France 1814-1914* (Longman, 1996)

Wright, D. G., Napoleon and Europe (Routledge, 1985)

Zeldin, Theodore, *France 1848-1945: Taste and Corruption* (OUP, 1980)

索引

イタリック体は図版ページ。

ア

アガティアス　25
アッティラ、フン族の　23, 24
アッポ・ケルヌウス　39
アナーキスト　173-7, 174
アパッシュ　179-81
アブラント公爵夫人　137
アフリカ　181-2
　　アルジェリア　182, 229-30,
　　　232-3, 235, 243-4, 246, 251
アベラール、ピエール　45
アメル、ジャック　255
アルジェリア
　　――からの移民　235, 244, 246,
　　　251
　　――との戦争　182, 229-30,
　　　232-3, 235
アルマニャック派　63
アレシアの戦い　14-5, 17
アレーヌ・ド・リュテス円形闘技
　　場　20
アンリ、エミール　175, 176-7
アンリ1世　45
アンリ2世　68, 69, 70
アンリ3世　75, 79-80, 79
アンリ4世　73, 74, 80-2, 83, 85,
　　86, 87-9
異教信仰　20, 22
イーグルズ・オブ・デスメタル
　　248
イスラミック・ステート（IS）
　　249
イスラム過激派のテロリスト
　　242-55
イスラム教徒　242-3
移民
　　アメリカから　199
　　アルジェリアから　230, 236,
　　　244
　　サッカー選手　244
　　第1次世界大戦中　193
　　第2次世界大戦後　236-8
　　――と社会不安　238, 244-6,
　　　246

　　――と住宅　236-8, 238
　　――とテロ　246-7, 251
　　ユダヤ人　197-8
　　両大戦の中間期　197-8
イングランド　57-8, 60, 63
印象派　168, 169
ヴァイキング　32, 35, 37-41, 43
ヴァシー　71, 73
ヴァシーの虐殺　71, 73
ヴィシー政府　204, 207-8, 215,
　　220
ヴィリエの戦い　157
ヴィルヘルム1世（プロイセン王）
　　157
ヴェラン、オーギュスト　176
ウェルキンゲトリクス　14-5, 17
ヴェルサイユ　90, 100, 100-4, 110
ヴェルサイユ行進（女性の行進）
　　112, 116, 116-7
ヴェル・ディヴ大量検挙事件
　　215, 215-8
右派同盟　200
栄光の三日間　144-5, 147
疫病　4, 5, 57, 58-9
エッフェル塔　177, 178, 228
エドワード3世（イングランド王）
　　57-8
エルメンタリウス　40
大通り　155, 155, 168
オスマン、ジョルジュ＝ウジェー
　　ヌ　154
オテル・ド・ヴィル（市庁舎）　2,
　　95-6, 111, 132, 134, 160, 168
オド伯　39-41
「オ・ピロリ」紙　208
オランド、フランソワ　246, 248

カ

カヴェニャック将軍、ルイ＝ウ
　　ジェーヌ　153, 154
カエサル、ユリウス　9, 11-3,
　　14-5, 16-7
学生の抵抗　230, 237, 237-42, 239
革命裁判所　121, 126, 131
課税　50, 93, 101, 104
カタコンベ　138

カトリック
　　イスラム過激派の攻撃　249,
　　　255
　　国家からの分離　183
　　宗教戦争　65-6, 70-89, 76-7,
　　　84-5
　　十字軍　46
　　神明裁判　33
　　ドニ、聖　20, 22
　　――と非キリスト教化　127
カトリック教会による異端審問
　　52-3, 55
カトリック同盟　80, 85, 84-5, 87,
　　88
カトリーヌ・ド・メディシス
　　67, 69, 69-71, 73-5, 76-7, 79, 80
カペー朝　44
カムロゲヌス（アウレルキ族）
　　12-3, 16-7
カラリック王　30
ガリア人　11-2, 16-7
ガリエニ、ジョゼフ＝シモン
　　187, 189, 190-1
カール・ゲラート（カール自走臼
　　砲）　221
カロリング朝　31, 44
黄色い星　213
キエフのアンヌ　45, 45
飢饉（1314-17年）　56
ギーズ公　71, 73, 74-5, 78
奇跡小路　97, 98
キャロウェイ、トマス　182
急進社会党　182
共産主義者　150, 208, 219-20,
　　222, 226
共和国議会（国民議会）　161-5
ギョーム・ド・ティニョンヴィル
　　50
キリスト教
　　――の定着　25-7
　　ローマ時代の迫害　20-2
　　「カトリック」「プロテスタント」
　　も参照
キルデベルト1世　26
クアシ兄弟（シェリフ、サイード）
　　246-7, 251

索引　259

九月虐殺　120, 121
クートン、ジョルジュ　128, 132
クリシー・ス・ボワ　244-5, *246*
クリバリ、アメディ　247, 249
グレゴリウス、トゥールの　28, 30
クレマンソー、ジョルジュ　172, 193
クレメンス7世（ローマ教皇）　71
クローヴィス1世　10, 25-31, *27, 29*
　サリカ法　33
クロデリック　30
啓蒙主義　109
檄文事件　70
ケーニヒシュタイン、フランソワ・クラウディウス（ラヴァショル）　177
ケルト系民族　9-20
憲法制定国民議会　109, 118-20
公安委員会　121, 126-9, *127, 129,* 131
郊外　179, 237-8
　——での暴動　244-5, *246*
剛者のビョルン　39
公衆衛生　86, 108, 141
黒死病（ペスト）　*4, 5, 57,* 58-9
国民公会　120, 131, 133
国民戦線　244, 251, *254*
コサック　138-9, *139*
ゴズフレズ（デンマーク王）　37
ゴーティエ、テオフィル　159
コミューン（のメンバー）　*160,* 161-5, 169
コルデー、シャルロット　131
コルティッツ将軍、ディートリヒ・フォン　221-3
ゴールドバーグ（料理店）　242, *243*
コルドリエクラブ　118
コレラ　141-3, *144,* 197
コンデ公　94, *94-5*

サ
最高存在の崇敬　131
左岸　18, 22, 45
サクレ・クール　169
サッカーチーム　244
サラセン人　31

サリカ法　33, 46
サルコジ、ニコラ　244-5
サルトル、ジャン＝ポール　232
サン・イノサン墓地　138
山岳派　121, 131
サン・キュロット　107, *108*
産業　149, 181
残酷な報復　225-6
サンジェルマン・デ・プレ修道院　47
サンソン、アンリ　122-3
サンテティエンヌ・デュ・ルヴレ（ノルマンディ地域圏）　*255*
サント・シャペル　48-9
サン・バルテルミの虐殺　74-5, *76-7*
シアグリウス　10, *29,* 30
ジェファーソン、トマス　113
ジキベルト（ケルンの王）　30
ジダン、ジネディーヌ　244
七月革命（1830年）　*134,* 143-5, *146-7,* 148
シテ島　8, 9, 18, *18,* 39
死の舞踏　*60*
シーフレズ　39-40
「シャルリ・エブド」（週刊新聞）　246-7, *247,* 250-1, *252-3*
シャルル5世　60, 63
シャルル6世　*62,* 63
シャルル7世　63
シャルル9世　73-4
シャルル10世　143-5, *146-7*
シャルル単純王　42, *43*
シャルル禿頭王　35, *36,* 37-9
シャルル肥満王　39, 40-1, *43*
シャルルマーニュ皇帝　31, *32,* 37, *38*
シャロンヌ駅（地下鉄）の衝突　234, 235
ジャン・ジョレス　183, 186, *186*
シャンゼリゼ　*207,* 241
ジャン・ド・ヴネット　59
シャン・ド・マルスの虐殺　119
ジャン2世　59, *60*
11月13日のテロ攻撃　247-9
宗教
　→「異教信仰」「イスラム教徒」「カトリック」「キリスト教」「ユダヤ人」
宗教戦争　70-89

十字軍　46
住宅事情　88, 141-2, 236-8, *238*
ジュヌヴィエーヴ、聖　*23, 24,* 24-5
シュペーア、アルベルト　*206*
ジュリアン・ピエルス　248
ジョフル元帥　*166*
ジョルジュ、ピエール・フェリクス　219
ジロンド派　121, 131
新聞　121, 129, 131, *149,* 150, 163, 183, 220
反ユダヤ主義　197-8, *200,* 205, 207-8
「ル・プティ・ジュルナル」紙　*174, 175, 176*
人民戦線　200, 215
シンリック　39-40
スタヴィスキー事件　199-200, *202*
スタッド・ド・フランスの襲撃　248
ストライキ　193, 201, *240,* 241
ストラボン、ギリシアの　11
スパイ　193
スパイ行為　193
スペイン風邪　195, *195*
スレイダン、ヨハン　72
政教分離主義　183, 249-50
性的協力者　*224,* 225
性病　108, 141
赤色暴動　154
セリーヌ、ルイ＝フェルディナン　201
1848年革命　150-1, *151*
腺ペスト　*4, 5, 57,* 58-9
ソーヴァル、アンリ　98
ゾラ、エミール　162, 167, 173
ソルボンヌ　70, 239
ソワソン　10, 28, *29,* 30

タ
ダイアナ（ウェールズ公妃）　245
第1次世界大戦　*166,* 183-95
大学
　学生の抵抗　*230, 237,* 238-42, *239*
　ソルボンヌ　70, 239
　ナンテール　238-9
大飢饉（1314-17年）　56

第三身分 50, 101, 109, *110*
第2次世界大戦
　政府がパリを去る 203
　抵抗（レジスタンス）220-2
　ドイツによる占領 *196*,
　　203-22
　ドイツの撤退 223
　ナチ協力者に対する罰 225-6
　──にそなえるパリ 203
　──の開始 201-4
　配給制 218
　パリからの脱出 203
　パリ奪還の戦い 220-2
　武器 221-2
　ユダヤ人 197-8, 205-18,
　　210-1, 212, 213, 215, 217
「タイムズ」紙 121, 163
ダルナン、ジョゼフ *221*
ダントン、ジョルジュ 127, 129,
　129
ダンネッカー、テオドール
　214-5, *216*, 218
チェッリーニ、ベンヴェヌート
　65-6, 67, *67*
血の一週間（1871年5月）165
ツェレ、マルガレータ（マタ・ハ
　リ）193
ディッケ・ベルタ砲 *188*, 188-9
テクシエ、ジャン 219
デムーラン、カミーユ 129
デルレード、ポール *182*
テロ 242-55
電気による照明 177
デーンゲルド 38-41, 44
電灯 177
テンプル騎士団 *34*, 52-3, 55-6
ドイツ
　──から来た部族 22, 24-5
　「第1次世界大戦」「第2次世界
　　大戦」「プロイセン」も参照
毒殺事件 99
ド・コリニー、ガスパール 74,
　76-7, 78, 78
ド・ゴール、シャルル 220, 222,
　223, 229, *231*, 232, 235, 239, 241
ド・トゥ、ジャック・オーギュス
　ト 77
ドニ、聖 *20*, 22
ド・モレー、ジャック 5, *52*,
　55-6

ド・ラ・ロック、フランソワ
　200
ドランシー収容所 209, *212*,
　212-6, *214*, 218
ドレフュス事件 172-3

ナ

内戦（フロンドの乱）93-5
ナポレオン3世 154-7
ナポレオン・ボナパルト 135-9,
　136, 137
ナンテール大学 238-9
ナントの勅令 89, 100, 104
ニース（テロ攻撃）249, *250*
ネッケル、ジャック 110, *112*
ネロ皇帝 20

ハ

バイイ、ジャン・シルヴァン
　113, 119, *119*, 120
売春婦 65, *106*, 108, 155
ハイネ、ハインリヒ 143
白色テロ 133
バスティアン＝ティリー、ジャン
　236
バスティーユ襲撃 *2*, 110, *114-5*
パストゥロー（羊飼いたち）*54*,
　56
バタクラン劇場 246, 248
パポン、モーリス 230, 233, 235
パリ・コミューン *160*, 161-5,
　169
パリシイ族 *8*, 9-20, *13*
パリのアメリカ人 199
パリ砲 194
バルザック、オノレ・ド 137,
　149, 150, 152
春の風 214, 216, 218
反革命容疑者法 128
万国博覧会
　1867年の── 156, *156*
　1889年の── 181
　1900年の── 177, *178*, 182,
　　195
反ユダヤ主義
　→「ユダヤ人」
ビスマルク、オットー・フォン
　156-7, 161, 182
ピティヴィエ *217*
ビドー、ジョルジュ *223*

ヒトラー、アドルフ 198, 203,
　204, *206*, 219-21, 223
秘密軍事組織（OAS）235
百年戦争 58-9, 63
病院 98, *106*, 108-9, 141-2
病気
　黒死病（ペスト）*4, 5, 57*, 58-9
　コレラ 141-3, *144*, 197
　性病 108, 141
フィリップ4世（フィリップ端麗
　王）*47*, 50, *50, 51*, 52-3, 55-7
フィリップ尊厳王 47, 50
フィリップ・ド・ヴァロワ 57
フィロゾーフ 109
フォッシュ元帥 166
フォーブール・サンタントワーヌ
　の戦闘 93
プティジャン、アブデル・マリク
　255
ブラウン、ゲオルク 66
フラヌール 150
プラリアル22日法（恐怖政治法）
　128, 129
ブランヴィリエ夫人 99
フランキスカ 26
フランク族 24-30, 33
ブーランジェ将軍、ジョルジュ
　172
フランス革命 107-26
　革命後 126-33
フランス義勇遊撃隊（FTP）
　220, 226
フランス人権宣言 109, 111, 112,
　116
フランス第二共和制 151-4
フランソワ1世 *64*, 65-7, 69, *71*
ブランディーナ、ガリアの娘
　20, *21*
フリジア 37
ブルゴーニュ派 63
ブルボン王家 93
ブレーカー、アルノ *206*
プロイセン 120, 156-9, *159*, 161
プロコピウス 26
プロテスタント主義（宗教戦争）
　66, 70-82, *76-7*, 84-5, *84-5*
フロベール、ギュスターヴ 167
フロンド 93-6
ベイカー、ジョセフィン 199,
　199

ベジエ　46
ペタン、フィリップ　204, 225, *226*
ベッロウァキ族　16
ベルギーからの難民　*184-5*, 189
ベルナール、サラ　167
包囲戦
　885 年の——　39-41, *41*, 43-4
　1590 年の——　81-2
　1870 年の——　157-9, 161
暴徒制圧部 (BAV)　230
ボードレール、シャルル　150
ボナパルト、ナポレオン
　→「ナポレオン・ボナパルト」
ホーヘンベルフ、フランツ　66
ホリック (デンマーク王)　38
ポン・ヌフ　88, *168*

マ
マザラン枢機卿　*92*, 93, 94, 95
マジノ線　202
マタ・ハリ　193, *193*
マネ、エドゥアール　168
マラー、ジャン=ポール　120, *130*, 131
マリー・アントワネット　107, 116-7, 120, *123*, *124-5*, 126
マルクス、カール　150
マルグリット・ド・ヴァロワ　73, *74*
マルセル、エティエンヌ　59, 60, *61*
マルテル、カール　31
マルヌの奇跡　190-1
マルモン元帥、オーギュスト・ド　145
ミニョン　75, 79, *80*
ミルボー、オクターヴ　181
ミルラン、アレクサンドル　189

民族解放戦線 (FLN)　229-30, 232-3, 235, 236
メティオセドゥム　13
メテック (よそ者)　197, 200
メロヴィング朝フランク族　25-7, 31, 33
モラン、ジャン　72
モラン、ポール　198
モリソン、ジム　242
モンヴォワザン、カトリーヌ (ラ・ヴォワザン)　99
モンタンドン、ジョルジュ　207, 210
モンテスパン夫人　99
モンフォコンのさらし絞首台　53

ヤ
ユゴー、ヴィクトル　142, *170-1*
ユダヤ人
　スタヴィスキー事件　199-201, *202*
　——と第2次世界大戦　197-8, 205-18, *210-5*, 217
　——とフィリップ端麗王　52
　ドレフュス事件　172-3
ユダヤ人街　*198*
ユリアヌス皇帝　12, 19, *19*

ラ
ライシテ (政教分離政策)　250
ラヴァイヤック、フランソワ　*86*, 87
ラヴァショル　177
ラ・ヴォワザン (カトリーヌ・モンヴォワザン)　99
落書き　237
ラグナカール　30-1
ラグナル　*37*, 37-9
ラビエヌス将軍　13, 16-7

ラファイエット侯爵　111, 116-7, 119
ランバル公妃　121
リシュカ、クルト　205
リボ (風紀取締官)　50
ルイ9世　47
ルイ10世　56, 56-7
ルイ14世 (太陽王)　91, 93-6, *96*, 98, 100-4, *100-3*, 104, *105*, 107
ルイ15世　107
ルイ16世　109-23, *113*, 126, *118*, *120*, *122*
ルイ18世　139, *140*
ルイ=フィリップ (市民王)　143, 145, *148*, 148-9, *149*, 150-1
ルソー、ジャン=ジャック　127
ルテティア　11-3, 16-9, *18*
ルノワール、ピエール=オーギュスト　*168*, 169
「ル・プティ・ジュルナル」紙　*174, 175, 176*
ル・ペン、ジャン=マリー　233, 244, 251
ル・ペン、マリーヌ　254
レジスタンス (第2次世界大戦中)　220, 222
レトワール、ピエール・ド　79, 82
ロシア　136, 138, *139*
ロベスピエール、マクシミリアン　121, *127*, 127-9, 131-3, *133*
ローマ人　9-25
ロロ　40-1, *42*, 43-4, *44*

ワ
「わたしはシャルリ」　250, *252-3*

図版出典

AKG Images: 10 (Gilles Mermet), 13 (Fototeca Gilardi), 29 (Gilles Mermet)

Alamy: 25 (North Wind Picture Archive), 27 (Florilegius), 32 (Glasshouse Images), 33 (Prisma Archivo), 34 (Classic Stock), 37 (Yolanda Perera Sanchez), 43 (Classic Image), 44 (Ivy Close Images), 45 (Falkensteinphoto), 61 (Yolanda Perera Sanchez), 67 (Interfoto), 68 (Mary Evans Picture Library), 69 (Bildagentur-online), 71 (Prisma Archivo), 74 (Classic Image), 76/77 (Photo Researchers), 80 (Interfoto), 81 (Yolanda Perera Sanchez), 105 (Godong), 106 (Prisma Archivo), 114/115 (G L Archive), 116 (Interfoto), 118 (Prisma Archivo), 120 (Superstock), 122 (Masterpics), 123 (Classic Image), 124/125 (G L Archive), 127 (Prisma Archivo), 137 (G L Archive), 142 (Lebrecht), 148 (G L Archive), 149 (Niday Picture Library), 151 (Everett Collection), 152 (Lebrecht), 156 (Archive Images), 157 (Falkensteinfoto), 159 (Photos 12), 160 (Falkensteinfoto), 164 (Pictorial Press), 168 (Art Reserve), 170/171 (Glasshouse Images), 172 (Pictorial Press), 174 (Photos 12), 175 (Interfoto), 176 (Pictorial Press), 182 (Chris Hellier), 184/185 (Everett Collection), 191 (Everett Collection), 192 (Photos 12), 222 (Pictorial Press), 226 (DPA Picture Alliance), 231 (Keystone Pictures USA), 243 (Keystone Pictures USA)

Alamy/Art Archive: 8, 18, 21, 47, 73, 84/85, 90-94, 134

Alamy/Chronicle: 19, 38, 41, 42, 52, 96, 97, 103, 119, 121, 132, 133, 163, 194

Alamy/Granger Collection: 57, 72, 78, 79, 87, 100, 102, 155, 178

Alamy/Heritage Images: 26 上, 51, 112, 136, 139, 140, 146/147 both

Alamy/World History Archive: 64, 83, 86, 110, 111, 113, 130, 153, 179, 187, 223

Art-Tech: 188, 196, 207

Bridgeman Art Library: 53 (Le gibet de Montfaucon), 101 (Chateau de Versailles)

Depositphotos: 20(Zatletic), 26 (Marzolino), 242 (Zatletic)

Dreamstime: 48/49 (Bpperry), 138 (Izanbar), 228 (Kovalenkovpetr)

Mary Evans Picture Library: 28, 60 (Iberfoto), 62, 129 (Roger Viollet), 180, 212 (SZ Photo/Scherl)

Fotolia: 24 (Dbrnjhrj),

Getty Images: 2 (Corbis), 4 (Universal Images Group), 7 (Anadolu), 11 (Corbis Historical), 14/15 (Corbis Historical), 36 (De Agostini), 50 (De Agostini), 66 (De Agostini), 99 (Corbis), 144 (Universal Images Group), 186 (Ulstein Bild), 189 (Archive Photos), 200 (Gamma-Rapho), 202 (Bettmann), 203 (Poperfoto), 205 (Roger Viollet), 208 (AFP), 210 (Gamma-Rapho), 210/211 (Roger Viollet), 214 (Gamma-Keystone), 215 (Photos 12), 217 (Bettmann), 221 (Gamma-Keystone), 230 (Bettmann), 233 (Gamma-Rapho), 234 (Gamma-Keystone), 236 (Gamma-Keystone), 237 (Gamma-Rapho), 238 (Cor-bis), 239 (AFP), 240 (Popperfoto), 241 (Mondadori), 245 (Romuald Rat/scottbaker-inquests.gov.uk), 246 (Gamma-Rapho), 247 (AFP), 248 (AFP), 250 (Patrick Aventurier), 252/253 (Jeff J Mitchell), 254 (Pascal Le Segretain), 255 both (AFP)

Getty Images/Hulton: 16, 23, 54, 56, 108, 166, 195, 198, 199, 209, 213

Ben Hubbard: 12

Photos.com: 181

US Department of Defense: 224

◆著者略歴◆

ベン・ハバード（Ben Hubbard）

ノンフィクション作家。著書は60点以上におよぶ。最近の著書に、『ヴァイキングの戦士——ヨーロッパを恐怖におとしいれたスカンディナヴィアの侵略者（The Viking Warrior: The Norse Raiders Who Terrorized Europe)』、『グラディエーター——命と栄光と自由のために戦った戦士（Gradoator: Fighting for Life, Glory and Freedom)』、『サムライ——日本のエリート戦士たちの黄金時代 1560–1615（Samurai Warrior: The Golden Age of Japan's Elite Warriors, 1560–1615)』などがある。

◆訳者略歴◆

伊藤はるみ（いとう・はるみ）

1953年、名古屋市生まれ。愛知県立大学外国語学部フランス学科卒。おもな訳書に、M・J・ドハティ『図説アーサー王と円卓の騎士』、L・チードル、N・キルビー『世界の茶文化図鑑』（以上、原書房）、G・マテ『身体が「ノー」と言うとき』（日本教文社）がある。愛知県岡崎市在住。

BLOODY HISTORY OF PARIS
by Ben Hubbard
Copyright © 2017 Amber Books Ltd, London
Copyright in the Japanese translation © 2018 Harashobo
This translation of Bloody History of Paris first published in 2018 is published
by arrangements with Amber Books Ltd.
through Tuttle-Mori Agency, Inc., Tokyo

図説
呪われたパリの歴史

●

2018 年 3 月 10 日　第 1 刷

著者………ベン・ハバード
訳者………伊藤はるみ
装幀………川島進デザイン室
本文組版・印刷………株式会社ディグ
カバー印刷………株式会社明光社
製本………小高製本工業株式会社

発行者………成瀬雅人
発行所………株式会社原書房
〒160-0022　東京都新宿区新宿1-25-13
電話・代表 03(3354)0685
http://www.harashobo.co.jp
振替・00150-6-151594
ISBN978-4-562-05474-9

©Harashobo 2018, Printed in Japan

NOUVEAU PAR
ITINÉRAIRE PRATIQUE DE

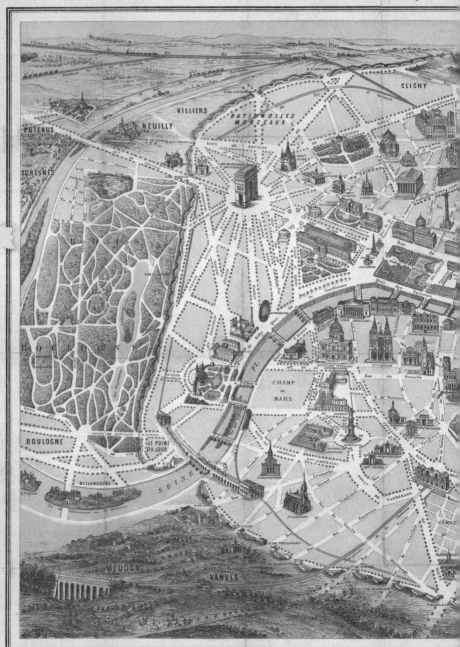